La
ventana
alta

Lave

La ventana alta

RAYMOND
CHANDLER

EL PAIS
SERIE NEGRA

Título original: *The high window*

© Santillana Ediciones Generales, S. L.

© De la traducción:

José Mestres y Moner, cedida por Santillana Ediciones Generales, S. L.

© De esta edición:

2004, Diario EL PAÍS, S. L.

Miguel Yuste, 40

28037 Madrid

Traducción: José Mestres y Moner

Diseño de la colección: Manuel Estrada

ISBN: 84-96246-94-9

Depósito legal: B-29.722-2004

Impreso en España por Liberdúplex, S. L., Barcelona

1

La casa, situada en la Dresden Avenue, en el barrio Oack Knoll, de Pasadena, era una construcción de ladrillo oscuro, tejado de terracota y adornos de piedra blanca en la fachada; en conjunto, un edificio grande, sólido y frío. Las ventanas frontales de la planta baja tenían armaduras exteriores de plomo, y todas las demás eran del tipo corriente en la comarca y aparecían con profusa ornamentación rococó, labrada en piedra artificial.

Desde la fachada, oculta en su parte inferior por una tupida hilera de arbustos floridos, se extendía una sábana de fino y verde césped, que por las suaves ondulaciones del terreno descendía hasta la calle, rodeando al paso un enorme cedro de la India, alrededor del cual se formaba un caprichoso remolino que parecía una corriente cristalina al chocar contra las rocas. La avenida principal era muy amplia, y crecían algunas frondosas acacias floridas a sus lados. Flotaba en la mañana el aliento perfumado del verano, y toda la vegetación dormitaba, rendida, bajo el aire cargado y cálido de una de esas jornadas que los de Pasadena llaman un hermoso y fresco día.

Todo lo que sabía era que allí habitaba una tal mistress Elizabeth Brigth Murdock con su familia y que deseaba contratar a un detective privado, cuidadoso y discreto; que si usaba revólver, por lo menos lo disimulara. Sabía también que era viuda de un viejo estúpido y barbudo que se llamó Jasper Murdock, que al parecer había hecho un montón de dinero prestando sus servicios a la comunidad. Cada año, al cumplirse el aniversario de su falleci-miento, aparecía en los periódicos de Pasadena su foto-grafía con los hechos más sobresalientes de su larga vida; es decir, con las fechas de su nacimiento y de su muerte.

Los titulares solían parecerse cada año, pero siempre venían a ser de este tenor: *Su vida fue su servicio.*

Dejé el coche en la calle y me dirigí al portal por el sen-dero abierto entre el césped. Pulsé el timbre y me fijé que la entrada estaba cubierta por un tejadillo terminado en punta. En un muro de ladrillos, que arrancaba de la mis-ma fachada y terminaba en un pilón al borde del sende-ro, había pintado un negrito en pantalón de montar, ame-ricana verde y gorrito rojo. Tenía un látigo en la mano y a sus pies había una gruesa argolla de hierro. Parecía tris-te, como si llevara mucho tiempo esperando y ya co-menzara a descorazonarse. Fui y le acaricié la cabeza, mien-tras esperaba que apareciera alguien.

Transcurrieron unos minutos y, al cabo, se presentó una cuarentona de uniforme, que entreabrió la puerta y miró desconfiadamente.

—Philip Marlowe —dije—. Quiero ver a mistress Mur-dock; estoy citado con ella.

La mujer enseñó los dientes, cerró los ojos, los vol-vió a abrir y sacó una voz angulosa, más dura que la de un pionero del Oeste.

—¿Qué mistress Murdock?

—¿Cómo?

—Digo que qué mistress Murdock —repitió casi a gritos.

—Mistress Elizabeth Brigth Murdock. No sabía que hubiera más de una.

—¿Tiene la tarjeta?

Aún tenía la puerta medio abierta. Asomaba la pun-ta de la nariz y una mano delgada y sarmentosa. Saqué mi cartera para darle una tarjeta en la que sólo figu-rara mi nombre. La cogió y, después de retirar las nari-ces, cerró la puerta desconsideradamente. Pensé en acer-carme a la puerta trasera, pero desistí y volví al pilón para acariciar otra vez la cabeza del negrito.

—Hermano —murmuré—, de ésta voy a salir tan negro como tú.

El tiempo pasaba; la espera se me hacía ya larga. Me llevé un cigarrillo a la boca sin encenderlo. Pasó un titiritero con su carrito azul y blanco llenando la calle con la música de *Turkey in the Straw*. Una gran mariposa negra, con rayas doradas, fue a posarse en un arbusto rozando mi codo; movió lentamente las alas durante unos segundos y, al fin, se alejó zigzagueando por el aire inmóvil y cálido. La puerta se abrió y la cuarentona dijo:

—Pase.

Entré. El recibidor era grande y cuadrado, muy fresco y medio sumido en la oscuridad; reinaba una atmósfera muy parecida a la de una capilla funeraria, casi diría que olía igual. Unos tapices colgaban de las rugosas paredes de estuco y las ventanas tenían un sistema de rejas muy peculiar, que parecía imitar las balaustradas de los balcones. Había varias sillas de madera muy trabajada, con asientos tapizados y borlas doradas. Al fondo, una ventana de cristales esmerilados, grande como un campo de tenis, y debajo, una puerta vidriera con unos cortinajes. En conjunto, una habitación rancia, fea y mohosa. Parecía como si jamás se hubiera sentado en ella una persona y ya fuera difícil que en el futuro se le pudiera ocurrir a nadie semejante idea. Por todas partes se veían mesas de mármol de patas curvas, relojes dorados, estatuillas de alabastro de colores varios. Muchos trastos a los que una semana de trabajo no habría bastado para devolverles su aspecto primitivo. Mucho dinero y todo perdido. Seguramente, treinta años atrás, en la rica ciudad provinciana que era entonces Pasadena, todo aquello pudo tener alguna significación.

Abandonamos el recibidor para introducirnos por un pasillo, al final del cual la cuarentona abrió una puerta y me indicó que pasara.

—Mister Marlowe —dijo a través de la puerta con su voz desagradable.

Después se fue castañeteando los dientes.

2

Me encontré en un estancia reducida, que daba a un jardín posterior. Había una alfombra roja y parda, más bien fea, y estaba amueblada como una oficina; desde luego, contenía todo lo que uno espera encontrar en cualquier oficina.

Una muchacha rubia, delgada, casi frágil y que usaba gafas con montura de concha, se sentaba detrás de una mesa escritorio; ante sí tenía una máquina de escribir de la que, al parecer, acababa de quitar el papel. Sus manos seguían posadas sobre las teclas; se quedó mirando hacia mí con esa expresión afectada y ridícula de la persona que posa ante una cámara. Al fin, con voz clara me invitó a tomar asiento.

—Soy miss Davis, secretaria de mistress Murdock —dijo—; he de pedirle de su parte que me diga a quiénes podemos pedir informes de usted.

—¿Informes?

—Sí, informes. ¿Le extraña?

Puse el sombrero en la mesa y dejé el cigarrillo, que aún no había encendido, medio colgando en el ala del mismo.

—¿Quiere usted hacerme creer que mistress Murdock me hizo llamar sin saber nada de mí?

Se mordió el labio inferior. No sabría decir si estaba o no sorprendida, o si estaba aburrida o cansada. Lo que sí se veía claro era que no se sentía a gusto.

—Le dieron su nombre en la dirección de una sucursal del California Security Bank. Pero ella no le conoce personalmente.

—Prepárese para escribir —dije.

Cogió un lápiz y lo mantuvo con la punta dirigida hacia mí, como queriendo mostrar que estaba a punto.

—En primer lugar, a mister George S. Leake, uno de los vicepresidentes del mismo banco. Trabaja en la oficina principal. También se puede dirigir al senador Huston Ogletorpe. Puede que ahora esté en Sacramento o quizá en su despacho del State Building de Los Ángeles. También a mister Sidney Dreyfus, Jr., o a los señores Turner & Swayne, procuradores en el Title Insurance Building. ¿Me va siguiendo?

Escribía con rapidez y soltura. A mi pregunta asintió con un gesto sin mirarme. La luz bailaba, entretanto, en su pelo rubio cobrizo.

—Pueden dirigirse asimismo a Oliver Fray, de la Fry-Krantz Corporation. Está en la East Ninth, en el barrio industrial. Por si quieren un par de policías, ahí van: Bernard Ohls, de la plana mayor del Departamento de Investigación Criminal, y el teniente Carl Randall, del Central Homicicle Bureau. ¿Cree que será suficiente o seguimos?

—No se burle, por favor. Yo me limito a cumplir órdenes —protestó.

—Quizá sería mejor no dirigirse a esos últimos, a menos que el asunto lo permita. Y no me estoy burlando de usted. Hace calor, ¿verdad?

—Esto no es nada en Pasadena —dijo.

Al mismo tiempo, cogió el listín de teléfonos y se dispuso a verificar los informes.

Mientras marcaba los números y efectuaba una tras otra varias llamadas, aproveché para observarla bien. Era pálida, pero se veía que era su color natural y no se podía sospechar en ella ninguna enfermedad. El pelo cobrizo, aun siendo basto, no resultaba feo; pero lo llevaba peinado hacia atrás, muy estirado y pegado a la cabeza, de manera que perdía toda apariencia de cabellera femenina. Sus cejas eran delgadas, exageradamente rectas, de un castaño que hacía resaltar el pelo. Su nariz, pálida y fina, era la característica de las personas anémicas.

La barbilla, a su vez, era demasiado pequeña y afilada. Su maquillaje consistía en llevar pintados los labios de color naranja intenso. Sus ojos, detrás de las gafas, parecían muy grandes. Eran de color azul cobalto y aire distraído. Tenía los párpados tirantes y alargados, de manera que daban a su expresión un ligero matiz oriental, y el cutis, que también parecía tirante, no hacía más que reforzar este matiz. Todo en su faz poseía una especie de encanto neurótico que sólo hubiera necesitado un maquillaje discreto para hacerla sugestiva. Llevaba un vestido de lino, de manga corta, muy sencillo. En sus brazos desnudos se podían ver algunas pecas.

No presté ninguna atención a sus llamadas telefónicas; tomaba notas taquigráficas y su lápiz se movía con rapidez. Cuando hubo concluido, colgó el teléfono, se levantó despacio y, mientras se alisaba las arrugas de la falda, dijo:

—Tenga la bondad de aguardar un momento.

Se dirigió a la puerta, pero se volvió antes de alcanzarla para cerrar un cajón del escritorio. Luego salió. La puerta se cerró tras ella y se hizo un gran silencio. Fuera se oía el zumbido de unas abejas. Más lejos funcionaba una aspiradora. Me llevé a la boca el cigarrillo que antes había dejado en el ala del sombrero, me puse en pie y me dirigí al escritorio para ver el cajón que ella acababa de cerrar. No es que acostumbre a fisgonear cajones ajenos, pero en esta ocasión me venció la curiosidad. Guardaba en él un Colt automático; pensé que, a fin de cuentas, eso no era asunto mío. Cerré cuidadosamente y volví a sentarme.

Transcurridos cinco minutos, volvió. Se limitó a entreabrir la puerta, y desde el umbral dijo:

—Mistress Murdock le espera.

Me condujo por un pasillo bastante largo, y al llegar a una puerta vidriera se detuvo, cediéndome el paso. Pasé y la puerta se cerró a mis espaldas.

Aquello estaba casi a oscuras, y al principio no conseguí ver nada. Sólo un hilo de luz tenue pasaba a través de los arbustos exteriores y apenas conseguía filtrarse entre los cortinajes. Luego me di cuenta de que la estancia era una especie de porche transformado. Había esteras de fibra vegetal y tonos verdes. Al lado de la ventana había un sillón de mimbre de respaldo curvado, con cojines suficientes para recibir un elefante. Una mujer se acomodaba en él, manteniendo un gran vaso de vino en la mano. Los vapores penetrantes del oporto hirieron mi olfato antes de conseguir ver el conjunto. Poco a poco se acostumbraron mis ojos a la penumbra y entonces pude fijarme bien en ella.

Su cara era alargada y la barbilla terminaba en punta. Su cabello, ceniciento y revuelto, no hacía más que destacar la humedad de los ojos, expresivos como pueden serlo un par de piedras mojadas. Lucía un lazo en el cuello, aunque un cuello como aquél habría estado mejor embutido en un jersey de futbolista. Llevaba un vestido de seda gris, del que surgían unos brazos gruesos y veteados de violeta. De sus orejas pendían unos clips. A su lado tenía una mesa baja y encima una botella de oporto. Bebía a sorbitos y me miraba insistentemente por encima del vaso, pero sin decir palabra.

A mi vez la observaba en silencio. Acabó de beber y dejó el vaso en la mesa, llenándolo de nuevo. Se secó los labios con un pañuelo y comenzó a hablar. Tenía voz de barítono, sin modulación alguna:

—Siéntese, mister Marlowe. Por favor, no encienda ese cigarrillo; soy asmática.

Me acomodé en un balancín y metí el cigarrillo en el bolsillo superior de la americana.

—Nunca he tratado con ningún detective privado, mister Marlowe. No sé nada de ustedes, pero me da lo mismo. Los informes parecen satisfactorios. ¿Cuánto cobra usted?

—Según para lo que sea, señora.

—Es un asunto muy reservado, desde luego, y no tiene nada que ver con la policía. Si lo tuviera, ya la habría llamado.

—Cobro a razón de veinticinco dólares diarios, mistress Murdock. Aparte de los gastos, claro está.

—Me parece mucho dinero —dijo, y bebió de nuevo sin importarle, al parecer, el calor—; desde luego, es demasiado dinero.

—No. No es demasiado. Ya sé que se pueden obtener los servicios de un detective a cualquier precio, pero yo no dependo de una empresa. Soy un hombre que trabaja en un caso, sólo en uno. Sufro riesgos, a veces riesgos muy graves, y muchas veces no puedo trabajar cuanto quisiera. No crea que veinticinco dólares es mucho dinero.

—Ya veo. ¿Y cuál es la naturaleza de los gastos?

—Cosillas que le salen a uno aquí y allá. Nunca se sabe de antemano.

—Es que yo quisiera saberlo —observó cáusticamente.

—Lo sabrá, señora. Se lo anotaré todo minuciosamente. Si encuentra algo discutible, podrá objetar cuanto le parezca.

—¿Y qué cantidad quiere para comenzar?

—Creo que cien dólares me bastarán.

—Claro que le bastarán —dijo.

Apuró el contenido del vaso, volviéndolo a llenar, sin cuidarse ya de secarse los labios.

—De todas formas, tratándose de usted, no exigiré ninguna cantidad inicial.

—Mister Marlowe, yo soy una mujer de pelo en pecho. Pero eso no debe influir en usted. Si se dejara intimidar, no me serviría usted para nada.

Asentí, fingiendo aturdimiento. Ella se iba a reír, pero le dio un golpe de tos que la hizo eructar.

—¡Oh, dichosa asma! —dijo con voz afectada—. ¿Ve usted? Bebo de ese vino sólo como medicina; por eso no le he ofrecido.

Crucé resignado mis piernas, temeroso de que fuera a ofrecerme su asma en vez del vino.

—El dinero —dijo— no es una cosa demasiado importante. A una mujer de mi posición no es extraño que le pidan mucho, y una ya está acostumbrada a ello. Tan sólo espero que me sirva usted para algo. Bien; ahora le explicaré lo que ocurre. Me ha sido robado un objeto de mucho valor. Quiero recuperarlo, pero también quiero algo más. Quiero que no se detenga a nadie. Resulta que el ladrón es un miembro de la familia, por su matrimonio, se entiende —hizo girar ligeramente el vaso y se sonrió en la penumbra—. Se trata... de mi nuera, una chica de carácter, aunque la pobrecilla tiene la mollera más dura que el tronco de un roble.

Me miró. Un súbito brillo iluminaba sus ojos.

—Mi hijo es una calamidad, pero le quiero mucho. Hace un año que se casó. Una boda idiota, para la que no di mi consentimiento. Fue una estupidez, porque él es incapaz de ganar cinco centavos y no tiene más dinero que el que yo le doy, y yo..., ¿cómo se lo diré?..., soy poco generosa. La chica que escogió o, mejor dicho, que le escogió a él, era cantante en un club nocturno, de nombre Linda Conquest. Vivían aquí, en esta casa. No nos peleábamos, porque no permito que nadie se pelee conmigo en mi propia casa; pero no nos teníamos mucho cariño, que digamos. Yo pagaba sus gastos. Incluso les compré un coche a cada uno y les compraba vestidos suficientes, aunque no todo lo elegantes que ellos deseaban. Por lo visto, la *señora* encontraba la vida muy aburrida, y a mi hijo, insulso. Eso no me extraña, porque a mí me ocurre lo mismo. Sea como fuere, el caso es que un día se largó, de eso hará cosa de una semana, sin dejarnos ninguna dirección y sin decirnos adiós.

Tosió y se apresuró a buscar el pañuelo para sonarse.

—Lo sustraído es una moneda. Una rara moneda de oro. Se trata del Doubloon Brasher, que constituía el máximo orgullo de la colección de mi difunto esposo. A mí estas cosas me tienen sin cuidado, pero mi marido estaba chiflado por ellas. Cuando murió, va para cuatro años, la guardé con la colección, que conservo intacta. Está arriba en una caja especial y en una cámara a prueba de fuego. También está asegurada, pero aún no he comunicado la pérdida, y si puedo no lo haré. Estoy segura de que fue Linda quien se la llevó. Se dice que sólo esa pieza vale más de diez mil dólares. Eso le dará idea de su importancia.

—Muy difícil de vender —observé.

—Quizá. Yo lo ignoro. No me di cuenta de su desaparición hasta ayer. Y no la hubiera notado de no ser por una llamada telefónica de un tal mister Morningstar, de Los Ángeles. Me dijo que era un especialista en numismática, y preguntaba si el Doubloon Brasher de la colección Murdock estaba a la venta. Mi hijo le contestó que no creía que lo estuviera, que jamás lo estuvo; pero que si quería hablar conmigo, que llamara más tarde, porque yo estaba durmiendo. Él se lo dijo a miss Davis y ella me lo comunicó. Hice llamar al hombre; sentía curiosidad.

Bebió más oporto, sacó el pañuelo, se secó los labios y emitió una especie de gruñido de satisfacción.

—¿Por qué se interesaba, mistress Murdock? —pregunté, por decir algo.

—Si aquel hombre era, como decía, un especialista, tenía que saber que la moneda no estaba a la venta. Mi marido, Jasper Murdock, determinó en su testamento que nada de su colección podía ser vendido durante el tiempo que durase mi vida. Nada podía ser removido de la casa más que en caso de peligro y, aun así, lo sería por el administrador. Como ve, mi esposo —y al decir eso sonreía con fiereza— creyó que yo no velaría lo suficiente para esas pequeñas piezas de metal cuando él muriese.

Fuera de la estancia el día era hermoso, el sol brillaba, las flores embalsamaban el aire, los pájaros cantaban. El ruido lejano de los coches resultaba agradable, como música de fondo. La habitación de la curiosa y malcarada señora, sumida en la penumbra y perfumada por el oporto, tenía también un encanto especial. Crucé de nuevo las piernas y me dispuse a esperar hasta el final.

—Hablé con mister Morningstar. Su nombre completo es Elisha Morningstar. Tiene la oficina en Belfont Building, en la West Ninth, en la parte baja de la ciudad. Le dije que la colección Murdock no estaba en venta, que jamás lo había estado y que por mi parte nunca lo estaría. También le dije que me extrañaba que no lo supiera. Entonces tosió nerviosamente y preguntó si le dejaría examinar la moneda. Le dije que no. Me dio las gracias de mala gana y colgó. Tenía voz de viejo. Subí, porque me entraron ganas de ver la moneda. Hacía más de un año que no la veía. Había desaparecido.

No dije nada. Ella se disponía a llenar de nuevo el vaso y tamborileaba con sus dedos gordezuelos en el brazo del sillón.

—Lo que entonces pensé ya puede usted mismo imaginarlo —prosiguió a modo de observación final.

—Por lo que se refiere a mister Morningstar —dije—, me explico su actitud. Alguien querría venderle la moneda, y él sospechó enseguida. La pieza debe de ser muy rara.

—Cuando ellos la llaman fuera de serie, es que lo es —replicó ella—. Yo entonces pensé lo mismo que usted.

—¿Cómo la robarían?

—Cualquiera de esta casa pudo hacerlo con mucha facilidad. Las llaves están en mi bolso y mi bolso anda siempre por cualquier parte. Sería cosa sencilla apoderarse de las llaves para abrir una puerta y una caja y restituirlas luego a su lugar. Es muy difícil para un forastero, pero para los de casa es coser y cantar.

—Ya. ¿Cómo demuestra que fue su nuera quien se llevó la moneda?

—No pienso demostrarlo. Es evidente, por eso estoy tan segura. Las criadas son tres mujeres que han estado muchos años aquí, años antes de casarme con mister Murdock, hace siete años. El jardinero nunca entra en la casa. No tengo chófer, pues mi hijo o la secretaria son quienes me llevan. Mi hijo no pudo ser: primero, porque no es la clase de tonto que roba a su madre, y segundo, porque si hubiera sido, hubiera impedido la llamada de mister Morningstar. En cuanto a miss Davis, ridículo. No es el tipo. Demasiado cobarde. No, mister Marlowe; Linda, sólo Linda pudo ser. Ya sabe usted cómo son las chicas de un club nocturno.

—Son, ni más ni menos, como los demás. Supongo que no habrá señales exteriores, de alguien que hubiera podido escalar la casa desde fuera. De todas formas, será mejor que vaya a inspeccionarlo.

Abrió las mandíbulas y los músculos de su cuello se hincharon.

—Ya le he dicho, mister Marlowe, que fue mi nuera quien sustrajo la moneda.

La miré y ella me miró. Sus ojos eran más duros que los ladrillos de la pared de enfrente. Desvié la mirada y dije:

—Dando eso por supuesto, ¿qué quiere usted que haga yo?

—En primer lugar, quiero que la moneda me sea devuelta. Y en segundo lugar, quiero el divorcio para mi hijo. ¡Ah! Y lo quiero sin gastos. Usted sabrá cómo se arreglan estas cosas.

Se rió mientras apuraba de un trago el vino que quedaba en el vaso.

—Dijo usted al principio que Linda desapareció sin dejar rastro. ¿Significa eso que ignora su paradero?

—Exactamente.

—Entonces su hijo debe de tener alguna pista que le ha ocultado a usted. Tendré que hablar con él.

La expresión de su cara se endureció todavía mas.

—Mi hijo no sabe nada. Incluso ignora que la moneda haya desaparecido. No quiero que sepa nada. Ya lo sabrá cuando yo lo juzgue conveniente... En todo caso, sólo hará lo que yo le diga.

—No siempre lo ha hecho así —observé.

—Su matrimonio —replicó enfurecida— fue un impulso momentáneo. Ahora trata de comportarse como un caballero; en cambio, yo no tengo escrúpulos.

—En California se tarda varios días en realizar esos impulsos.

—Joven, ¿quiere encargarse del asunto, sí o no?

—Contestaré que sí en el caso de que me diga todo lo que hay y cuando me permita actuar como yo crea... De otra forma, si a cada paso me ha de poner dificultades, me iré y en paz.

—Éste es un asunto de familia muy delicado, mister Marlowe —y al decir esto se rió con aspereza—; es un asunto que lleva sus miramientos.

—Si usted me contrata debe tomarme como soy, señora. Si cree que no sé obrar con delicadeza, es mejor que lo dejemos. Por ejemplo, usted quiere que su nuera no sea inculpada. Creo que no está en mí el impedirlo.

Su cara se puso del color de la remolacha hervida. Abrió la boca para chillar, pero de pronto lo pensó mejor y se echó otro trago.

—Estoy segura de que lo hará y se saldrá con la suya; lástima que no le conociera antes de que se casara mi hijo con ella.

No entendí exactamente lo que había querido decir con eso. Alargó el brazo, cogió el teléfono y gruñó algo en el auricular. Se oyeron unos pasos y la rubita de antes entró precipitadamente.

—Extienda un cheque por doscientos cincuenta dólares a ese señor, y cuidado con irse de la lengua sobre el asunto.

La muchacha adelantó desmesuradamente el cuello para replicar:

—Sabe usted que nunca hablo de sus asuntos, mistress Murdock. Lo sabe usted, supongo. Yo... es que ni en sueños, vamos.

Cuando la puerta se cerró volví a mirar a mistress Murdock; su labio inferior temblaba y parecía furiosa.

—Necesitaré una foto de Linda y algunos datos sobre ella.

—Busque en el cajón de la mesa.

Sus anillos brillaron mientras levantaba la mano para mostrármela.

Fui y abrí el único cajón de la mesa. Cogí la foto de una mujer que yacía en el fondo, boca arriba, mirándome con ojos negros y fríos. Me senté para observarla mejor. El pelo, separado por una raya en mitad de la cabeza, caía indolente y gracioso sobre la frente. Tenía boca desdeñosa, pero los labios parecían muy apetitosos, y la nariz, ni demasiado grande ni demasiado pequeña, era perfecta. Sin embargo, al conjunto le faltaba algo, quizá ese algo que da a la mujer la buena educación y que es tan difícil de explicar. No sabría decir si es que parecía demasiado inteligente o demasiado reservada para su edad o si, en realidad, carecía de franqueza a consecuencia de malos tragos que, poco a poco, se la hubieran hecho perder. Sin embargo, mirándola mejor se descubría, tras esa actitud de defensa, ese fondo de simplicidad que guardan las niñas que creen aún en los cuentos de hadas.

La miré por última vez y deslicé la foto en el bolsillo, pensando que era bien poco para empezar. La puerta se abrió y entró la secretaria con un talonario de cheques y una estilográfica. Acercándose a mistress Murdock, hizo con su brazo como de mesa mientras ésta firmaba y se mantuvo inclinada, iniciando una sonrisa. La vieja, con un gesto, indicó que me lo diera. Como no se le dijo nada, se retiró silenciosamente y cerró la puerta.

—Bien; ¿qué puede decirme de Linda? —dije, metiéndome el cheque en el bolsillo.

—Prácticamente nada. Antes de casarse con mi hijo compartía un apartamento con una chica llamada Lois Magic; hay que ver qué nombres. Lois, lo mismo que ella, era animadora, o algo así. Ambas trabajaban en Idle Valley Club, que, según creo, está por el bulevar Ventura. Mi hijo Leslie sabe demasiado bien dónde está. Sé muy poco de la familia y los orígenes de Linda. Una vez dijo que había nacido en Sioux Falls. Supongo que tendrá padres, pero jamás me interesé en encontrarlos.

—¿Conoce usted la dirección de miss Magic?

—No.

—¿No cree que su hijo... o, quizá, miss Davis...?

—Yo se lo preguntaré a mi hijo cuando llegue. No creo que la conozca; usted pregunte si quiere a miss Davis, estoy segura de que tampoco lo sabrá.

—Ya. ¿No conoce a ningún amigo de Linda?

—No.

—Es posible que su hijo aún se vea con ella sin saberlo usted.

De nuevo comenzó a enrojecer. Levanté una mano e intenté sonreír.

—Después de todo, han estado casados durante un año; no sería de extrañar que supiera algo.

—No mezcle a mi hijo en esto.

Me revolví nerviosamente, dando muestras de desaliento.

—Ella se llevaría el coche, ¿no? ¿Era el que le regaló usted?

—Sí. Un Mercury gris, modelo mil novecientos cuarenta, descapotable. Miss Davis le dará el número de matrícula si lo necesita.

—¿Podría decirme cuánto se pudo llevar en vestidos y joyas?

—Poca cosa. Unos doscientos dólares como máximo; para poco tiempo. A menos... —una mueca de desprecio dibujó profundas arrugas alrededor de su boca—, a menos que se haya buscado ya algún *amigo*.

—Ya sabemos más. ¿Y qué joyas?

—Una esmeralda y un anillo de diamantes de escaso valor. Un reloj Longines de platino con rubíes en la montura, un clip de ámbar que, tonta de mí, le regalé. Un broche que tenía veintiséis piedras en forma de naipe. Y algunas otras cosas. Vestía bien, pero sin demasiada ostentación.

Volvió a llenar el vaso por enésima vez.

—¿Es esto todo lo que usted puede aclararme, mistress Murdock?

—¿No es bastante?

—No, no es bastante; pero tendré que conformarme por ahora. Si descubro que no fue ella la que robó la moneda cerraré la investigación, ¿de acuerdo?

—Eso lo tendremos que discutir, joven —replicó con disgusto—; ella lo robó y no quiero que se aproveche. ¿Y sabe lo que le digo? Que por bregado que esté usted en la profesión, deberá andarse con cuidado en sus tratos con los amigos de Linda Conquest. Ya sabe usted que estas chicas suelen relacionarse con gente muy dura de pelar.

Guardé el cheque en la cartera y me levanté, cogiendo el sombrero.

—Me gustan como son. La gente de esa calaña suele tener poco cerebro y es de buen manejar. En cuanto sepa algo se lo anunciaré. Comenzaré por visitar al numismático. Al fin y al cabo, puede ser una pista.

Me dejó llegar hasta la puerta, y cuando ya estaba cerca me espetó:

—No le soy demasiado simpática, ¿verdad?

—¡Ah!, pero ¿es que lo es para alguien? —dije con una risa de conejo en los labios.

Abrió desmesuradamente la boca y soltó una gran carcajada. Salí, y al cerrar de golpe la puerta aún resonaba en la estancia su risa hombruna. Atravesé el pasillo y llamé a la puerta de la secretaria; empujé y entré. Tenía los brazos cruzados sobre la mesa; estaba sollozando. Torció el gesto y me miró con los ojos todavía llenos de lágrimas. Cerré la puerta, me acerqué y pasé el brazo alrededor de sus hombros delicados.

—Vamos, anímese. Ella sí que es digna de compasión. Se cree muy fuerte y se romperá la crisma con tal de aparentarlo.

La muchacha, de un salto, sacudió mi brazo y se apartó lejos.

—Por favor, no me toque —dijo casi sin aliento—; jamás permito a ningún hombre que me toque. Y no diga esas cosas tan desagradables de mistress Murdock.

Su cara estaba húmeda por las lágrimas. Sus ojos eran muy bonitos sin las gafas. Me quedé observándola y me dispuse a encender el cigarrillo que llevaba para arriba y para abajo durante toda la mañana a pesar de tener ganas de fumar.

—Siento, siento haber sido tan brusca con usted. Pero ¡es que ella me humilla tanto!, y eso que procuro hacerlo todo bien...

Continuó sollozando y sacó un pañuelo que guardaba en el mismo cajón del revólver y que llevaba las iniciales L. M.

—¿Desea algo? —preguntó por fin.

—Quiero saber el número de la matrícula del coche de mistress Leslie Murdock.

—El 2XIIII, un Mercury gris, descubierto, modelo 1940.

—La señora me dijo que era un descapotable.

—Se refería al coche de mister Leslie. Tienen características muy parecidas. Linda no se llevó el coche.

—Ya. ¿Qué sabe usted de miss Magic?

—Sólo la he visto una vez. Vivía en el mismo apartamiento que Linda. Vino aquí con un tal Vannier..., con mister Vannier.

—¿Quién es?

Se quedó un momento pensativa mirando al techo.

—Vino con él, pero no le conozco.

—¿Qué aspecto tiene miss Magic?

—Es alta, rubia, muy elegante y muy..., muy atractiva.

—Vamos, que es sexy.

—Como quiera —se sonrojó y se puso toda nerviosa—; ya me entiende.

—Sí, pero eso no nos conduce muy lejos.

—Claro... —dijo ella con cierta ironía.

—¿Sabe dónde vive esa señorita?

Hizo un gesto negativo, y doblando cuidadosamente el pañuelo, lo puso de nuevo en el cajón. Yo miraba sus gestos y dije:

—¡Bah!, ¿qué importa que se ensucie? ¿No puede birlarle otro?

Se recostó en la silla y puso sus manos pequeñas encima de la mesa, mirándome muy fijamente.

—Con esas maneras de matón no irá muy lejos. Al menos conmigo.

—¿No?

—No. Y no le puedo contestar a más preguntas sin instrucciones específicas. Mi posición en esta casa es muy confidencial.

—Mis maneras, señorita, no son de matón. Son las de cualquier hombre normal.

—Es que quizá a mí no me gustan esos hombres que usted llama normales.

Cogió un lápiz e hizo una pequeña señal en un bloc. Me sonrió de nuevo con su sonrisa de perfecta secretaria.

—Es usted una excéntrica; además, me parece que jamás ha conocido a un hombre que merezca la pena. Adiós.

Salí del despacho, cerrando la puerta de golpe, y atravesé otra vez el pasillo y el recibidor funerario para salir fuera de la casa. El sol caía de lleno sobre el césped del jardín. Me puse las gafas oscuras y miré al negrito pintado en el bloque de cemento.

—Hermanito, vaya si salió difícil el asunto; lo que te dije, de ponerse negro.

El calor de los adoquines traspasaba la suela de mis zapatos. Llegué al coche y lo fui separando despacio del bordillo.

Un pequeño coche descubierto de color amarillo arrancó al mismo tiempo que yo y me siguió. El que lo conducía llevaba un sombrero de paja con una franja de colores chillones y gafas de sol como yo. Entré en la ciudad.

Doce manzanas más allá, en una parada, pude observar que el coche amarillo me venía pisando. Y para distraerlo empecé a dar vueltas sin ton ni son, rodeando caprichosamente los bloques de casas. El otro no se despegaba. Entonces me detuve, dando antes una rápida vuelta. Me pasó, siguiendo hasta la esquina. Me puse en marcha en dirección a Río Seco, en Hollywood. Me volví varias veces, pero ya no vi el coche amarillo detrás de mí.

3

Me dirigí a la oficina que tenía en el Cahuenga Building; se componía de dos pequeños cuartos en la parte trasera del piso sexto. Reservaba uno de ellos para los clientes; habría sido el salón de espera si por azar hubiera tenido clientes que toleraran la espera. En la puerta de entrada tenía un micrófono que se conectaba con el magnetofón instalado en la mesa del despacho interior.

Penetré en mi flamante salón de espera vacío de todo, excepto de su característico olor a polvo. Subí la persiana, abrí la puerta que separaba los dos cuartos y entré en el despacho. Allí tenía yo tres sillas y, además, una cuarta, giratoria, que hacía juego con la mesa y con el archivo que tenía al lado. Había un calendario, un teléfono, una palangana, un perchero, una alfombra pequeñita que casi no se veía y dos ventanas, aparte de varios chirimbolos inútiles.

Era cuanto tenía el año pasado y lo mismo que había tenido en los anteriores. No era bello, no era alegre, pero sin duda era mejor que una tienda de campaña en la playa.

Colgué el sombrero y la americana en la percha y me lavé la cara y las manos con agua fría. Después encendí un cigarrillo y me dispuse a consultar el listín que tenía encima de la mesa. Elisha Morningstar tenía el número 824 de Belfont Building, en el 422 de la West Ninth. Lo anoté todo, y ya tenía la mano en el auricular cuando recordé que no había conectado el magnetofón con la puerta. Al dar la vuelta al interruptor oí los pasos de alguien que sin duda acababa de entrar. Volví el bloc del revés y fui a ver quién era.

Se trataba de un individuo alto y delgado, con cara de satisfacción, usando un traje azul de verano, zapatos blancos y negros, una fea camisa de color marfil, con corbata y pañuelo vistosos de color violeta. Usaba una larga boquilla negra que mantenía en su mano enfundada en un guante blanco. Curioseaba las revistas atrasadas que había sobre las sillas; aquellas sillas que con el resto de mobiliario me habían costado cuatro cuartos.

Cuando abrí la puerta se quedó mirando de lado con sus ojos pálidos y soñadores muy pegados a la nariz. Su piel era morena y llevaba el pelo rojizo peinado hacia atrás. La línea delgada de su bigote era mucho más roja que su pelo. Me observaba sin prisas y sin demasiada complacencia. Aspiró teatralmente el humo de su cigarrillo y dijo con bastante afectación:

—¿Es usted Marlowe?

Asentí con la cabeza.

—Estoy un tanto sorprendido —dijo—; esperaba encontrar a un tipejo con las uñas sucias.

—Entre —le dije—, y así podrá hacer sus chistes sentado.

Mantuve abierta la puerta el tiempo suficiente para darle paso y entró sacudiendo la ceniza de su cigarrillo con displicencia, dejándola caer bien esparcida. Se sentó en la silla de los clientes, se quitó el guante de su mano derecha y lo dejó, junto con el otro, encima de la mesa. Expulsó la colilla, cerciorándose de que estaba apagada, puso otro cigarrillo en la boquilla y lo encendió con una cerilla de caoba. Se recostó en la silla, sonriendo con sonrisa de aristócrata aburrido.

—¿Se encuentra usted bien? —dije—. ¿Pulso y respiración normales? ¿Quiere que le ponga una toalla fría en la cabeza? ¿Le ocurre algo? ¿En qué le puedo servir?

No frunció el ceño porque ya lo había hecho al entrar.

—¡Un detective privado! —pronunció la palabra *detective* con mucho retintín—. Jamás había visto a ninguno. Ingenioso oficio. Fisgonear desde las cerraduras, provocar escándalos... No está mal, no está mal.

—¿Ha venido como cliente o como turista?

Sonrió con más suficiencia que una patrona gorda ante el pelanas que le debe el mes y no puede pagar.

—Mi nombre es Murdock; eso quizá significará algo para usted.

—¡Ah! Vaya y diga que se divierte usted por aquí —dije, mientras comenzaba a llenar la pipa con parsimonia.

Observaba todos mis gestos y, al fin, dijo perezosamente:

—Tengo entendido que mi madre le ha encargado un asunto y le ha dado un cheque.

Terminé de llenar la pipa y la encendí con una cerilla. Después empecé a aspirar el humo, lanzándolo por encima de mi hombro derecho, hacia la ventana abierta. No dije nada. Se echó un poco hacia delante y dijo con rapidez:

—Ya sé que desconfiar es parte de su trabajo, pero no es una simple sospecha. Es que yo estaba al tanto y lo presentía todo, ¿le aclara eso algo?

—Sí, pero supongamos que me importa un bledo cuanto usted diga y cuanto usted haga.

—Está usted contratado para encontrar a mi mujer, ¿lo adivino?

Le miré por encima de la pipa, sonriéndome.

—Marlowe —dijo, ya completamente serio—, le aseguro que me esfuerzo, pero creo que no voy a conseguir que me sea usted simpático.

—Ya me está viendo llorar de pena y de dolor.

—Y si me permite, le diré más: esta postura suya me repatea.

Volvió a echarse hacia atrás sin quitarme la vista de encima. Se revolvió para buscar una postura un poco menos incómoda. Cuantos se sentaban en la silla acababan por hacer lo mismo, y mucho me temo que eso me hizo perder más de un cliente.

—¿Por qué mi madre estará tan interesada en encontrar a Linda? —dijo como hablando consigo mismo—. Cierto que siempre la odió, pero Linda siempre se portó bien con ella. ¿Qué piensa usted de ella?

—¿De su madre?

—Sí, porque a Linda no la conocerá, ¿verdad?

—Esta..., esta secretaria que tiene su madre, me parece que no va a durar en el empleo. Habla demasiado.

—No crea —dijo moviendo la cabeza—; mi madre no puede pasarse sin ella. Ha de tener siempre a alguien a quien poder chillar. A Merle le chilla y hasta le pega; pero no puede hacer nada sin ella. Pero ¿qué piensa de ella?

—Una criatura... un poco pasada de moda.

—Me refiero a mi madre. Merle es una chiquilla; eso ya lo sabía.

—Su poder de observación me asombra, amigo.

Se quedó un poco desconcertado; casi se olvidó de su cigarrillo y de su boquilla; pero se repuso pronto, porque sacudió de nuevo la ceniza, echándola cuidadosamente fuera del cenicero.

—Le pedía su opinión sobre mi madre —dijo con impaciencia.

—¿Su madre? Un viejo caballo batallador; un corazón de oro, admitiendo que el oro bueno está a profundidades insospechadas...

—Pero ¿por qué está tan interesada en dar con Linda? No lo comprendo. Mi madre no se gasta el dinero así como así; piensa que forma parte de su pellejo. ¡No comprendo!

—Me hace gracia: ¿quién dijo que está interesada por Linda?

—Pareció que usted lo daba a entender. Y también Merle...

—Merle no es más que una muchacha fantástica que se suena las narices con pañuelos de hombre. Con pañuelos suyos...

—¡Qué tontería! —dijo sonriendo—. Mire, Marlowe, sea razonable, por favor, y acláreme algo ese asunto. Yo no tengo mucho dinero, lo siento; pero ¿qué tal irían doscientos dólares...?

—Vamos, no me venga con chiquilladas. Además, yo no debo hablar con usted. Son órdenes.

—Pero ¡por todos los diablos!, ¿a qué vienen estos misterios?

—No me haga preguntas que no puedo contestar; es trabajo perdido. ¿Qué ha hecho durante toda su vida, joven? ¿Cree que un hombre como yo está a disposición de cualquier curioso?

—Me parece que hay mucha electricidad en el ambiente —dijo con aire de reto—; y, en cuanto a un hombre como usted, me parece extraño que deje escapar doscientos dólares.

Hice como si eso no fuera por mí. Me fijé en sus cerillas. Llevaban impreso en letras blancas: «Rosemont H. Richards'3»; el resto estaba consumido. Cogí los restos y los eché a la papelera.

—Quiero a mi mujer —dijo de pronto, mostrándome los blancos bordes de sus dientes—; es triste, es casi una estupidez, pero la quiero.

—¡Bah!, la eterna historia del Romeo desdeñado.

Se mordió los labios y dijo, haciendo silbar las palabras:

—Ella a mí no me quiere. Ignoro si tendrá sus razones. Las cosas se han estropeado entre nosotros. Quizá es por la vida que ha llevado. El caso es que sin habernos peleado ya no podemos vivir juntos. Linda es una mujer fría. Pero la verdad es que tampoco hizo ninguna ganga al casarse conmigo.

—Es demasiado modesto —dije.

Sus ojos brillaron, pero en seguida volvieron a ser normales.

—Todo eso es triste, Marlowe. Escúcheme, por favor. Usted tiene aspecto de ser un hombre decente. Yo conozco a mi madre y sé que no tira doscientos cincuenta dólares por la ventana. Quizá no se trate de Linda. Puede que sea otra cosa. Puede... —pareció vacilar y luego siguió, despacio, mirándome fijamente a los ojos—, puede que sea por lo de Morny.

—Puede… —dije como no dando importancia a sus palabras.

Golpeó la mesa con sus guantes y los volvió a dejar encima.

—Quizá no es por ahí. Pero como ignoro lo que ella sabe acerca de Morny, no me extrañaría que éste la hubiera llamado a pesar de prometer lo contrario.

Las cosas parecían tomar un buen cariz.

—¿Qué es lo que usted y Morny se traen entre manos?

Me di cuenta de que volvía a dar marcha atrás.

—Si Morny la ha llamado se lo contaría todo y ella a su vez se lo habría referido.

—Bueno, también puede ocurrir que no se tratara de Morny —dije, sintiendo que se me escapaba—; a lo mejor es cuestión del chico de los helados. Pero diga, si fuera lo de Morny, ¿cuánto?

—Doce mil —dijo mirando al suelo como haciendo un esfuerzo.

—¿Amenazas?

Asintió.

—Mándelo a paseo —dije—. ¿Qué clase de tipo es? ¿Es peligroso?

Volvió a levantar otra vez la mirada con un gesto de desafío.

—Supongo que lo es. Supongo que todos ellos lo son. Tiene un aspecto duro. Pero su aspecto no deja de ser muy llamativo en conjunto; pasa por ser un donjuán. Sin embargo, no vaya a pensar mal. Linda sólo trabaja allí como los camareros o los músicos. Nada más. Y si es que usted la busca, tenga presente que le costará llegar hasta ella.

Le miré con una sonrisa un poco socarrona.

—¿Por qué me ha de costar tanto encontrarla? No la esconderán tan bien, supongo…

Se levantó. En sus ojos, de mirar pálido, había un brillo extraño. Con un gesto que quería ser amenazador, metió la mano en el bolsillo y sacó un revólver del veinticinco, automático, de culata de nogal. Parecía gemelo del que Merle escondía en su cajón. Apuntaba muy mal; no me moví.

—Si alguien trata de envolver a Linda en algo feo, se encontrará conmigo —dijo fríamente.

—No se haga el gallito; además, procúrese un mejor revólver..., con ése hará siempre el ridículo.

Se guardó el revólver en el bolsillo trasero. Cogió los guantes, mirándome con hostilidad manifiesta, y se dirigió a la puerta.

—Hablar con usted es perder el tiempo —dijo—. Lo único que hace es empeñarse en hacerse el listo.

—Aguarde —dije, dirigiéndome a él—. Creo que haría mejor en no contar nada a su madre de esta entrevista, aunque no sea más que por Merle.

—Desde luego, para lo que me ha servido, sería bien ridículo que fuera a contar nada.

—Se lo digo, sobre todo, por eso que ahora sé; eso de los doce de los grandes que debe a Morny, y que parece preocuparle.

—Naturalmente. El que intente ir a Morny con buenas razones se engaña; quien consiguiera hacerle olvidar doce mil dólares, desde luego, sería mucho más listo que yo.

—A propósito de cuanto hemos hablado, Murdock —le dije, estando muy cerca de él—, creo que usted ni siquiera está preocupado por su mujer. De hecho usted sabe dónde está, porque, según parece, no han roto completamente. Sólo rompió con su madre, y por eso se fue de su casa.

Me miró y se puso un guante. Pareció que iba a decir algo, pero al fin, guardó silencio.

—Quizá ella encuentre trabajo —proseguí— y gane el dinero suficiente para sacarle a usted adelante...

Volvió a bajar los ojos, pero ahora de otra forma. Vi cómo sus dedos apretaban nerviosamente el otro guante. Luego levantó airado el brazo para pegarme en la cara. Pero no llegó a hacerlo, porque, agarrándole la muñeca al vuelo, lo hice retroceder, quedando su mano pegada a su propio cuerpo. Dio un paso atrás y comenzó a respirar con dificultad. Su muñeca era muy delgada. Al cogerla, mis dedos se habían encontrado.

Permanecimos un rato así, mirándonos el uno al otro con fijeza; titubeaba como un beodo, su boca se abría y los labios le temblaban. En sus mejillas aparecían manchas rojas. Trató de desprenderse de mi mano, pero yo hice más fuerza, obligándole a dar otro paso atrás. Entre nuestros rostros apenas había medio palmo.

—¿Cómo no le dejó su padre ni un centavo? —le grité—. ¿O es que ya se lo ha gastado todo?

Habló con los dientes apretados, siguiendo en su forcejeo.

—Si se refiere a Jasper Murdock, no era mi padre. Ese hombre no me apreciaba y jamás me dio nada. Mi padre se llamó Horace Bright y perdió todo su dinero en el crac del veintinueve, y luego se suicidó tirándose desde la ventana más alta de la casa.

—Su vida ha sido fácil; pero de una facilidad muy aparente. Siento mucho eso que le he dicho sobre el dinero que podría darle su mujer. Le aseguro que no fue más que una broma.

Le solté la muñeca y dio dos pasos atrás. Aún respiraba con dificultad; me miraba todavía con ira, pero el tono de su voz era suave.

—Bueno, me ha podido; si tiene bastante, yo me iré a lo mío.

—Si quiere un consejo, tire ese revólver. Le hace quedar mal.

—Eso es cosa mía —replicó—. Siento no haberme sabido dominar; ya veo que aunque hubiera intentado algo, de poco hubiera servido.

Abrió la puerta y salió. Sus pasos se oyeron pasillo abajo. Otro excéntrico. Mientras se oyeron sus pasos no hice nada. Luego volví a la mesa y descolgué el teléfono.

4

Una voz casi infantil, perteneciente sin duda a alguna muchacha de oficina, sonó al otro extremo de la línea:

—Buenos días. Aquí el despacho de mister Morningstar.

—¿Me pone con el jefe, por favor?

—¿De parte de quién?

—Marlowe.

—¿Sabe él quién es usted, mister Marlowe?

—Pregúntele si desea comprar algunas monedas americanas antiguas.

—Un momento.

Hubo una pausa. Pude oír esas voces y esos ruidos que se producen en cualquier oficina en el momento que alguien aguarda en el teléfono. Se oyó el clic del auricular al ser cogido y un hombre habló.

—Soy mister Morningstar, dígame —tenía una voz seca y nerviosa.

—Me han dicho que usted llamó a mistress Murdock, de Pasadena, mister Morningstar. Acerca de cierta moneda.

—Acerca de una moneda —repitió—, ¿y bien?

—Tengo entendido que usted piensa comprar dicha moneda.

—Cierto. ¿Y con quién tengo el gusto de hablar?

—Con Philip Marlowe, detective privado. Trabajo para mistress Murdock.

—¿Y bien? —dijo de nuevo, mientras carraspeaba para aclarar su garganta—. ¿Y de qué quiere usted hablar conmigo, mister Marlowe?

—Precisamente de esa moneda.

—Pero se me informó de que no está a la venta.

—Sí, y de eso quisiera hablar. Personalmente.

—¿Sabe usted si la señora cambió de opinión respecto a la venta?

—No.

—Entonces no puedo imaginar qué es lo que usted puede desear. En serio, ¿de qué podemos hablar?

Su voz sonaba un poco socarrona.

El viejo se me escurría y decidí poner las cartas boca arriba.

—Mister Morningstar, cuando usted llamó a mistress Murdock sabía perfectamente que la moneda no estaba a la venta.

—Muy interesante —dijo lentamente—. ¿Y cómo?

—Usted está metido en estos asuntos. Es del dominio público que la colección Murdock no puede venderse en vida de la señora. Lo sabe todo el mundo.

—¡Ah! —se oyó—. ¡Ah! Pues bien: a las tres de la tarde. Pásese por mi oficina. Probablemente sabrá dónde está.

—No faltaré.

Colgué el aparato y encendí de nuevo la pipa. Me senté, mirando la pared. Bullían en mi cabeza muchas ideas diferentes. Saqué la foto de Linda Murdock, y tras contemplarla un momento, decidí que después de todo era muy guapa; la dejé en un cajón. No sé por qué me fijé de nuevo en otra de las cerillas dejadas por Leslie Murdock; se podía leer «Top Row W. D. Wright'36». La puse en el cenicero, diciéndome para mis adentros que aquellas cerillas especiales serían una excelente pista si se presentaba la ocasión.

Después saqué también el cheque de mistress Murdock, vi que era al portador; lo puse dentro de mi talonario de cheques y volví a metérmelo en el bolsillo.

Busqué en el listín, pero Lois Magic no estaba en él. Intenté encontrarla en la sección de agencias teatrales, inútilmente. Todas las agencias contestaron muy amablemente que no sabían nada de una miss Lois Magic que se decía animadora de un club nocturno.

Eché el listín a la papelera y llamé a Kenny Haste, cronista de sucesos del *Chronicle*.

—¿Qué sabes de Alex Morny? —le pregunté después de ponerle al corriente.

—Lleva un club nocturno y una casa de juego en Idley Valley, apartado de la autopista principal que conduce a las Colinas, cosa de un par de millas. Fue actor. Como actor, un muerto de hambre. Luego parece que le protegieron. No sé si se ha cargado a alguien; tampoco he oído que se le haya pillado en ninguna trastada. Pero no me fiaría ni un pelo de ese tipo.

—¿Peligroso?

—Lo puede ser si quiere. Todos esos tipos han ido al cine y saben cómo ha de actuar un boss de un club nocturno. Tiene un guardaespaldas que es todo un carácter. Su nombre es Eddie Prue; mide más de dos metros y es más delgado que un lebrel de perfil. Lleva un ojo de cristal, como resultado de una herida de guerra... entre matones.

—¿Es peligroso para las mujeres?

—No me seas cursilón, querido Marlowe. ¿Crees que las mujeres llaman a *eso* peligro?

—¿Conoces a una chica llamada Lois Magic, una animadora o algo parecido? Es alta, rubia.

—No.

—Vaya. ¿Tampoco conoces a un tipo llamado Vannier? No encuentro a ninguno de ésos en la guía telefónica.

—No. Pero puedo preguntar a Gertie Arbogast, si es que puedes llamarme más tarde. Se conoce lo más florido de los clubs nocturnos. Ya sabes que esta gente forma una aristocracia cerrada.

—Gracias, Kenny. Puedo. ¿Te bastará media hora?

Dijo que le bastaba y colgué. Eché un vistazo más y salí.

Al final del pasillo, en el mismo ángulo, un hombre rubio, de aspecto aniñado, que vestía un traje castaño y llevaba un sombrero de paja color cacao con una cinta de colores chillones, estaba leyendo un periódico, vuelto hacia la pared. Cuando pasé delante de él tosió y se puso el periódico debajo del brazo. Después me siguió hasta el ascensor y bajó conmigo. Parecía muy cansado. Al salir a la calle nos separamos. Me dirigí al banco a retirar algún dinero para los primeros gastos. De allí fui al Tigertail Lounge, donde bebí un Martini y comí un sándwich. El hombre vestido de color castaño estaba sentado al final de la barra bebiendo Coca-cola y parecía aburrirse. Se había puesto otra vez las gafas oscuras y se entretenía haciendo montoncitos con la calderilla.

Al terminar el sándwich me dirigí rápidamente a la cabina telefónica. El hombre se volvió, y como notó que le miraba, se ajustó las gafas disimulando muy mal. Marqué el número del *Chronicle*.

—Todo arreglado —dijo Kenny Haste—. Gertie Arbogast dice que Morny se casó con la rubita hace unos meses. Sí, con Lois Magic. No conoce a este Vannier. También me ha dicho que Morny compró una casa más allá de Bel-Air, una casa blanca en Stillwood Crescend Drive, cinco manzanas al norte de Sunset. Dice que se la compró a un ricachón llamado Arthur Blake Popham, que se vio obligado a venderla por haber sido pillado en un fraude al fisco. Las iniciales de Popham aún están en la puerta. Probablemente las haría imprimir hasta en el papel higiénico. Bueno, y esto es todo lo que hay.

—Muchísimas gracias, Kenny. Nadie habría podido decir tanto.

Colgué; volví a ver las gafas oscuras que me observaban y cómo se volvían rápidamente. Me escabullí por la puerta trasera para ir a por el coche, que había dejado dos manzanas más arriba.

Esta vez no me seguía ningún coche amarillo, y a toda velocidad me dirigí a la carretera general, en dirección a Bel-Air.

5

Stillwood Crescend Drive forma una curva suave al norte del Sunset Bulevard, más allá del campo de golf del Club Bel-Air. La carretera corre entre casitas y chalets vallados y cercados. Algunos tienen cercas altas, con puertas de metal repujado. No hay aceras a los lados de la calzada. Nadie circulaba por allí en aquel momento, ni siquiera un mal cartero.

La tarde era calurosa, pero menos que la mañana en Pasadena. El aroma de las flores, bajo el sol, embalsamaba el aire. El único ruido que se oía era el de las segadoras, las cuales no eran visibles por encontrarse al otro lado de las cercas; de cuando en cuando se olía a heno cortado.

Subía despacio, fijándome en todas las puertas. El nombre era Arthur Blake Popham; las iniciales serían A. B. P. Al fin las encontré en una casa que estaba casi en lo alto de la colina, y mostraba un escudo negro en la puerta.

Era una casa blanca, de aspecto alegre, que parecía completamente nueva. Pero las casas que la rodeaban eran aún mejores. Ésta no tendría más de catorce habitaciones y probablemente no más de una piscina. Era baja, de ladrillo y cemento. El nombre A. P. Morny se podía leer en un buzón plateado colocado en la puerta de servicio.

Dejé el coche en la calle y me dirigí a la puerta, que tenía un llamador de bronce. Al lado de la casa había un chófer limpiando un Cadillac. Llamé. Se abrió la puerta casi inmediatamente y un filipino de ojitos oblicuos y expresión dura me hizo un gesto interrogativo con la cabeza. Le di una tarjeta.

—Mistress Morny —le dije.

Cerró la puerta sin decir palabra. El tiempo pasaba con desesperada lentitud, como siempre que uno espera a la puerta de una casa desconocida. El deslizarse del agua sobre el Cadillac, con su sonido cantarín, me distraía de mis pensamientos y del calor. El chófer era un hombrecillo que usaba tirantes y tenía la camisa muy sudada. En conjunto parecía un yóquey y hacía los mismos gestos y el mismo ruido limpiando el Cadillac que podía haber hecho con un caballo. Un pajarillo vino a posarse al lado de la puerta, jugueteó un momento y volvió a perderse en el aire.

La puerta se abrió de nuevo y apareció el filipino; hizo ademán de devolverme la tarjeta y no la cogí.

—¿Qué le pasa? —su voz chirriaba, y me hizo pensar en el ruido que haría uno que pisara cáscaras de huevo.

—Me pasa que quiero ver a mistress Morny.

—No está en casa.

—Eso me lo podía haber dicho cuando le pasé la tarjeta.

Entonces abrió la mano y la dejó caer al suelo. Además, enseñando su blanca dentadura, replicó malhumorado:

—Antes ella no me había dicho que estaba fuera.

Dicho eso, cerró con la mayor descortesía.

Recogí la tarjeta del suelo y me dirigí hacia el lado de la casa donde trabajaba el chófer. Tenía los ojos enrojecidos y un mechón de pelo color amarillo. De sus labios colgaba, apagada desde hacía buen rato, una colilla. Me dirigió una mirada rápida y despreocupada como de quien tiene quehacer y no puede perder un momento.

—¿Dónde está el jefe? —le pregunté.

El cigarrillo se desplazó de lado en el momento de contestar.

—Pregunte usted en la casa.

—Ya lo hice, pero me cerraron la puerta en las narices.

—Sí que lo siento, joven.

—Dígame: ¿mistress Morny está o no?

—Pues lo mismo, amigo. Yo no sé nada; pregunte en la casa.

Esta vez saqué una tarjeta en la que aparecía mi profesión. La mantuve a la altura de sus ojos durante un ratito para que pudiera leer. Dejó el trapo en el suelo y se dirigió a la manguera para lavarse las manos y secárselas luego con la toalla colgada en la puerta del garaje. Sus ojillos de zorro se movían sin parar y yo me acerqué a él.

—¿Cómo andamos de bolsillo, amigo? —inquirió ladinamente.

—A punto de reventar.

—Entonces por cinco pavos nada más, quizá yo podría empezar a pensar.

—No haga usted esfuerzos —repuse—; con que hable me sobra.

—¿Hablar? —saltó en seguida—. Por diez pavos soy capaz de cantar como cuatro canarios y una guitarra eléctrica...

—Está bien; pero no me gustan las orquestas.

—¿Qué? Más claro; si no, no entiendo.

—Quiero decir que no me gustaría que la melodía le costara el empleo. Yo sólo quiero saber si mistress Morny está en casa.

—Bueno; pero por mí no se preocupe, con éste o con otro, tengo empleo para rato.

—Si deja a Morny, ¿ya tiene otro jefe?

—Eso no entra en la receta; ¿es que trabaja usted para él?

—Seguro.

—Embustero.

—Seguro.

—En fin, ¿qué hay de esa cuenta que tenemos?

Saqué dos dólares y se los entregué. Hizo una mueca, y dijo:

—Está en el jardín de atrás con un amigo. Un amigo muy íntimo. No está mal esto de tener un amigo guapo que no trabaje y un marido que trabaja y paga, ¿verdad?

Su sonrisa era sucia.

—Hasta puede que, si se prodiga alguno de esos comentarios, baste para que le dejen tieso con la manga todavía en las manos...

—¿A mí? —dijo jovialmente—. ¡Ca! Yo sé manejar a esa gente muy bien. Hace mucho que vivo a costa de ellos.

Jugaba con los billetes. doblándolos y desdoblándolos, hasta que por fin se los metió en el bolillo.

—Y eso no es más que el entremés —prosiguió—: Ahora, por cinco pavos más...

Un perro de aguas vino, dando la vuelta al Cadillac, y comenzó a enredarse en mis piernas y a tirar de mi americana. Casi me hizo perder el equilibrio y tuve que apoyarme en el coche.

—Aquí, *Heathcliff. Heathcliff* —era una voz de hombre que se acercaba apresuradamente y no cesaba de llamar al perro—: Ven, ven, *Heathcliff*...

—¿Ve usted? Ése es el nombre. Curioso, ¿verdad?

—Pero ¿es que alguien piensa aquí en *Cumbres Borrascosas*? —dije, por decir algo.

—Cállese. Ahí viene ése.

En efecto, por el túnel cubierto de rosas, que comunicaba con el jardín posterior, apareció un hombre. Era alto, moreno, de piel aceitunada, ojos brillantes y patillas largas; demasiado largas. Vestía una camisa blanca, en la que se veían bordadas unas iniciales. El reloj de pulsera aparecía brillante en su muñeca delgada, sujeto con una cadena de oro. Alrededor del cuello bronceado llevaba enrollado un bonito pañuelo amarillo.

Vio jugar al perro entre mis piernas y no le gustó nada. Alargó la mano, abriendo los dedos, y volvió a decir:

—Aquí, *Heathcliff*.

El perro bostezó y se quedó inmóvil un instante. Luego quiso de nuevo jugar.

—¿Quién es usted? —preguntó con aire de reproche.

Le di una tarjeta sin decir nada; la tomó entre sus largos dedos oliváceos con mucho cuidado. El perro se desperezó y se largó.

—Marlowe —dijo el hombre—. ¿Marlowe? ¿Un detective? ¿Y qué quiere usted?

—Quiero ver a mistress Morny.

Me miró de arriba abajo, posando en mí sus ojos brillantes.

—¿No le dijeron ya que mistress Morny no está? —dijo, afectando seriedad.

—Sí. Pero, como es natural, no me lo creí —dije, y mirándole socarronamente, añadí—: Imagino que usted será mister Morny.

—No.

—Éste es mister Vannier —dijo de pronto el chófer con una voz que afectaba educación, pero cargada deliberadamente de insolencia—, el amigo íntimo de la familia. Viene por aquí muy a menudo.

Vannier volvió la cabeza, furioso. El chófer se limitó a escupir la colilla y volvió a su trabajo con renovado ardor. Luego hizo como si quisiera disculparse:

—Ya dije a este señor que mister Morny no estaba en casa.

—Lo imagino.

—Y le dije también que la señora y usted sí estaban. ¿Hice mal?

—Lo mejor que podía hacer era meterse en lo suyo —dijo secamente.

—¿Por qué demonios no caería en ello antes? —dijo compungido.

Vannier, incapaz de contenerse por más tiempo, estalló:

—Váyase antes de que le rompa la cara.

El chófer le miró fríamente, pareció indeciso un momento y luego se fue camino del garaje, silbando descaradamente. Vannier se dirigió a mí irritadísimo:

—A pesar de habérsele dicho que la señora no estaba, usted prefiere importunar más.

—Eso es. Aunque podríamos buscar otras palabras.

—¿Se puede saber cuál es el importante asunto que tiene que discutir con mistress Morny?

—Eso preferiría hablarlo directamente con ella.

Se oyó una voz jovial que venía del garaje:

—Cuidado con su derecha, detective.

La piel morena de Vannier tomó el color de las algas marinas. Luego se volvió y dijo secamente:

—Sígame.

Nos metimos por el túnel de ladrillos cubierto de rosas hasta una puertecita que se abría al final. Entramos y había un jardincito dentro del patio cercado por altos muros, y en medio, una pequeña piscina cuya agua titilante brillaba intensamente a la luz del sol. Además de la piscina, había algunas sillas, unas mesitas bajas, sillones para recostarse con grandes cojines y, destacando sobre todo, un gran parasol blanco y azul tan grande como una tienda de campaña.

Una rubia lánguida, con piernas de corista, estaba tumbada en uno de los sillones, con los pies levantados y un gran vaso colocado en una mesita a la altura del codo, cerca de una botella de whisky. Mientras nos acercábamos a ella me dirigió una mirada perezosa. A treinta pasos de distancia parecía algo soberbio, digno de verse de muy cerca; pero a diez pasos, uno hubiera deseado hallarse todavía en los treinta. Su boca era demasiado ancha, sus ojos eran demasiado azules, su maquillaje demasiado exagerado, la delgada línea de sus cejas era casi fantástica en su curva y extensión, y el arreglo de sus ojos era tan laborioso y complicado que sus pestañas, más que pestañas, parecían alambres electrizados. Llevaba unos pantalones muy ajustados de color blanco, unas sandalias abiertas, una blusa blanca de seda y un collar de piedras verdes que parecían esmeraldas. El peinado era tan artificioso que me traía a la memoria el vestíbulo de uno de esos cabarés lujosos pasados de moda.

En la silla que tenía al lado había un sombrero de alas anchas como neumáticos. En las alas del descomunal ejemplar de sombrero había unas gafas de sol de color verde, grandes y llamativas.

Vannier, ya antes de llegar a ella, dijo:

—Tienes que echar a ese mamarracho de chófer de lo contrario le romperé la crisma en cualquier momento. Cada vez que me ve me insulta.

La rubia tosió ligeramente y se sacó un pañuelo del bolsillo sin necesidad alguna.

—Siéntate y no malgastes tus viriles encantos. ¿Quién es tu amigo?

Vannier buscó mi tarjeta en su bolsillo, después se dio cuenta de que la tenía en la mano y la echó sobre sus rodillas. La recogió con languidez, pasó los ojos por ella, los pasó por mí, suspiró y se golpeó los dientes con las uñas.

—Un buen pájaro para tener a mano, ¿no?

Él me miró echando chispas.

—Bien; vamos, suelte enseguida lo que tenga que soltar.

—¿Puedo hablar con ella directamente, o se lo digo a usted para que se lo ponga en romance?

La rubia soltó una carcajada. Era una cascada de risas que se parecía a la danza de burbujas en una fuente.

Vannier se sentó zaherido y encendió un cigarrillo emboquillado. Yo los observaba a los dos.

—He venido a buscar a una amiga suya, mistress Morny. Me han dicho que usted compartía un apartamento con ella hace cosa de un año. Su nombre es Linda Conquest.

Vannier abrió y cerró los ojos repetidas veces. Volvió la cabeza y se puso a mirar a la piscina. El perro de aguas estaba en la orilla sentado y mirando con un ojo semicerrado. Le llamó haciendo sonar los dedos.

—Déjalo en paz. El pobre perro odia tus gracias. ¿No puedes dejar de ser vanidoso ni siquiera unos momentos?

—No me hables así —rugió Vannier.

La rubia se rió y le acarició el rostro con los ojos.

Yo dije:

—Le decía, mistress Morny, que quería hablar con usted de una amiga suya.

—Ya le oí. Estaba pensando. Creo que no la he visto desde hace más de seis meses. Se casó.

—¿No se han visto en seis meses?

—Sí, eso dije; pero ¿qué es lo que quiere de ella?

—Es para una investigación que me han encargado.

—¿Acerca de qué? —insistió.

—Es confidencial.

—Fíjate, Lou —observó la rubia—; está haciendo una investigación privada.

—Entonces, ¿no sabe dónde está, mistress Morny?

—¿Es que no se lo había dicho todavía?

—No. Sólo dijo que no la veía desde hace seis meses, y eso es muy diferente.

—¿Quién le dijo que yo había compartido un apartamento con ella?

—Nunca revelo mis fuentes de información.

—Señor mío —dijo un poco molesta—, usted serviría para director de conjunto. Una tiene que decirlo todo y usted no suelta prenda.

—De todas formas, las posiciones son muy diferentes. Yo obedezco instrucciones y, además, su amiga no tiene por qué esconderse.

—¿Quién la busca?

—Su familia.

—Invente otra cosa. Linda no tiene familia.

—Debe usted conocerla muy bien cuando conoce estos detalles.

—Antes intimamos. Pero eso no significa que ahora sea igual.

—Muy bien; ya entiendo. La respuesta es que usted la conoce muy bien, pero que no me dirá nada.

—La respuesta —saltó Vannier— es que a usted nadie lo ha llamado, y cuanto antes salga de aquí, mejor será para todos.

No le hice caso y seguí mirándola a ella; me guiñó un ojo, y dijo a Vannier:

—No seas exagerado, querido. Tienes un gran encanto, ya lo sabes; pero tus huesos son flojos y no sirves para lances duros, ¿no es verdad, detective?

—No me había fijado, mistress Morny. ¿Cree usted que su marido podría..., o querría ayudarme?

Ella hizo un gesto negativo con la cabeza.

—Ni lo intente usted. Créame; si no le gustara, él tiene por ahí unos matones que le echarían con malos modos.

—Vamos, yo creo que si usted quisiera decirme algo...

—¿Y cómo se las arreglará para hacerme querer?

Sus ojos eran incitantes.

—¿Qué puedo hacer? —miré sucesivamente al perro y a Vannier—. ¿Qué puedo intentar con todo eso por aquí?

—No lo había pensado —dijo, mientras me miraba por encima del vaso.

Entretanto, Vannier se había levantado. Estaba lívido. Se llevó una mano dentro de la camisa y dijo muy lentamente, entre dientes:

—Largo, gorila. Largo mientras puedas andar.

Le miré, fingiendo una gran sorpresa.

—¿Y sus modales? —dije—. Y no me diga que ahí lleva un revólver.

La rubia se rió, enseñando una preciosa hilera de dientes muy blancos. Vannier metió todavía más dentro la mano y apretó los labios. Sus ojos eran ahora acerados y peligrosos, muy parecidos a los de una serpiente en el momento de atacar.

—Ya me ha oído —dijo con una voz extrañamente suave—, y no me haga perder la paciencia. Puedo agujerearlo en menos que canta un gallo. ¡Rápido, rápido!

Miré a la rubia. Sus ojos brillaban y su boca aparecía sensual y expectante al contemplarnos. Comencé a caminar por la hierba. Me volví para ver lo que hacían. Vannier no se había movido y aún tenía la mano en el pecho. Los ojos de la rubia aún brillaban y tenía la boca abierta, pero la sombra del parasol me impedía ver bien su expresión. Además, la distancia no me dejaba ver si en su cara se reflejaba el miedo o la anticipada complacencia.

Seguí caminando y pasé la puertecita blanca que conducía al túnel enladrillado. Seguí unos pasos, pero me volví hasta la puerta para mirar. Lo que vi no me sorprendió en absoluto. Vannier estaba besándola.

Volví hasta el lugar en donde el chófer seguía limpiando el Cadillac. Ya había lavado la carrocería y ahora abrillantaba los cristales y niquelados con una gamuza. Llegué hasta su espalda y me detuve detrás de él.

—¿Cómo le ha ido? —me preguntó, hablando con un solo lado de la boca.

—Mal —dije—; me han toreado.

—Será mejor que se ande con cuidado. El tipejo ese está desesperado o, por lo menos, así parece.

Dicho eso, se rió.

—¿Quién es ese Vannier? ¿Qué hace?

El chófer se puso cómodo; dejó la gamuza en el borde de una de las ventanillas y se secó las manos con la toalla que ahora llevaba colgada del brazo.

—Yo diría que las mujeres constituyen su única profesión.

—¿No cree usted que es peligroso jugar precisamente con ésta?

—Yo creo que sí. Pero cada uno tiene su opinión respecto al peligro.

—¿Dónde vive?

—En Sherman Oaks. Ella va allí muy a menudo. Demasiado a menudo.

—¿Nunca ha visto usted a una chica llamada Linda Conquest? Es alta, morena, guapa. Era animadora de un club nocturno.

—Por sólo un par de pavos, no pregunta usted poco, amigo.

—Vamos, lo dejaremos en cinco más.

Negó con la cabeza.

—No, no sé quién es. Muchas vienen aquí, como esa que ha descrito. Pero, como comprenderá, no me las presentan.

Saqué mi cartera y le di otros tres dólares y al mismo tiempo una tarjeta.

—Me gustan los hombres pequeñitos —dije—; no parecen nunca asustarse de nada. Venga a verme alguna vez.

—Puede que lo haga, ya ve usted. Linda Conquest, ¿no? Tendré los oídos bien abiertos.

—Adiós; y a todo esto, ¿cómo se llama usted?

—Me llaman Shifty. Jamás supe por qué.

—Hasta la vista, Shifty.

—Hasta la vista. ¿Tenía de verdad una pistola el memo ese?

—No sé —contesté—; no me han contratado para liarme a tiros con tipos que ni me van ni me vienen.

—Claro; ¿se ha fijado que sólo llevaba dos botones en la camisa? Y parecía preocupado, me he fijado bien.

—¡Ah!, le gusta darse importancia. En fin, si oye algo de Linda Conquest, no tarde en hacérmelo saber.

—De acuerdo.

Me dirigí hacia la verja; antes de salir pude ver cómo se había quedado en pie, pensativo, rascándose la barbilla.

6

Tuve que dar varias vueltas antes de poder encontrar sitio para aparcar. Quería subir un momento a mi oficina antes de seguir hacia la parte baja de la ciudad.

Un Packard, conducido por un chófer uniformado, dejó un sitio a unos treinta metros de la entrada del edificio de mi oficina. Me dirigí enseguida al lugar vacante, cerré el coche y me apeé. Sólo entonces me di cuenta de que enfrente había un pequeño coche amarillo descubierto. Pero no podía ser aquél, pensé. Coches iguales los hay por millares; no había nadie en él, nadie con un sombrero de paja con una banda llamativa. Me fijé en la matrícula y la anoté en el reverso de un sobre, por si acaso, y subí a la oficina. No vi a nadie, ni al pasar por el vestíbulo, ni en el pasillo de arriba. Entré en el despacho por si había algo de correspondencia; nada. Salí casi enseguida. Tenía que apresurarme si quería llegar allá abajo antes de las tres.

El coche amarillo estaba todavía allí, abandonado. Fui a mi coche y entré lo más aprisa que pude en la corriente de tráfico.

Ya había llegado a Sunset on Vine cuando me alcanzó. Seguí adelante, refunfuñando y preguntándome dónde se habría escondido. Quizá lo había hecho detrás de su propio coche. No se me había ocurrido mirar allí.

Continué hacia el Sur, hacia la parte baja de la ciudad. El coche amarillo se mantenía sin despegarse, a menos de veinte metros de distancia. Entré por la Seventh Avenue y me detuve entre la Seventh y la Olive para comprar cigarrillos que no me hacían maldita la falta. Después seguí andando por la acera sin volver la cabeza. Al llegar a Spring me metí en el hotel Metropol, encendí un cigarrillo y me senté en uno de los viejos sillones de cuero que abundan en el vestíbulo.

El hombre rubio del traje color castaño, gafas oscuras y mi archiconocido sombrero entró al poco rato y se dirigió con aire resuelto y despreocupado al vendedor de cigarrillos. Compró una cajetilla y la abrió allí mismo, dando al mismo tiempo una ojeada al vestíbulo. Sus ojos inquietos se detuvieron un instante en mí. Luego se adelantó unos pasos hacia una de las columnas y se sentó en un sillón. Se echó el sombrero hacia delante e hizo como si fuera a dormir con un cigarrillo sin encender en la boca.

Me levanté y fui a sentarme en un sillón, muy cerca. Le miré. El hombre no se movió. Visto así, tan de cerca, su cara resultaba joven; era rosada y regordeta y llevaba mal afeitada la barbilla. Tras los cristales de sus gafas, sus ojos se movían rápidamente en todas direcciones. Al verme allí comenzó a tantearse los bolsillos como buscando cerillas. Encendí una y acerqué la llama a su cigarrillo.

—¿Necesita fuego? —dije.

—¡Oh, gracias! —dijo muy sorprendido—. Muchas gracias.

Aspiró con fuerza hasta que el cigarrillo prendió bien. Apagué la cerilla, la tiré al cubito de arena a mis pies y esperé. Me miró varias veces antes de decidirse a hablar.

—¿No nos hemos visto en alguna parte?

—En la Dresden Avenue, en Pasadena; a la salida de mi oficina. Durante toda la mañana apenas hemos dejado de vernos.

—Soy una calamidad.

—Sí, una calamidad y de las más vistas.

—Quizá sea por el sombrero —dijo.

—Cierto, el sombrero ayuda. Pero, en realidad, es lo de menos.

—Es difícil trabajar en esta ciudad —dijo precipitadamente—; no se puede hacer nada a pie, uno se queda sin un centavo si tiene la desgracia de tener que usar los taxis, y si tiene coche propio tampoco se adelanta mucho, porque tienes que correr entre un montón de coches.

—Sí; pero eso no le obliga a meterse en las narices del prójimo —dije un poco picado—. Y dígame: ¿quería usted algo de mí, o simplemente hacía prácticas?

—Me figuro que podría descubrirle algo si usted fuera lo bastante listo como para merecerlo.

—Soy de lo más listo; así que ya puede comenzar a descubrirme lo que quiera.

Miró cuidadosamente hacia atrás y hacia los lados para cerciorarse de que nadie nos estaba viendo y se sacó una pequeña cartera de piel de cerdo del bolsillo. Extrajo una tarjeta. La cogí y leí: «George Anson Phillips. Investigaciones privadas, 212 Seneger Building, 1924 North Wilcox Avenue. Hollywood». En el ángulo superior derecho había un ojo abierto con una ceja arqueada por la sorpresa y largas pestañas. El número del teléfono era de Glenview.

—No tiene derecho a usar este distintivo —le dije—; lo usó ya un gran detective. Es como si le robara.

—¡Bah! — dijo—; con lo poco que consigo no le voy a causar mucho trastorno.

Me mordí la lengua, pero me callé y opté por guardar la tarjeta.

—¿Quiere que le dé una de las mías o ya tiene mi ficha completa?

—Gracias. De usted ya lo sé todo. Yo estaba en Ventura cuando usted llevó el asunto Gregson.

Gregson fue un confidente de la policía de Oklahoma, perseguido por toda la Unión durante dos años por una de sus víctimas hasta que, en cierta ocasión, ametralló desesperadamente a un ferroviario confundiéndole con el otro. Ahora que lo recordaba me parecía que de todo aquello hacía ya muchísimo tiempo. Le invité a seguir.

—Recordé su nombre cuando le vi en su coche esta mañana. Luego le seguí por el camino hasta perderle de vista; en su oficina no me atreví a entrar, pues con ello habría violado mi secreto y me parecía que era una manera equivocada de comenzar.

«Otro excéntrico», dije para mí; con ése ya iban tres en una sola mañana, sin contar con mistress Murdock, que prometía revelarse como la más curiosa entre todos.

Le dejé limpiar las gafas sin decir palabra. Luego, él mismo continuó:

—Me figuro que ambos podríamos hacer una especie de trato. Quiero decir que deberíamos asociar nuestros medios, como vulgarmente se dice. Vi a aquel joven entrar en su oficina y supuse que iba a contratarle.

—¿Sabe usted quién era?

—Debo sacar un asunto sobre él precisamente. Y no es fácil.

—¿Qué ha conseguido?

—Nada; en realidad trabajo para su esposa.

—¿Divorcio?

—Bueno, eso es lo que ella dice; pero pienso que hay algo más.

—Cada uno tratando de sonsacar al otro; es cómico, ¿no le parece?

—Sí. Y más cuando yo ignoro cómo terminará la cosa para mí. Hay un tipo que me sigue a todas partes. Un tipo muy alto, con un ojo a la funerala. Yo me escurro, pero enseguida consigue dar conmigo y lo siento pegado a mis talones. Es un tipo muy alto, más que una farola.

Un tipo muy alto y con un ojo a la funerala. Seguí fumando, pensativo.

—¿Tiene que ver ese tipo también algo con usted? —dijo ansiosamente.

Negué con la cabeza y eché la colilla al cubo de arena del suelo.

—Nunca lo he visto, al menos que yo sepa. En fin, me parece muy bien que nos veamos para discutir todo eso con calma. Pero ocurre que ahora tengo una cita.

—Conforme.

—¿Dónde nos veremos? ¿En mi oficina, en mi domicilio, en el suyo? A mí me da lo mismo.

Se quedó pensativo, rascándose la mal afeitada barbilla con sus dedos cuidados.

—En mi domicilio —se decidió por fin—; en el listín no lo encontrará. Deme un momento la tarjeta.

La volvió del revés cuando se la di y escribió despacio con un lápiz de metal, moviendo la lengua mientras escribía. Me parecía cada vez más joven; poco más de veinte años, aunque por fuerza tenía que ser mayor, pues del caso Gregson hacía seis o siete, por lo menos.

Me devolvió la tarjeta; la dirección que había puesto rezaba: «204 Florence Apartaments, 128 Court Street». Le miré un tanto sorprendido.

—¿Court Street, en Bunker Hill?

—Sí; un barrio poco fino, ¿verdad? ¿No le gusta ir allí?

—¿A mí, por qué no?

Me levanté y le tendí la mano. Me la estrechó como con prisa. Advertí que su labio superior estaba húmedo y su nariz también. Me dirigí hacia la calle, y a mitad del pasillo le dije:

—Es difícil que alguien pueda tomarme el pelo; pero esta vez hay una rubia alta de ojos suaves que lo intentará.

—Yo no llamaría a los suyos ojos suaves.

Acerqué aún más mi rostro a su oído y dije:

—Y aquí, entre nosotros, eso del divorcio es un cuento chino. Hay algo detrás de eso.

—Si ya lo decía yo. Y cada minuto que pasa lo creo menos.

Se sacó algo del bolsillo y me lo puso en la mano. Era una llave.

—Así no tendrá que aguardar en el vestíbulo en caso de que yo no haya llegado. Yo tengo otra. ¿A qué hora vendrá?

—A eso de las cuatro y media. ¿Está seguro de que no le hará falta la llave?

—No. Además, ¿no estamos los dos metidos en el mismo lío? —dijo eso con ojos de inocente, al menos con la inocencia que puede pasar a través de unas gafas de sol.

Cuando ya había llegado a la puerta, volví la cabeza y le vi aún allí apaciblemente sentado, con el cigarrillo apagado en los labios y su banda de colores llamativos en el sombrero que parecía la última página del *Saturday Evening Post*.

Evidentemente estábamos en el mismo lío, y no le engañaría. Decidido. Teniendo la llave de su apartamento podía adueñarme de él. Podía ponerme en zapatillas, beber su whisky y quedarme con sus billetes de mil. Pero no, pobre muchacho. Al fin estábamos metidos en el mismo lío.

7

El Belfont Building constaba de ocho pisos, que nada ofrecían de particular; estaba emplazado entre un impresionante garaje de tres pisos y sótanos, que escandalizaba el barrio con sus ruidos constantes, y al otro lado tenía unos almacenes. El vestíbulo del Belfont era pequeño, estrecho y oscuro y solía estar más sucio que un corral. En las paredes había muchas advertencias y muchos anuncios; al final, mis ojos fueron a fijarse en uno que, en grandes letras, aparecía del lado opuesto de la recepción. Se leía: «Tenemos un apartamento a la venta, muy apropiado para expendeduría de tabacos. Dirigirse al 316».

Había dos ascensores, pero sólo uno funcionaba. Un hombre se sentaba al lado en un escabel que tenía una manta doblada encima. Era viejo y tenía las mejillas muy delgadas y pálidas; los ojos, llorosos, y en una mano, una herramienta. Parecía como si hubiera estado sentado allí desde la Guerra Civil y que ya entonces hubiera estado malparado.

Me metí en el ascensor y dije, sin apenas mirarlo: «Al octavo». Cerró las puertas con fuerza y comenzamos a subir. El viejo respiraba con fatiga, como si estuviera llevando el chirriante ascensor en sus espaldas. Al salir, ya en el largo pasillo, oí cómo el hombre se sonaba con fuerza las narices.

La oficina de Elisha Morningstar estaba al fondo, enfrente mismo de la escalera de incendios. Constaba de dos habitaciones, ambas con un letrero negro sobre cristal: «Elisha Morningstar. Numismático». En la primera puerta se podía leer, además: «Pasen sin llamar». Empujé la puerta y entré en la habitación pequeña y estrecha, con dos ventanas. Tenía una pequeña mesa con una máquina de escribir que estaba cerrada, muchas cajas metálicas con monedas colocadas encima de cojines etiquetados. También había un fichero que llenaba un lado de pared. Las ventanas no tenían persianas ni cortinas. En el suelo había una alfombra llena de polvo.

Se abría una puerta al fondo, del lado del fichero y detrás de la mesilla con la máquina de escribir. Al otro lado de la puerta se oía ese ruido que hace un hombre sentado cuando no hace nada. La voz de Elisha Morningstar, seca y breve, sonó:

—Pase.

Entré. La segunda habitación era tan pequeña como la primera, pero tenía más trastos. Había una caja de caudales que casi bloqueaba la entrada. Una mesa cerca de la pared; era de madera de nogal y estaba llena de libros amontonados y de viejas revistas cubiertas de polvo. En la pared del fondo había una ventana que no conseguía acabar con el olor a cerrado que impregnaba la habitación. En una percha había colgados varios sombreros, sucios y grasientos. Encima de algunas mesillas se veían monedas, tinteros y aparatos numismáticos.

Sentado en una silla giratoria, colocada detrás de la mesa, estaba un individuo entrado en años que vestía de gris. Su americana tenía grandes solapas y demasiados botones. Tenía el pelo de un blanco sucio y le colgaba muy abajo, de manera que casi le tapaba las orejas. Tenía un mechón hacia delante que le bajaba por la frente. Sus ojos eran astutos, pero un sinnúmero de arrugas y venitas los avejentaban. Sus mejillas eran un tanto regordetas y su nariz corta, pero tan ganchuda que habría llamado la atención de cualquiera. Llevaba un cuello que había sido blanco y que ninguna tintorería decente se habría atrevido a tomar; era muy alto y le tapaba la nuez. La corbata, a rayas, no ofrecía nada de particular, pero se había hecho el nudo de manera que parecía un ratón. Sonrió al entrar yo y dijo:

—Mi secretaria ha tenido que ir al dentista. ¿Usted es Marlowe?... Bien, bien, siéntese, por favor —al decir eso movía su delgada mano señalándome una silla. Me senté—. ¿Imagino que podrá usted justificar su personalidad?

Le entregué mi tarjeta. Mientras la leía me fui dando cuenta de que olía de una forma peculiar. Era un olor seco, era olor a chino. Sí, eso es: olía exactamente como un chino.

Dejó la tarjeta encima de la mesa y cruzó los brazos. Sus ojos negros y astutos me escudriñaban constantemente.

—Y bien, mister Marlowe, ¿en qué puedo servirle?

—Quisiera que me contara algo acerca del Doubloon Brasher.

—¡Ah!, el Doubloon Brasher —dijo, levantando la mano como si buscara algo—. Interesante moneda, es..., yo diría que, en algunos aspectos, es la pieza americana más interesante y valiosa. Usted ya la debe conocer.

—No la conozco.

—¿De veras? —al decir eso abrió mucho los ojos—. ¿Es de veras? ¿Quiere decir, entonces, que desea una explicación?

—Para eso he venido, mister Morningstar.

—Es una moneda de oro, como ya sabe, equivalente a la pieza antigua de veinte dólares y del tamaño aproximado a medio dólar actual. Fue acuñado en el estado de Nueva York en el año 1787, pero no en serie. Eso no ocurrió hasta 1793, cuando se abrió la primera casa de moneda en Filadelfia. El Doubloon Brasher probablemente fue acuñado por el procedimiento llamado a presión y de ello se encargó un tal Ephraim Brasher, también llamado Brasear por algunos. Cuando se refieren a él, utilizan el segundo nombre, pero para la moneda siempre se utiliza el primero. No sé por qué.

Encendí un pitillo para aliviar en lo posible aquel olor desagradable.

—Ese procedimiento a que se ha referido, ¿en qué consiste?

—Las dos mitades del molde —prosiguió— están grabadas en acero; acero entallado, por supuesto. Esas mitades se montan en plomo y luego se introduce el oro y se lleva a la prensa. Al enfriarse se igualan los bordes y se liman. No he hablado de la ley de esa moneda porque parece que en aquella época no se hacía aleación alguna; tenga en cuenta que hablamos de 1787.

—Vaya un procedimiento lento —dije.

Asintió con un gesto de cabeza.

—Muy lento. Y además, hay que tener en cuenta que el acero de los moldes se desgastaba y de tiempo en tiempo había que renovarlo, con lo cual las monedas salían con sensibles diferencias. De hecho, se puede afirmar que con los procedimientos modernos de comprobación microscópica no se encuentran dos monedas iguales. ¿Me explico?

—Muy bien. ¿Hay muchas monedas de ésas? ¿Aparecen con cambios notables?

Abrió la mano y la apoyó en el borde de la mesa.

—Ignoro cuántas puede haber. Nadie lo sabe. Unos cientos, quizá un millar o más. Pero circulan poquísimas, y varía mucho su precio. Se calcula unos dos mil dólares para cualquier pieza, o quizá tres mil. Sin embargo, si se tiene en cuenta la devaluación de la moneda actual, un comerciante inteligente, en determinadas circunstancias, podría sacar hasta diez mil. Pero para eso tendrían que concurrir una serie de coincidencias y estar en condiciones de poder ofrecer un historial completo de la pieza.

Hice un gesto dando a entender que sus explicaciones me admiraban. Entretanto cuidaba de prodigar el humo del cigarrillo porque necesitaba contrarrestar los olores de la habitación. Él ponía la cara típica del que odia el tabaco, pero ha de aguantarse.

—Y en caso de encontrar un vendedor poco avisado, que además careciera de ese historial y quisiera desprenderse de la moneda, ¿a cuánto podría salir la operación?

—Ello significa que el ejemplar había sido conseguido ilegalmente. Por robo o por engaño. Naturalmente, se pueden dar también circunstancias excepcionales. Sin ir más lejos, recuerdo el caso de una pieza que se metió por las junturas de un sofá y allí se quedó casi un siglo. El sofá pertenecía a una antigua familia que tenía una mansión en Fall River, en Massachusetts; el mueble no se movió de su sitio durante todo aquel tiempo, hasta que un día hubo que restaurarlo. De ello se encargó un anticuario. Nadie sabía cómo la moneda había ido a parar allí y todos ignoraban el valor de la misma. Esto puede ocurrir, pero le garantizo a usted que es rarísimo, casi imposible en esta región.

Se quedó mirando al techo con aire absorto. Yo le observaba con bastante más atención de lo que dejaba aparentar. El viejo parecía acariciar una idea..., una idea muy sabrosa. Bajó la vista despacio y se me quedó mirando.

—Cinco dólares.

—¿Qué?

—Cinco dólares, por favor.

—¿Para qué?

—No se haga el sueco, mister Marlowe. Cuanto le acabo de decir podía encontrarlo en cualquier librería de lance. El *Fosdyke,* por ejemplo, es utilísimo para cualquier consulta. Pero usted me prefirió y vino a hacerme perder el tiempo; así mis honorarios son cinco dólares.

—Ahora supongamos que no quiera dárselos.

Bajó más la cabeza y cerró los ojos; una sonrisa leve e impertinente se dibujó en sus labios.

—Usted pagará.

Saqué la cartera y fui dejando los billetes sobre la mesa. Luego los cogí todos juntos, acariciándolos como a un gatito.

—Cinco dólares, mister Morningstar.

Abrió los ojos y miró los billetes. Volvió a sonreír.

—Y ahora —dije— hablemos del Doubloon Brasher de la colección Murdock que alguien trató de venderle.

—¡Oh!, alguien trató de venderme el...; pero ¿qué se lo hace suponer?

—Veamos. Alguien necesitó dinero; alguien que no quería que le pusieran muchas pegas. Se enteró de que usted hace estos negocios y de que tenía una oficina en este rincón inmundo. Vería luego que, efectivamente, trabaja en ese extremo del pasillo, tan retirado, y se diría: «Ese viejo es seguro, sin duda velará cuidadosamente por mi secretillo..., porque sin duda los suyos también requerirán sus buenos cuidados».

—Parece que ese alguien sabía un montón de cosas —replicó seco.

—Entonces —concluí, sin hacer caso—, él o ella, que se conocen, como usted o como yo, pongamos por caso, entonces, digo, se las piraría, cuidando mucho de que fuera difícil dar con su paradero.

Se metió el meñique en la oreja, hurgó y lo sacó de dentro amarillo; como sin darse cuenta lo limpió en la americana.

—¿Y usted monta todo ese tinglado basándose sólo en mi llamada a mistress Murdock?

—Eso es. Ella tiene la misma idea que yo. Es natural. Antes le dije que usted sabía que la pieza no estaba en venta; lo sabe cualquier novato en el negocio..., y usted sabe lo suyo.

Bostezó. No sonreía, pero mis últimas palabras le habían halagado.

—En fin, la moneda le fue ofrecida —dije— en circunstancias sospechosas. Sin duda la habría comprado si se la hubieran dejado barata y hubiera tenido el dinero a mano. Pero quiso cerciorarse bien; aunque, a fin de cuentas, robada y todo, si se la dieran lo suficientemente barata, también la compraría.

—Comprarla, pero...

—Claro; usted es un comprador avisado; pocos le pueden ganar en eso. Y fíjese en lo que le voy a decir ahora. Comprando muy barato usted, se podía entender con la propietaria. Ella, que percibirá el dinero del seguro contra el robo, se podría quedar de nuevo con la pieza, de tapadillo, se entiende.

—Entonces el Doubloon Brasher de la colección Murdock ha sido robado.

—No me haga hablar. Es secreto.

Se inclinó hacia mí, tanto que casi me clavó la nariz; dos dedos, que se había metido en ella le arrancaron algunos pelos con el gesto. Los miró un instante y luego me dijo:

—¿Cuánto daría la señora por la devolución?

—Uno de los grandes. ¿Cuánto quería usted?

—Desde luego es usted listo, joven.

Levantó la cabeza y comenzó a respirar con fuerza, como un convaleciente que empieza a encontrar gusto a la vida. Se sonreía; de pronto se quedó muy serio. Su cara se hizo tersa, tranquila. Sus ojos negros brillaban con insistencia.

—Con ochocientos me basta —dijo—, ochocientos dólares por esa maravilla.

—Pero ¿qué oigo?, ¿usted mismo rebajando la cuenta? —dije—. Pero sí, señor; buen golpe. Así, nadie agraviado. Todos contentos con una ganancia razonable.

—Eso no es definitivo —dijo con cierta aspereza—. ¿Me cree usted necio? Además, todavía no lo tengo aquí.

Consultó un viejo reloj de bolsillo; tuvo que ponérselo muy cerca de los ojos.

—... mañana a las once. No sé si ya tendré el Doubloon en mi poder; puede que sí y puede que no. En todo caso, venga usted con el dinero, y si su conducta es razonable, veremos lo que se hace.

—De acuerdo —dije, poniéndome en pie—; me voy por el dinero.

—Tráigalo en billetes corrientes —dijo—; en moneda corriente.

Sonreí y me dirigí a la puerta; me volví y se había quedado con las manos apoyadas en la mesa.

—¿Cómo era ella?

Se quedó extrañado.

—Sí, la chica que se lo ofreció.

Pareció todavía más extrañado.

—Entonces no sería la chica. Sin duda se buscó un cómplice. ¿Cómo era el tipo?

—De media edad, metro sesenta de talla y pesaría unos setenta y cinco kilos. Dijo que se llamaba Smith o algo así. Vestía traje azul, zapatos negros, camisa y corbata verdes. No llevaba sombrero. Recuerdo que llevaba un pañuelo en el bolsillo de la americana. Tenía el pelo negro, con unos mechones grises, y una calva atrás no más grande que una moneda. Tenía también una cicatriz en la mejilla. En la izquierda... sí, en la izquierda.

—Vaya, no está mal. ¿No llevaría un roto en el calcetín derecho?

—Me olvidé de quitarle los zapatos.

—Pues cariñosos saludos de Marlowe.

No hubo más. Nos quedamos mirando medio burlones, medio hostiles, como vecinos que se encuentran por primera vez en el pasillo. Sonrió todavía otra vez; entonces me fijé en los billetes que habían quedado encima de la mesa. Me acerqué y, alargando la mano con presteza, los cogí:

—¿Para qué necesita eso —dije—, si mañana se los traeré por centenares?

Dejó de reírse como si acabaran de pisarle un callo y gruñó:

—Hasta mañana a las once. Y mucho cuidado, mister Marlowe, no vaya a creerse que soy de los que no pueden valerse por sí mismos.

—Espero que sea como dice; me parece que también usted está jugando con dinamita.

Le dejé y, atravesando la habitación, pasé a la exterior. Al llegar a la puerta del pasillo, la abrí y la volví a cerrar con ruido, pero me quedé dentro, muy cerca de la mesa que allí había. Me di cuenta de que si esperaba oír mis pisadas en el pasillo se podría dar cuenta de que me había quedado. Pero quizá se habría fijado en mis suelas de goma y encontraría natural que no se oyera nada estando cerrada la puerta. Ojalá tuviera en cuenta estos detalles. Quería jugarle una pequeña pasada, enterándome de sus tejemanejes. Si se ponía enseguida a trabajar, todo iría bien. Pero si ya se daba por satisfecho con las agudezas que había dicho y pensaba que me había toreado y lo dejaba todo para más tarde, a lo mejor saldría para irse a casa y entonces nos encontraríamos de nuevo frente a frente y nos veríamos las caras.

Por fortuna ponía manos a la obra. Lo noté por su respiración; le oí la misma risa que le había dado hacía unos momentos. Después carraspeó, se oyó la silla y sus pasos al levantarse. Se acercó a la puerta interior y escuchó. No debió de oír nada, porque cerró de golpe, pasando la llave por dentro. Ya podía respirar. Oí cómo se sentaba; imaginé que descolgaría el teléfono y me adelanté a coger el supletorio que había en la mesa, a mi lado. Efectivamente marcó, y al otro extremo de la línea un timbre empezó a sonar; al poco se oyó la voz del que lo había cogido:

—¿Florence Building?

—Sí.

—Quisiera hablar con mister Anson Phillips; apartamento doscientos cuatro.

—Aguarde un momento. Voy a ver si está.

Mister Morningstar y yo aguardamos. Se distinguía la retransmisión radiofónica de un partido de béisbol. La radio no debía de estar pegada al teléfono, pero no podía andar lejos. Pronto se oyeron pisadas acercándose y el ruido que hace el auricular cuando es cogido.

—No está. ¿Quiere dejar algún recado?

—No. Llamaré más tarde, gracias.

Mister Morningstar y yo colgamos.

Atravesé sin perder tiempo la habitación, abrí sigilosamente la puerta y la cerré de manera que el ruido del pestillo no se pudo oír ni a tres pasos.

Respiré hondo al ganar el pasillo exterior. Llamé al ascensor y, mientras esperaba, saqué maquinalmente la tarjeta que me había dado Anson en el vestíbulo del Metropol. Naturalmente, las señas se correspondían. Entretanto, el viejo trasto iba subiendo, haciendo más ruido que un camión cargado de grava.

Eran exactamente las tres y media de la tarde.

8

Bunker Hill forma parte ya de la ciudad vieja; es el lado inaccesible, peligroso. Su aspecto es triste y sucio. En tiempos fue el barrio elegante y aún quedan algunas de las mejores mansiones góticas, de espaciosos porches y muros cubiertos de piedras redondeadas y ventanas saledizas con torrecillas almenadas. Ahora todas son casas de huéspedes, con anchas escaleras de enladrillado gastado y roto que en un tiempo estuvo cuidado, pero que los años y la suciedad almacenada durante generaciones han ennegrecido. En los pisos altos, patronas macilentas discuten con huéspedes tramposos. En los destartalados porches ya no se ven más que mendigos y viejos desastrados de zapatos rotos y mirada perdida.

En las inmediaciones se encuentran, junto a algunos restaurantes pobres, tenderetes italianos, donde se vende fruta; pensiones baratas y puestos con mil chucherías. Y también hay hotelitos de mala reputación, donde nadie llena el registro con su nombre y donde el conserje es a la vez perro de presa y alcahuete. De las pensiones baratas se ven salir jóvenes marchitas, y en las calles se ven hombres con sombrero ladeado, que se paran con disimulo a encender la colilla, para dirigir miradas inquietas a todos lados; intelectuales fracasados, sin una mala perra para comprarse tabaco; guardias de rostro granítico que miran con ojos impasibles el paso de los andrajosos y los vagabundos. En la calle se encuentran también gentes que adoptan deliberadamente un aire inofensivo y, muy de tarde en tarde, alguno que se dirige a su trabajo. Pero éstos salen muy pronto de sus casas, cuando aún les aceras vacías guardan virgen la humedad del rocío.

Llegué poco antes de las cuatro y media. Dejé el coche al principio de la calle, a la altura del banco, donde llega resoplando el funicular de Hill Street, y seguí a pie por Court Street hasta el Florence Building.

Era un edificio de fachada oscura de tres pisos, con ventanas al nivel de la acera cubiertas por pantallas enmohecidas y cortinajes interiores. La puerta de entrada tenía un panel de cristales en el que se podía leer el nombre. Abrí y tuve que descender tres peldaños reforzados de bronce, que daban a un pasillo angosto de puertas oscuras con números también oscuros en la parte superior. En una cabina, al pie de la escalera, había un teléfono público, con un letrero: «Conserjería, departamento 106». Al final del pasillo, detrás de una puerta de cristales, había alineados, en un espacio lateral, cuatro cubos de basura, grandes y abollados, con un enjambre de moscas revoloteando en la franja iluminada.

Subí las escaleras. La radio que antes había oído por el teléfono seguía con el partido de béisbol. Mientras subía iba leyendo los números. El 204 estaba al lado derecho y la radio se oía en el hall de enfrente. Golpeé la puerta con los nudillos, no obtuve respuesta y volví a llamar con más fuerza. Por mi espalda llegaba el rumor confuso de la multitud a través de la radio, jaleando las jugadas de los Dodgers. Llamé por tercera vez y miré a través de la ventana del hall mientras comenzaba a buscar la llave que Anson me había dado, para no hacerme esperar.

Al otro lado de la calle se veía una funeraria italiana, pulcra, apacible y misteriosa, de fábrica blanquecina, lo mismo que la acera: «Funeraria Pietro Palermo». Una delgada línea verde de neón se extendía por la fachada dándole cierto aire de inocencia al conjunto.

Un hombre alto, vestido de oscuro, salió de la puerta de enfrente y se quedó recostado en la pared. Parecía muy distinguido. Su tez era oscura, y su pelo, peinado hacia atrás, era gris claro. Sacó lo que a distancia parecía ser una pitillera de plata o platino, esmaltada de negro; la abrió con un gesto lánguido de sus largos y morenos dedos y escogió un cigarrillo emboquillado. Guardó la pitillera y sacó un encendedor que parecía hacer juego con ella. Luego cruzó los brazos, entornando los párpados. De su cigarrillo se desprendían volutas delgadas y ligeras como el humo del fuego que en un campamento agoniza al amanecer, y al subir parecía que le acariciaban el rostro.

Un momento ruidoso de la retransmisión hirió mi oído y dejé de contemplar al italiano alto. Hice girar la llave en la cerradura y entré.

Era una habitación cuadrada, con una alfombra parda, mal amueblada y poco acogedora; al lado de la cama empotrada, un espejo vulgarote recogió mi silueta, dándome cierto aspecto de hombre que regresa furtivamente al hogar después de una juerga. Había una silla de abedul y un sofá tapizado; frente a la ventana, una mesa, y encima, una lámpara con pantalla de papel arrugado. Por fin vi una puerta al otro lado de la cama.

La puerta en cuestión conducía a una cocina pequeña con un fregadero oscuro, de piedra y madera, un fogón y una vieja nevera eléctrica que, tan pronto como abrí, comenzó a chirriar y a agitarse como un ser atormentado. En el fregadero quedaban restos del desayuno: posos en el fondo de una taza, una corteza de pan tostado, migas en una fuente, un poco de mantequilla derretida en los bordes de un plato, un cuchillo mellado y una cafetera de piedra que olía como los sacos húmedos de algunos graneros.

Di la vuelta a la cama y penetré por la otra puerta; daba a un pasillo corto, con un espacio abierto para colgar los trajes y una cómoda, encima de la cual había un peine y un cepillo con unos pelos rubios prendidos en sus púas negras; un bote de talco, una linterna rota, papel de escribir, una pluma, un tintero sobre un secante, varios cigarrillos y cerillas en un cenicero que también contenía media docena de colillas.

En los cajones había unos compartimentos que contenían calcetines, ropa interior y pañuelos. En una percha había colgado un traje gris oscuro, no enteramente nuevo, pero utilizable, y en el suelo un par de zapatos negros bastante polvorientos.

Empujé la puerta del cuarto de baño, que se abrió cosa de un palmo antes de atrancarse. Se contrajo mi nariz, y mis labios se endurecieron al herirme un olor fuerte y penetrante que me obligó a descansar en la pared. La puerta cedió un poco más, pero tendía a cerrarse como si alguien estuviera empujándola del otro lado. Por fin introduje la cabeza.

El suelo del cuarto de baño era insuficiente para él, puesto que tenía las rodillas dobladas y ligeramente abiertas a los lados. Al otro extremo, su cabeza presionaba en la base de la bañera; su traje oscuro estaba algo arrugado y sus gafas oscuras medio caídas del bolsillo superior de la americana. Su mano derecha descansaba sobre el estómago y la izquierda en el suelo, con la palma hacia arriba y los dedos ligeramente curvados. Tenía una herida sanguinolenta en el lado derecho de la cabeza, entre el pelo rubio; y la boca abierta y llena de sangre muy roja.

La puerta estaba detenida por su pierna. Empujé con fuerza y conseguí pasar por el espacio abierto. Me incliné sobre él para presionar con mis dedos sobre la yugular. No sentí la más leve palpitación. Nada en absoluto. La piel estaba helada. No podía estarlo, pero me daba esa impresión. Me erguí para recostarme contra la puerta, y metí las manos en los bolsillos, cerrándolas con fuerza, mientras olía los gases de la cordita. Proseguía la retransmisión del partido de béisbol, pero a través de las dos puertas cerradas se oía lejana.

Permanecí un momento mirándole. Mis ideas brincaban confusamente: «Nada te va a ti, Marlowe; nada en absoluto. Ni siquiera le conocías. Sal, sal rápidamente de aquí».

Empujé la puerta y me cuidé de volverla a cerrar; me dirigí a la salita de estar. En el espejo, un rostro me observaba. Un rostro severo y receloso. Me alejé presuroso del espejo y saqué la llave que el infortunado George Anson Philips me había dado, la froté cuidadosamente y la dejé al lado de la lámpara.

Con la cerradura de la puerta hice lo mismo. Primero quité toda posible huella dactilar de la parte interior y luego, al cerrar por fuera, hice lo mismo con la parte exterior. Los Dodgers ganaban por siete a tres. Una mujer, que parecía haber bebido bien, estaba cantado *Frankie & Johnny*, versión casera, con una voz que ni siquiera el alcohol había podido mejorar. Una voz profunda, masculina, la conminó a callarse, pero ella continuó. Entonces se oyó una carrera a través del piso, un golpe, unos ayes y se acabó la melodía, dejando el solo de béisbol, como antes.

Me llevé un cigarrillo a los labios, lo encendí y bajé las escaleras, deteniéndome en la penumbra del hall a mirar el letrero: «Conserjería, Departamento 106». Me quedé mirándolo atontado; estuve allí un buen rato mordiendo nerviosamente el cigarrillo.

Me volví y eché a andar por el pasillo hacia la puerta trasera del edificio. Sobre una puerta, una pequeña placa esmaltada decía: «Conserjería». Llamé.

9

Dentro fue derribada una silla; se oyeron pasos y la puerta se abrió.

—¿Es usted el conserje?

—Sí, ¿qué pasa?

Era la misma voz que había oído hablando con Elisha Morningstar. Tenía un vaso vacío en la mano. Parecía que se hubieran guardado peces de colores dentro. El hombre era larguirucho, pelirrojo y se peinaba hacia delante. Su larga y estrecha cabeza emergía directamente del raído mono. Tenía los ojos verdosos y las cejas rojizas. Sus grandes orejas le hubieran permitido volar de favorecerle buen viento, y la nariz era larga, muy propia para husmearlo todo. Más que un rostro, una máscara. Una máscara capaz de quedarse impasible ante todo; un rostro sin vida, como si perteneciera a un cadáver del depósito.

Llevaba la camisa abierta y mostraba un pecho cubierto de pelo lanoso. El tipo no me hacía mucha gracia; pregunté:

—¿Mister Anson?

—Dos, cero, cuatro.

—Es que no contesta.

—¡Ah!, y yo qué le puedo hacer, ¿eh?

—Calma —le dije—; su obligación es saber dónde está, ¿o es que tiene vacaciones?

—Pues sí..., y muy buenas —comenzó a cerrar la puerta; abrió un poco, diciendo—: Váyase a tomar el fresco; por mí, cuanto antes.

Iba a cerrar de nuevo, pero me quedé recostado tranquilamente contra la puerta; él hizo lo mismo. Así nuestras caras estaban casi juntas.

—Van cinco pavos.

Dio un brinco. Abrió con tanta presteza que tuve que dar un paso muy rápido hacia delante para no darme de cabeza contra su barbilla.

—Pase.

La cama también estaba empotrada; había una lámpara de papel arrugado y un cenicero. Todo era allí extremadamente vulgar, y la pintura de las paredes, de un amarillo estridente, era capaz de dar ganas de vomitar a cualquiera.

—Siéntese.

Cerró la puerta y me senté. Nos miramos con la ingenuidad de un par de vendedores ambulantes.

—¿Cerveza?

—Gracias.

Destapó dos botellas, llenó el vaso sucio que aún tenía en la mano y buscó otro para mí; le dije que bebería directamente de la botella; me la dio, diciendo:

—Páguemela.

Le pagué y se guardó el dinero sin dejar de mirarme. Cogió una silla y, al sentarse, sus rodillas huesudas quedaron muy abiertas. Dejó colgando entre ellas la mano vacía.

—No me interesan esos cinco pavos —dijo.

—¡Ah, tampoco se los iba a dar!

—No se haga el listo. Aquí somos gente de postín y los chistes...

—Calma, calma. Dígame: ¿no oyó nada raro por arriba...?

En su boca se dibujó una sonrisa de medio palmo, que más parecía una mueca.

—Repito que sus gracias no me conmueven, así que...

—Ya se ve, es un tipo formal.

—Sin insultar; yo digo que no entiendo nada.

—Milagro sería que me entendiera.

Ya comenzaba a cansarme de esa charla sin pies ni cabeza. Eché mano de la cartera y saqué una tarjeta cualquiera. Decía: «James B. Pollock, Cía. de Seguros. Agente comercial». Traté de acordarme de quién era ese tal James B. Pollock y dónde podíamos habernos visto. No lo conseguí, pero daba lo mismo. Ya se la había dado al pelirrojo y, después de leerla, se rascaba la nariz con ella, manteniendo fijos sus ojos verdosos en mi cara.

—Interesante tarjeta —dijo—; y diga: ¿quién es?

—Hombre... —protesté, iniciando un amplio gesto con la mano—, ya se lo puede figurar.

Dudaba; en tanto yo trataba de ver si le importaba de veras que le engañara. Pero me di cuenta de que le daba exactamente lo mismo.

—Mire usted —dijo por fin—, rara vez nos fijamos en los inquilinos, y menos si no son interesantes; ¡qué quiere que le diga! Ese pobre mister Anson...

—Quizá no me he explicado bien —dije.

Y le describí a George Anson Phillips, el que había conocido, con su traje oscuro, sus gafas y su sombrero de paja de cacao con su llamativa banda. Eso me hizo recordar el dichoso sombrero, porque no lo había visto arriba. Probablemente se habría desprendido de él para no llamar la atención; aunque no cambiaba gran cosa, pues la llamaba de todas formas.

—Qué, ¿lo recuerda o no?

El pelirrojo estuvo un rato pensativo. Finalmente contestó que sí, asintiendo con sus verdosos ojos que no me dejaban un momento; su mano enjuta mantenía la tarjeta a la altura de la boca, haciendo correr el borde a lo largo de su dentadura, produciendo un ruido de un palo al ser pasado contra una cerca de estacas secas.

—No creo que sea ningún ladrón —añadió a guisa de comentario—. Sólo hace un mes que está aquí. Pero yo le aseguro que si se revelara un mal sujeto saldría de aquí sin contemplaciones.

Estuve por echarme a reír en sus narices, pero me contuve.

—¿Qué le parece si registramos su apartamento mientras está fuera?

Hizo un gesto negativo con la cabeza.

—A mister Palermo le disgustaría.

—¿Mister Palermo?

—Sí, es el propietario. Vive al otro lado de la calle. Es también propietario de la funeraria y de muchos edificios parecidos a éste. Prácticamente hace la ley en el distrito...; no sé si esto le ayudará a comprender —hizo un gesto con el ojo que parecía querer ser un guiño—. Es un hombre fuera de serie. Nadie le hace sombra.

—Bueno, y a mí ¿qué me importa? Lo que yo quiero es subir al apartamento.

—Déjeme en paz; yo no quiero complicaciones —dijo secamente.

—Que las quiera o no, a mí sí me importa —repliqué malhumorado—. He dicho subir a registrar y subiremos.

Arrojé la botella vacía a la papelera y me quedé mirando cómo se tambaleaba y se venía al suelo.

El pelirrojo se levantó de un golpe y, separando los pies, juntó ambas manos, mientras se mordía el labio inferior.

—Habló de cinco pavos, ¿no es eso?

—Eso fue hace rato. Lo he pensado y ahora vamos a subir como sea.

—¿Quiere repetirme eso? —su mano derecha se deslizaba por la cadera—. Repita su amenaza...

—Si está pensando en sacar un revólver —dije fríamente—, piense que a mister Palermo tampoco le gustará.

—Al diablo mister Palermo —chilló fuera de sí—, al diablo.

Estaba congestionado por la cólera; su cara se había puesto roja.

—Sin duda, a mister Palermo le gustaría conocer esas palabras —me limité a observar.

—Oiga usted —exclamó el pelirrojo recalcando cada sílaba y separando la mano de la cadera al tiempo que inclinaba el rostro hacia mí—. Oiga usted, yo estaba aquí tranquilamente sentado; me disponía a trincarme un par de cervezas, o tres, o nueve, no importa. Yo no me metía con nadie. Hacía bueno. La tarde se presentaba hermosa... y en eso llegó usted —estas últimas palabras las subrayó con un amplio gesto de su mano.

—Subamos a registrar el apartamento.

Echó hacia delante los brazos, con los puños cerrados con violencia; luego los fue abriendo despacio, hasta separar exageradamente los dedos. Un temblor violento sacudió su nariz.

—Condenado oficio... —masculló.

Fui a abrir la boca para decir algo.

—Guárdese sus gracias —aulló.

Se caló el sombrero, sin preocuparse de su indumentaria, abrió un cajón y sacó un manojo de llaves; después abrió la puerta y permaneció un momento en el umbral, mirándome por encima del hombro. Todavía su cara guardaba huellas de su agitación.

Salimos al pasillo los dos, hasta ganar las escaleras. El partido de béisbol habría terminado ya, porque la radio, funcionando con todo su volumen, daba música de baile. El pelirrojo separó una de las llaves y la metió en la cerradura del 204, dispuesto a abrir. De repente, destacando del ruido de la radio, se oyó el grito histérico de una mujer.

El pelirrojo retiró la llave y, malhumorado, cruzó el estrecho pasillo para ir a golpear la puerta de enfrente. Tuvo que hacerlo varias veces antes de que se le prestara la menor atención. Al cabo se abrió la puerta de golpe, y una rubia de rostro afilado, que vestía pantalones rojos y jersey verde, nos miró con ojos asombrados, en uno de los cuales se veía un reciente cardenal. En la garganta mostraba también una contusión y tenía un vaso grande lleno de amarillento whisky.

—¡Cállense! —ordenó el pelirrojo—, ¡cállense!; ya no lo repito más. A la próxima llamaré a la poli.

La chica volvió la cabeza y, chillando más que la radio, exclamó:

—¡Oyeee, Del! Aquí el pollo dice que a ver qué pasa, ¿le arreamos?

Se oyó crujir una silla al ser apartada con violencia, la música cesó de golpe, y un individuo forzudo, de ojos negros y mirar agresivo, apareció tras la rubia y, apartándola de un manotazo, se encaró con nosotros. Tenía la camiseta fuera de los pantalones y le hacía falta un buen afeitado. Se apoyó desafiante en el dintel y dijo:

—Lárguense; acabo de hacer una comida infame y no me gustaría tener que zurrar a nadie.

Estaba más borracho que una cuba, pero lo llevaba bastante bien.

—Ya me oyó usted, Hench. Baje el tono de la radio y no incordie más. De lo contrario...

—Esa sabandija —bramó el tal Hench, y llevó hacia atrás la pierna derecha, dispuesto a propinarle una furiosa patada.

El pelirrojo no esperó a que el otro le alcanzara. Se escurrió con ligereza, escapándosele el manojo de llaves, que fueron rodando hasta el 204, y su mano derecha apareció enfundada en un guante de cuero reforzado.

—¡Yaouh! —los resoplidos de Hench llenaron todo el piso, mientras sus puños velludos, crispados, daban furiosos golpes en el aire.

El pelirrojo, silencioso, le aporreó repetidas veces la cabeza; la chica volcó el vaso de whisky en la cara de su amigo; no podría decir si quiso hacerlo o si fue un gesto provocado por el susto. Hench se revolvió ciegamente. Echó a correr, con la cara chorreando y dando traspiés, hacia la cama deshecha y revuelta que se veía al fondo de la habitación. Tropezó varias veces; al fin llegó y se puso de rodillas encima y vimos que metía la mano bajo la almohada.

—¡Ojo, un revólver! —grité al pelirrojo.

—Para eso también hay remedio —susurró entre dientes, deslizando su mano ya desnuda por la cadera.

El borracho seguía arrodillado en la cama tanteando bajo la almohada. Cuando se incorporó tenía un revólver en la palma de la mano derecha. Lo miraba sin decidirse a cogerlo por la culata.

—¡Tire eso enseguida! —gritó el pelirrojo, entrando decidido en la habitación—; ¡rápido antes de que sea tarde!

La rubia pegó un salto felino, colgándose de su cuello con ambos brazos, en tanto profería terribles gritos. El pelirrojo se tambaleó, jurando como un carretero y agitando en su derecha un revólver.

—¡Dispara, Del! —chillaba la rubia—. ¡Dispara!

Hench, una mano sobre la cama y un pie en el suelo, aún dobladas las rodillas y fija la mirada en el revólver, al paso que despaciosamente se iba incorporando, exclamó:

—¡Éste no es el mío!

Me acerqué al pelirrojo, quitándole el revólver, por si acaso, y le dejé luchando a brazo partido con la rubia. Fuera, en el pasillo, se oyó una puerta y pasos.

—¡Suelta eso, Hench! —grité.

Miró hacia mí; había en sus ojos un tinte sombrío, pero su mirada era de sorpresa y parecía querer interrogarme.

—No es mi revólver —dijo con voz ronca, mostrándolo aún en la palma—. No, no es el mío, porque es un Colt treinta y dos y no es automático.

Fui a quitárselo sin que hiciera el menor gesto para impedirlo. Se sentó en la cama y se rascó la barbilla, como si intentara coordinar ideas.

—¿De dónde demonios habrá salido este revólver?

Arrastraba la voz y movía la cabeza con muestras de preocupación.

Me acerqué el revólver a la nariz. Efectivamente: acababa de hacerse fuego con él. Conté las balas por los agujeros laterales. Había seis, que con otra en la recámara hacían siete. Era un Colt treinta y dos automático de ocho balas, por lo que deduje que se había hecho un solo disparo; no era probable que la munición hubiera sido repuesta.

El pelirrojo había conseguido sacudirse a la rubia, y trataba de secarse los arañazos de la mejilla. Sus ojos despedían chispas.

—Será mejor que llamemos a la policía —dije—; se ha hecho un disparo con ese revólver y ya va siendo hora de que se enteren todos ustedes de una cosa: al otro lado del pasillo, en el 204, ha sido asesinado un hombre.

Hench me miró con ojos estúpidos y, con una voz que quería ser razonable y tranquila, exclamó:

—Señor, le juro que ése no es mi revólver.

La rubia comenzó a sollozar teatralmente; su boca semiabierta parecía sumida en la miseria y el hambre.

El pelirrojo se deslizó sigilosamente hacia la puerta.

10

—Alcanzado en la garganta por un revólver de mediano calibre, automático —precisó el teniente Jesse Breeze—; uno parecido a éste, con bala de idéntico calibre.

El revólver que Hench no reconocía como suyo daba ahora vueltas en la mano del teniente.

—... la bala se deslizó hacia arriba, perforando la base del cráneo, y se quedó dentro. Murió hace un par de horas. La cara y las manos están ya frías, pero el cuerpo no está aún rígido y sigue caliente. Fue golpeado con un instrumento duro, quizá con la misma culata, antes de que le dispararan. En fin, ¿no les dice eso nada, amiguitos?

Se quitó el sombrero, un panamá requemado por el sol de muchas campañas. El sudor le empapaba el poco pelo que le quedaba, dándole un brillo oscuro. Volvió a cubrirse enseguida.

El teniente era un hombre robusto, un tanto obeso, que calzaba zapatos de dos colores que dejaban ver sus calcetines sucios; llevaba pantalones a rayas. Le salía abundante vello por la camisa abierta, y la americana sport, azul, exageraba la anchura de sus hombros. Representaba unos cincuenta años, y lo único que vagamente recordaba su profesión era el lento movimiento de sus párpados y la impasibilidad de sus ojos azul claro, muy salidos, en los que nadie, a no ser otro del oficio, habría sido capaz de medir toda la fuerza que ocultaban. Bajo los ojos, y en ambas mejillas, tenía unas pecas que podían recordar los campos de minas señaladas en ciertos mapas militares.

Estábamos sentados en el cuarto de Hench, con las puertas cerradas. Hench se había puesto una camisa y trataba de hacerse el nudo de la corbata. La chica yacía sobre el lecho con un pañuelo verde en la cabeza. Tenía al lado un bolso y se había puesto sobre las piernas una cazadora de piel de ardilla. Su boca seguía semiabierta, y todo su rostro había adquirido un aire entre cansado y perplejo.

—Si piensan que el tipo fue asesinado con el revólver que había debajo de mi almohada, pase —balbució Hench—. Parece que ha sido así. Pero ése no es mi revólver, y nada de lo que ustedes puedan hacer me hará confesar otra cosa.

—Suponiendo que sea como usted dice —replicó Breeze—, ¿cómo pudo aparecer aquí? Alguien le birló el suyo para dejar éste. Pero ¿cuándo y cómo? Y diga: su revólver, ¿cómo es?

—Verá: salimos a eso de las tres para comprar algo en el colmado de la esquina —contestó Hench—. Puede usted comprobarlo. Nos dejaríamos la puerta abierta, pues habíamos bebido un poco y estábamos alegres y oyendo por radio el partido de béisbol. Yo no sé, quizá cerramos. No estoy seguro de nada. ¿Tú recuerdas? —se dirigió a la chica, que seguía pálida y callada en la cama—. ¿Recuerdas, querida...

La chica no le contestó, ni siquiera movió los ojos.

—Estás atontada —dijo Hench—. Yo tenía un Colt del 32, pero no automático, con un roto en la goma que cubre la culata. Me lo dio un judío llamado Morris, hace tres o cuatro años. Trabajábamos juntos en un bar; no tengo licencia de armas, pero jamás lo llevo encima.

—¡Bah!, a un par de pajarracos como vosotros, bebiendo como bestias y que guardan armas bajo la almohada, no es raro que se les disparen alguna vez. Esto debía de ocurrir.

—Demonio, pero si ni siquiera conocíamos al tipo —le atajó Hench.

Mal que bien, había conseguido anudarse la corbata; visiblemente preocupado, daba claras muestras de agitación. Se levantó para coger la americana tirada a los pies de la cama y, después de ponérsela, se sentó de nuevo. Quiso encender un cigarrillo y sus dedos temblaban.

—No sabía su nombre, ni conocía nada de él. Nos topamos tres o cuatro veces en el hall y jamás nos hablamos; creo que sé a quién se refieren, pero tampoco estoy muy seguro.

—Se trata de ese que vivía enfrente. Veamos; la retransmisión esa no era en directo, ¿verdad?

—Empezó a las tres o a las tres y media. Cuando salimos a la calle iba bastante adelantado. Los Dodgers habían ya marcado dos tantos. Estuvimos fuera no más de media hora.

—Sospecho que le matarían antes de salir ustedes —dijo Breeze—, la radio ahogaría el disparo y, efectivamente, se dejarían la puerta abierta.

—Puede ser —replicó Hench aburrido—. ¿Tú te acuerdas, querida?

La chica no se movió tampoco.

—Se dejaron la puerta abierta o, al menos, mal cerrada. El asesino les oyó salir. Entró aquí para esconder el revólver, vio la cama, se fue a ella sin vacilar para dejarlo debajo de la almohada; es de imaginar su sorpresa al encontrar otro. Sin pensarlo dos veces, dio el cambiazo. Ahora, si lo que quería era desembarazarse del revólver, ¿por qué no hacerlo sobre la marcha? ¿Por qué arriesgarse inútilmente metiéndose en otro apartamento? Como fantasía no está mal.

Yo permanecía sentado desde el principio en silencio y quise echar un cuarto a espadas.

—Supongamos que con la precipitación hubiera salido del apartamento de Phillips, cerrando tras de sí. En pleno hall, aún con el revólver en la mano, desearía perderlo de vista lo antes posible. Entonces vio la puerta abierta de Hench y recordaría haberlos oído salir...

Breeze me miró un instante y gruñó:

—Yo no he querido decir que no fuera así; al fin, todo eso son conjeturas —dirigiéndose a Hench, añadió—: Sí, en efecto, ése es el revólver que mató a Anson, lo que necesitamos es dar con el suyo. Mientras tanto, usted y la chica tendrán que acompañarnos.

—Le advierto, teniente, que ninguno de sus esbirros podrá sacarme nada nuevo.

—Siempre se puede hacer la prueba —observó Breeze tranquilamente—, y eso llevaremos adelantado.

Se levantó, dirigiéndose hacia la puerta; se volvió y dijo:

—¿Qué tal andamos, muchacha? ¿Se encuentra bien o necesita ayuda?

La chica ni pestañeó.

—Necesito algo de beber —dijo Hench—; lo necesito de veras.

—Mientras esté bajo mi custodia, ni lo sueñe —dijo Breeze al salir.

Sin pensarlo dos veces, Hench fue al otro extremo de la habitación, cogió una botella y echó un trago.

Luego miró lo que quedaba y se lo ofreció a su amiga. Ella rechazó la botella con un gesto de mal humor.

—Levántate y bebe.

La chica siguió mirando al techo como si no fuera con ella.

—Déjela —dije yo—, que la asusta.

Hench apuró el resto, dejó la botella con cuidado, miró de nuevo a la chica y luego, volviéndose, bajó los ojos al suelo.

—Jeeze, querida —dijo en un murmullo entrecortado—. Ya sé, debía haber encontrado explicaciones mejores...

Breeze regresó con un policía joven, vestido con sencillez.

—Éste es el teniente Spangler —dijo—; él los conducirá abajo. Síganle, por favor.

Hench volvió a la cama y sacudió a la chica.

—Levántate, nena; tenemos que dar un paseo, vamos.

La chica volvió los ojos sin mover la cabeza y le miró perezosamente. Abrió los brazos, balanceó las piernas y tanteó el suelo como si estuviera coja.

—Ánimo, nena, pisa sin miedo que ya sabes andar.

La chica se llevó una mano a la boca y se mordió el meñique, mientras le miraba con fijeza. De repente, la echó hacia atrás tomando impulso, la abrió, afianzó los pies y le arreó una tremenda bofetada en pleno rostro; luego, sin decir palabra, echó a correr hacia fuera.

Hench quedó paralizado. Las voces de los que discutían fuera se confundían con el ruido de la calle. Sacudió los hombros, respiró con fuerza y paseó una larga mirada por la habitación como despidiéndose de ella. Entonces comenzó a andar tras el joven teniente; ambos salieron, cerrando la puerta.

Se hizo un profundo silencio en el apartamento, y Breeze y yo nos quedamos mirando el uno al otro.

11

Después de contemplarme un rato a su gusto, Breeze sacó un puro del bolsillo; quitó el celofán, seccionó la punta con una navaja y lo encendió, haciéndolo girar en la llama de la cerilla, que mantenía un poco apartada. Se quedó como absorto mirando al aire, mientras daba las primeras bocanadas y se aseguraba de que prendía bien. Apagó la cerilla y, levantándose con parsimonia, fue a echarla por la ventana.

Me miró de nuevo.

—Estoy seguro de que usted y yo nos entenderemos bien.

—Así lo espero.

—Parece que no acaba de creerlo —prosiguió—, pero será así; confié en usted desde el primer momento. No es que sienta por usted una especial predilección; simplemente es mi manera de actuar. Siempre me gusta que las cosas estén claras cuando he de trabajar con alguien. Así se puede llamar al pan, pan y al vino, vino. No soy partidario de precipitaciones. Y a todo esto, ¿qué opina de esa pájara? Debe de ser de las que se pasan la vida embarullándolo todo y echándose al cuello del primer prójimo que cae en sus garras.

—Bueno, pero recuerde que ese tipo le había hecho antes varios cardenales —dije—. Tampoco él es de los que se hace querer por las mujeres.

—Imagino —dijo Breeze— que usted tendrá buena experiencia en mujeres.

—Se equivoca. No tengo ninguna, y le aseguro que no lo siento. Pienso que es el único camino para mantener cierta independencia de espíritu.

Breeze hizo un gesto como queriendo asentir y se quedó mirando el puro. Luego sacó un papel medio doblado del bolsillo y se puso a leer a media voz: «Delmar B. Hench, cuarenta y cinco años, mozo de café, sin trabajo». «Maybelle Masters, bailarina». Es cuanto sabemos de la pareja, y creo que poco quedará por saber...

—¿Cree usted que ha sido él quien ha disparado contra Anson?

Breeze se me quedó mirando con cierto desdén.

—Amigo —exclamó—, yo he sido el último en llegar —sacó una tarjeta y leyó—: «James B. Pollock. Compañía de seguros». Dígame: ¿esto qué significa?

—¿Qué va significar? En un barrio así no suele darse el propio nombre. Anson tampoco lo había dado.

—¿Qué tiene de particular el barrio?

—Muchas cosas.

—Ahora me gustaría saber sus relaciones con el muerto.

—Ya se lo he referido todo.

—Repítalo —insistió—; he oído tantas cosas que me he hecho un lío.

—Sé poco; sé lo que dice la tarjeta, es decir: que era un muchacho que se llamaba George Anson Phillips y que se hacía pasar por detective privado. En cuanto a mis relaciones con él, pronto están explicadas. Lo encontré delante de mi oficina a la hora de comer. Me siguió hasta el hotel Metropol; allí le pregunté qué quería, y dijo que me seguía porque quería cerciorarse de mi valía, ya que necesitaba mi colaboración. Cuando le pregunté no estaba aún muy decidido, pero ya dijo bastante. Al parecer, tenía entre manos un trabajo que no le gustaba y quería unirse a alguien con más experiencia que él. Se debía de reconocer novato en el oficio y, de hecho, sus maneras confirmaban plenamente esa opinión.

—También puede ser que le abordara porque recordaba que hace seis años tuvo usted un caso en Ventura, y precisamente en aquella época él tenía un empleo allí.

—No sé; en todo caso, eso es todo lo que hay. La explicación no está mal. Es un cuento que se tiene en pie, pero imagino que aún los inventará mejores.

—¿Qué quiere? No es malo ni es bueno. Pero reconocerá que parece verdadero...

Asintió con todo el peso de su cabezota.

—En resumidas cuentas: ¿qué opinión tiene de este asunto?

—¿Ha hecho ya las primeras investigaciones en el apartamento de Anson? —pregunté a mi vez.

Negó con la cabeza.

—Mi idea es que descubriría que fue contratado precisamente por su torpeza. Comenzó por alquilar ese apartamento bajo falso nombre y, poco a poco, fue cayendo en la cuenta del lío en que se había metido y tuvo miedo. Quería un amigo; alguien a quien poder confiarse. El simple hecho de acometerme con tanta insistencia y gasto de tiempo me da pie para decir eso. Además, denota que conocía muy poco de asuntos detectivescos.

Breeze sacó otra vez el pañuelo para secarse el sudor de la cabeza y de la cara.

—Todo eso no nos aclara gran cosa. ¿Por qué no entró directamente en su oficina en lugar de quedarse en la puerta como un perrillo extraviado?

—Lo ignoro.

—Pero ¿cómo se lo explica?

—En realidad, no le encuentro explicación.

—Por lo menos, haga la prueba.

—La única posible explicación ya la he dado al decir que no estaba decidido a nada hasta que en el hotel Metropol me acerqué a él.

—Eso me parece demasiado simple; tanto que no sirve.

—Es posible que tenga usted razón.

—Según su razonamiento, debemos admitir que ese tipo, que no le conocía de nada, le invita a su apartamento y encima le da las llaves, simplemente para echar una parrafada.

—Sí.

—Bien, ¿y por qué no hablar allí mismo?

—Es que yo tenía una cita.

—¿Algún asunto?

—Sí.

—¿En qué está usted trabajando?

Hice un gesto con la cabeza y no contesté nada.

—Esa actitud es absurda; debería usted contármelo todo.

Hice el mismo gesto y seguí silencioso. Se encolerizó.

—Oiga, Marlowe, debe decir todo, absolutamente toda la verdad.

—Lo siento, Breeze; pero no soy de la misma opinión.

—Sabe usted muy bien que puedo proceder a su detención previa.

—¿Con qué pretexto?

—Simplemente porque usted ha encontrado antes que nadie el cadáver, porque ha dado un nombre falso al conserje y, finalmente, porque no están nada claras sus relaciones con la víctima.

—Entonces, ¿está ya decidido?

Inició una sonrisa y dejó caer:

—¿Ya tiene usted abogado?

—Conozco alguno, pero no tengo preferencias.

—¿A qué peces gordos conoce usted?

—A ninguno; es cierto que he tratado a varios. Pero lo más probable es que ni siquiera me recuerden.

—De todas formas, tiene usted buenas relaciones, ¿no es así?

—Hombre, que yo sepa...

—A fin de cuentas, compadre, en alguna parte ha de tener usted quien le guarde las espaldas.

—Tengo un buen amigo en la oficina del sheriff, pero prefiero no valerme de él.

Breeze enarcó las cejas.

—Pero ¿por qué es tan descuidado? A veces, una simple palabra de uno de ésos es del mayor valor.

—Ya digo, solamente tengo ese amigo, pero no voy a meterle en esta clase de líos; sé que no le haría ningún bien a su carrera.

—¿Y en el Central Homicide Bureau?

—Allí está Randall, aunque trabaja fuera de la central. En cierta ocasión colaboramos, pero es un hombre que no me gusta demasiado.

Breeze suspiró, moviendo los pies y haciendo crujir unos periódicos dispersos por los suelos.

—Cuanto ha dicho, ¿es cierto o es otra de las suyas? ¿De veras no tiene a mano ningún pez gordo?

—Lo que he dicho es la pura verdad —dije—. Aunque quizá no es todo...

—Bien, quizá sea mejor así.

—Desde luego.

Se llevó su gruesa mano pecosa a la cara con aire reflexivo. Luego se acarició las cicatrices que tenía en la mejilla haciendo presión con los dedos.

—Bueno, ¿por qué no se larga de una vez y me deja en paz para trabajar?

Me levanté y me dirigí a la puerta.

—Déjeme sus señas.

Se las di y tomó nota.

—Adiós, no salga de la ciudad porque es muy probable que esta misma noche necesitemos sus declaraciones.

Salí. Vi dos policías uniformados en el rellano de la escalera. En la puerta del 204 un especialista tomaba huellas dactilares. Abajo, paseando por el hall, había otra pareja de policías. No vi al pelirrojo por ningún lado mientras me dirigía a la puerta principal. Al salir, una ambulancia arrancaba. Se había formado un pequeño grupo en la acera, menos nutrido de lo acostumbrado en tales ocasiones. Enfilé acera arriba; un hombre se me cogió del brazo, diciendo:

—¿Qué ha pasado, amigo?

Me encogí de hombros, sin mirarlo siquiera, y él me siguió hasta el coche.

12

A las siete menos cuarto llegué a la oficina; al encender la luz descubrí un papel en el suelo. Lo recogí intrigado; era un aviso de la agencia de transportes La Pluma Verde. Al parecer, me habían enviado un paquete y deseaban saber a qué hora me lo podrían entregar. Sin darle mayor importancia por el momento, me quité la americana, abrí la ventana y fui a por el Old Taylor. Saqué la botella del cajón y eché un trago, saboreándolo a placer. Tranquilamente sentado y mientras acariciaba el casco medio vacío, pensé en lo bien que lo pasaban los profesionales al estilo de Breeze que, sin preocupaciones por sus huellas dactilares, sin necesidad de dar explicaciones, ni prepararse coartadas, acaban por estar familiarizados con sorpresas parecidas a la del Florence Building. Para ellos encontrarse con un cadáver es cosa de todos los días y, desde luego, no tienen que contar para nada con los clientes. Nada de tiquismiquis. Pueden llamar al pan, pan y al vino, vino. Pero, a fin de cuentas, prevaleció en mí el detective privado y pensé que yo jamás hubiera querido ser como ellos.

Decidí llamar a la agencia para reclamar el paquete. Me dijeron que lo enviarían enseguida. Contesté que quedaba esperando en la oficina.

Oscurecía. En la calle disminuía el tráfico y el aire que entraba por las ventanas abiertas, que no tenía aún el frescor de la noche, hacía ya presentir con sus aromas su próxima llegada. Ya brillaban los primeros anuncios luminosos; de todos los restaurantes se escapaban mil olores excitantes y, mezclándose a esa atmósfera de fin de jornada, llegaba también alguna ráfaga cargada del perfume penetrante de los eucaliptos de las vecinas colinas de Hollywood.

Encendí un pitillo. Al poco, sonó un timbre y apareció un botones uniformado que me entregó un paquete después de firmar el correspondiente recibo. Le di la propina y se fue camino del ascensor silbando. Se trataba de una cajita cuadrada, con mi nombre escrito a mano, pero en caracteres de imprenta, bastante bien imitados. Corté la cinta que envolvía la cajita, separé el papel exterior y apareció otra cajita envuelta a su vez en papel oscuro, con un sello que llevaba las palabras «Made in Japan». Venía a ser de las que se utilizan para guardar figurillas de madera labrada y piezas de jade. Tiré de la tapa, que estaba muy ajustada, y de momento no vi más que papel satinado y algodones.

Al separarlos apareció una moneda brillante, del tamaño de una pieza de medio dólar. Parecía recién acuñada. Mostraba un águila de alas extendidas con un escudo en el pecho y las iniciales E. B. grabadas en el ala izquierda. Formando círculo entre el borde dentado de la pieza y el águila había la leyenda: «E pluribus unum», y una fecha: 1787.

La hice dar unas vueltas. Era pesada y al contacto de la mano daba impresión de humedad. En la otra cara aparecía un sol que se ponía tras una montaña, enmarcado en un doble círculo formado por hojas de roble, y en latín: «Nova eboraca columbia excelsior». Abajo, en caracteres muy pequeños: «Brasher».

Era un Doubloon Brasher.

No acompañaba a la pieza ninguna nota aclaratoria, y ni siquiera la letra de la dirección me recordaba a nadie.

Envolví la preciosa pieza en el papel satinado, que fijé con una goma elástica, y la metí en una petaca, cuidando de disimularla bien entre el tabaco. Corrí la cremallera y guardé la petaca en el bolsillo. Luego recogí los papeles, la cinta, la cajita y todos los restos del envoltorio, y fui a dejarlo en un cajón. Me senté de nuevo y cogí el teléfono para llamar a Elisha Morningstar. Al otro lado de la línea el timbre sonó hasta ocho veces, sin que nadie lo cogiera. No me esperaba tal contratiempo. Miré la guía suponiendo encontrar el número privado del numismático, pero ni en Los Ángeles ni en los alrededores figuraba su nombre para nada.

Abrí un cajón y saqué una funda; después de ajustármela, metí en ella un Colt 38, automático. Me puse el sombrero y la americana, guardé el whisky y, cerrando de nuevo las ventanas, apagué la luz para salir. Ya tenía la puerta a medio abrir, cuando sonó el teléfono. Dado mi estado de ánimo, me pareció que la llamada tenía algo de siniestro, y por un instante me quedé paralizado con los labios muy apretados. Las persianas dejaban filtrar la luz de neón de la calle. En la oficina, el aire pesaba como una losa. En los corredores y en las escaleras de la casa reinaba el mayor silencio. En la semioscuridad, el teléfono seguía sonando apremiante.

Me dirigí a la mesa y, apoyándome en ella, cogí el auricular. Oí cómo colgaban y, enseguida, el zumbido de la línea libre. Me mantuve en actitud expectante y, sin separar el auricular del oído, hice presión sobre la palanca, sin saber muy bien por qué. Transcurrieron unos segundos, hasta que el timbre volvió a sonar. Ahogué una tosecilla en la garganta y no dije nada. Ambos permanecimos silenciosos, quizá separados por varios kilómetros, ambos pegados al auricular sin oír nada y disimulando la respiración.

Transcurrió angustioso un largo minuto, y al fin hubo una voz suave y monótona:

—Marlowe, ese asunto le traerá malos resultados, Marlowe...

Colgaron y enseguida el zumbido de la línea libre. Colgué a mi vez y me dirigí de nuevo hacia la puerta.

13

Me metí por Sunset Boulevard conduciendo por avenidas laterales a fin de despistar posibles seguidores. Me detuve en unos almacenes para llamar por teléfono. Pregunté cuánto costaba la comunicación con Pasadena y me dispuse a marcar.

Me contestó una voz fría, incisiva.

—Aquí la residencia de mistress Murdock.

—Aquí, Philip Marlowe; quisiera hablar con la señora.

Se me indicó que debía esperar; al fin, una voz suave y bien timbrada explicó:

—Mister Marlowe, la señora se ha retirado ya. ¿Puede indicarme de qué se trata?

—Se trata de que no debía haber dicho nada a nadie, señorita.

—¿Yo? ¿A quién?

—A ese entrometido cuyo pañuelo le sirve a usted de cuando en cuando para sonarse las narices.

—¿Cómo se atreve usted...?

—¿Encima con ésas...? Ande, vaya a decir a mistress Murdock que es importante.

—Muy bien; veré qué se puede hacer.

La secretaria se retiró y comenzó una de esas esperas que siempre se hacen interminables. Seguramente habrían tenido que sacar a la vieja bruja de su sillón, lleno de cojines, arrancarle de las garras la botella de oporto y llevarla a rastras hasta el teléfono exterior. Al fin oí su voz de barítono, ya familiar.

—Diga; soy mistress Murdock.

—¿Podría reconocer el objeto de que hablamos esta mañana? Más claro: si yo le enseñara varios ejemplares del Doubloon Brasher, ¿reconocería el de la colección Murdock?

—Es que existen tantos...

—¡Bah! Por docenas. Aunque, por supuesto, ignoro quién los tiene.

Entre tos y tos, la vieja añadió:

—La verdad es que no entiendo mucho, ya se lo dije. Pero, dadas las circunstancias, haría un esfuerzo.

—Eso es precisamente lo que deseaba, señora; creo que será lo más convincente.

—Desde luego; pero ¿a qué viene esta propuesta? ¿Tiene acaso idea de dónde está?

—Morningstar asegura haberlo visto. Dice que se lo ofrecieron, tal como usted misma creyó. Cierto que no se quedó con él. Dice que no fue ninguna mujer, aunque eso no aclara nada, pues ella podía valerse de un intermediario.

—Ya. Eso ahora es lo de menos.

—¿Dice que es lo de menos?

—Sí; ¿no tiene que decirme nada de importancia?

—He de hacerle una pregunta. ¿Conoce a un individuo joven, rubio, llamado George Anson Phillips? Es bien parecido, usa traje oscuro y sombrero de paja con una banda llamativa; se hace pasar por detective...

—No, no le conozco; ¿qué pasa con él?

—La verdad es que no lo sé muy bien. Entró en escena de repente y creo que fue uno de los que trató de colocar la moneda. Cuando yo salí de la oficina de Morningstar, éste intentó comunicar con él. Lo sé porque intercepté la línea.

—¿Qué hizo?

—Me quedé espiando mientras telefoneaba.

—Qué cosas se le ocurren, mister Marlowe. ¿Nada más?

—Sí, quedé en pagar mil dólares a Morningstar por proporcionarme la moneda, aunque dijo que por ochocientos podría encontrarla.

—Hombre, ¿podría decir con qué dinero contaba?

—Bueno, lo dije por decir. Ese Morningstar es un ave de presa y sólo entiende ese lenguaje. Y, a fin de cuentas, si usted, por lo que fuera, no quería que la policía metiera las narices en el asunto, quizá pudo interesarle dar el dinero para conseguirla...

Yo me disponía a darle todavía muchas explicaciones, pero me interrumpió con unas exclamaciones que podrían compararse a los ladridos de una manada de leones marinos.

—Mister Marlowe, no se fatigue. Mister Marlowe, váyase al diablo, déjelo todo como está porque, además, la moneda ya me ha sido devuelta, ¿me entiende? Devuelta..., ni mil dólares ni nada.

—Espere, espere, por favor no corte...

Dejé descolgado el auricular y abrí la puerta de la cabina para sacar la cabeza y hacer como que llenaba los pulmones de aquello que allí se usaba como aire. Nadie me prestaba la menor atención. Enfrente mismo, una dependienta, que vestía una bata azul pálido, charlaba desde detrás del mostrador con unas clientes. Un dependiente limpiaba el escaparate. Unas chiquillas en pantalones se perseguían entre las máquinas tragaperras. Un tipo alto y delgado con jersey negro y bufanda amarilla hojeaba unas revistas de una estantería. No parecía estar espiándome.

Cerré de nuevo la puerta de la cabina, cogí el auricular y dije:

—Perdone, pero creí que me vigilaban. Me equivocaba. Así, ¿decía usted que le han devuelto la moneda?

—Sí, y espero que ese final no le moleste demasiado —soltó con su voz de barítono—. Las circunstancias son algo difíciles. Quizá se lo explicaré todo; quizá no. Verá, llame mañana. Ya que no deseo seguir con la investigación, puede quedarse con lo que lleva recibido.

—Espere, hay que aclarar todavía algunos puntos. ¿Tiene de veras la moneda o sólo han prometido devolvérsela?

—La tengo y ya empieza usted a cansarme. Por tanto, le ruego que...

—Un momento, mistress Murdock. Las cosas no son tan claras como cree. Han ocurrido hechos muy graves que ignora.

—Mañana por la mañana me podrá dar todos los detalles que quiera —cortó secamente, colgando el teléfono.

Salí de la cabina y encendí un cigarrillo. Me sentía verdaderamente irritado. Fui andando hacia la salida. El encargado, que ahora estaba solo, parecía muy ocupado afilando un lapicero.

—Buen trabajo —le dije.

Me miró sorprendido. Las chiquillas, que todavía deambulaban por ahí, se quedaron también como sorprendidas. Volví sobre mis pasos para mirarme en el espejo del mostrador: tenía aspecto de lunático.

Me senté en la barra.

—Un doble de whisky.

—Perdone, señor. Aquí no se despacha alcohol.

—¡Ah, podía haberme dado cuenta! Acabo de sufrir un shock, ¿comprende?, y me siento ligeramente mareado. Deme un café muy largo y un bocadillo. O mejor, nada. Todavía es pronto. Adiós.

Me levanté y fui a salir. Se había hecho súbitamente un silencio impresionante. El hombre del jersey negro y la bufanda amarilla había levantado la mirada de la revista que leía y me miraba despreciativamente.

—Si esa revista no le distrae podría buscarse otra en que se mostraran buenas piernas, ¿no le parece?

Salí. Oí una voz que comentaba a mi espalda, por mí:

—Hollywood tiene la exclusiva de tipejos de ésos.

14

Acababa de levantarse un viento seco y cortante que agitaba con fuerza las copas de los árboles y hacía tambalear los arcos luminosos que llenaban la callejuela de sombras caprichosas. Hice maniobrar el coche y volví a dirigirme hacia el Este.

La casa de empeños se encontraba por Santa Mónica cerca de Wilcox, en una plazuela tranquila y antigua que era un verdadero remanso de paz. El escaparate era como el de cualquier tienda, y había cuanto se puede imaginar, desde un equipo completo para pescar truchas a un órgano portátil; desde una cuna plegable a un tomavistas de cuatro pulgadas; desde unos gemelos de concha, guardados en caja revestida de tela descolorida, a un Colt 44, automático, del modelo usado todavía por los sheriffs del Oeste, cuyos abuelos les enseñaron que al apretar el gatillo se puede accionar sobre el percutor de una manera especial, consiguiendo un tiro mucho más rápido.

Al penetrar en la tienda, una campana sonó sobre mi cabeza; oí ruido en la trastienda y los pasos de alguien acercándose. Un viejo judío, cubierta la calva con el típico casquete, venía por detrás del mostrador, mientras sonreía y miraba por encima de las gafas.

Saqué el Doubloon de la petaca y lo eché delante de él. En ese mismo instante tuve la impresión de ser espiado a través del escaparate de cristales lisos.

El judío cogió la moneda, sopesándola con atención.

—¿Es oro? ¡Vaya si lo es! Y de atesorarlo en grande tiene usted pinta —dijo, guiñando el ojo.

—Veinticinco dólares; tengo mujer e hijos esperando hambrientos.

—¡Oh, debe de ser terrible! Oro parece por el peso... Oro solo, quizá aleación de platino, no sé —para asegurarse la pesó en unas pequeñas balanzas—. Es oro, ya decía yo. Así que quería diez, ¿no?

—Veinticinco.

—¿Veinticinco dólares? La de cosas que haría yo con ellos; además, ni vendiendo la moneda para fundirla los sacaría. Bien, quince; ¿hace?

—Así ya llenarás bien las arcas, viejo condenado... Quince. ¡Bah!

—Señor mío, en estos negocios hay que andar con pies de plomo; no hay más remedio. Lo dejamos en quince, ¿sí o no?

—En fin, extiende el recibo.

Para escribir metía las narices sobre el papel. Le di mi nombre verdadero y mis señas: hotel Bristol, 1.624. North Avenue. Hollywood.

—¿Vive usted allí y necesita empeñarse por esa miseria? —me echó una mirada de conmiseración y me entregó el recibo y el dinero.

Compré un sobre en la esquina y escribí en él mis propias señas y metí dentro el recibo, resguardo de la moneda; lo eché en el primer buzón.

Tenía el estómago vacío y decidí ir a comer al Vine; después emprendí el regreso al centro. Soplaba el viento más fuerte y más cortante que nunca. Sentía bajo mis dedos la aspereza del volante, y mi nariz estaba cada vez más reseca y tensa.

Por todas partes brillaban luces; particularmente en los edificios altos. El almacén de ropas que hace esquina entre la Ninth Avenue y la Hill estaba radiante. En cambio en el Belfont Building sólo algunas ventanas estaban iluminadas.

El vejestorio del ascensor estaba sentado, como de costumbre, en un taburete con una manta doblada encima, con los ojos fijos hacia delante, pero sin ver, distraídos y vacíos.

—Supongo que no serás capaz de decirme dónde para el conserje.

Volvió despacio la cabeza y me miró por encima de los hombros.

—He oído que en Nueva York los ascensores y los ascensoristas son fenómenos. Suben treinta pisos de un golpe, a toda marcha. Pero sólo en Nueva York, aquí no llegamos a tanto.

—Al diablo Nueva York; nosotros estamos aquí.

—Claro que para tales ascensores, digo yo que harán falta tipos muy listos.

—Me parece que se confunde, viejo. Allí para esos oficios hay chicas estupendas que le dicen a uno «Buenos días, mister Fulánez», y se miran al espejo. Aquí sólo tenemos trastos; en fin, subamos.

—Trabajo doce horas al día y aquí me tiene.

—¿Y lo consiente el sindicato?

—¡Bah, es cuestión de vista! —yo me limité a asentir con la cabeza, al tiempo de explicarme sus trucos. Luego bajó los ojos, que tenía perdidos muy lejos, para mirarme—. ¿No había venido antes?

—Hablemos del conserje, ¿quiere?

—Hace un año que se rompió las gafas. Hasta me dieron ganas de reír, y por poco lo hice.

—Sí, claro. Pero ¿dónde lo podría hallar ahora?

Me miró por primera vez de frente.

—¿A quién? ¿Al conserje? Pues a lo mejor está en su casa.

—Sí, claro, si no está en el cine. Además, ¿dónde está su casa? ¿Cómo se llama? ¿Cómo...?

—¿Qué quiere del conserje?

Cerré los puños en los bolsillos y estuve a punto de gritar:

—Quiero las señas de uno de los inquilinos. Lo he buscado en el listín y no está. Ya sabe usted, quiero saber la casa de uno.

Con los dedos dibujé una casa en el aire, para ver si entendía.

—¿Por quién pregunta?

—Por mister Morningstar.

—¿Para qué quiere la casa? Aún está en la oficina.

—¿Está seguro?

—Y tan seguro. No me fijo en nadie, pero en él, por ser tan viejo como yo, reparo siempre. Y todavía no le he visto bajar.

—Al octavo —le dije, cansado de tantos rodeos. Cerró las puertas con fuerza y comenzamos a subir. Mientras subimos se mantuvo callado, y tampoco dijo nada cuando salí. Sus ojos volvieron a su fijeza acostumbrada y le dejé encogido, casi exactamente en la misma postura que le había encontrado al llegar.

El pasillo estaba a oscuras, y sólo al final se filtraba luz por las rendijas de dos puertas. Ante ellas me detuve el tiempo de encender un cigarrillo y escuchar, pero no pude oír nada dentro. Entré por la puerta que decía «Pasen sin llamar», y me encontré de lleno en el despacho que tan bien conocía. La puerta que conducía al otro interior estaba entreabierta; llegué a ella y golpeé con los nudillos:

—Mister Morningstar...

Nadie contestó, ni siquiera se oía respirar. Sentí un frío extraño en la nuca. Me colé por la puerta. De la lámpara del techo caía un chorro de luz que, incidiendo en el cristal que cubría las balanzas, se deslizaba por los bordes lisos de la madera, hasta iluminar un zapato negro de goma que salía de detrás de la mesa. La posición del zapato estaba violentada y la puntera señalaba hacia el extremo del techo. El resto de la pierna quedaba oculto tras la caja de caudales. Mientras atravesaba la estancia, me invadió una penosa sensación de flojedad.

La puerta de la caja fuerte estaba abierta y las llaves colgaban de un compartimiento interior. Uno de los cajones metálicos estaba fuera; seguramente había contenido dinero. El resto de la habitación estaba en orden.

Los bolsillos del viejo estaban vueltos hacia fuera, pero no hice más que volver el cuerpo y poner el dorso de mi mano sobre su cara lívida. Tenía la frialdad viscosa de un reptil. De la herida de la frente había manado sangre, pero el tono violáceo de la piel manifestaba a las claras que la muerte no había sido debida a ella, sino a un shock producido por el miedo, que le habría paralizado el corazón. Cierto que eso no obstaba para que existiera asesinato.

Dejé las luces encendidas, borrando las huellas que hubiera podido dejar, y me dirigí por la escalera de incendios hasta el sexto piso. En el sexto, no sé por qué, me dediqué a leer algunos nombres: «H. R. Teager, Odontólogo»; «L. Pridview, Contable; Doctor», «E. J. Blaskowitz, Cirujano», etcétera.

Subió chirriando el ascensor; el viejo ni siquiera me miró; su mirada estaba tan ausente como podía estar vacío mi cerebro.

En la esquina llamé a la policía sin dar mi nombre.

15

Las piezas del ajedrez, las rojas y las blancas, recién alineadas tenían ese aire de ejércitos en miniatura dispuestos para el ataque que ofrecen siempre antes de iniciar la primera jugada. Serían las diez de la noche. Ya en casa, fumaba una pipa y tenía bien a mano la botella, mientras la confusión crecía en mi cerebro.

Aquel par de asesinatos y la devolución de la moneda a mistress Murdock, cuando yo pensaba tenerla en mi poder, habían dado al traste con todas mis ideas.

Consulté el manual de ajedrez publicado en Leipzig, y ya me decidía a abrir el juego con un brillante gambito de reinas cuando sonó el timbre de la puerta. Antes de acudir a la llamada tuve la precaución de coger el Colt 38 que aún tenía encima de la mesa.

—¿Quién es?

—Breeze.

Me apresuré a dejar el revólver donde estaba.

Abrí. Breeze, desgalichado como de costumbre, pero con aspecto cansado, permaneció un momento en el umbral antes de pasar. Spangler, el joven teniente, le acompañaba. Ambos entraron, cerrando con presteza, y casi me empujaron hasta el centro de la habitación. Mientras los ojos vivos de Spangler se fijaban en todos los detalles, los de Breeze, más duros y a la vez más cansados, se detuvieron largamente en mi rostro. Luego se dirigió al sofá.

—Eche un vistazo por ahí, Spangler.

Éste cruzó la habitación, llegó hasta el comedor, volvió sobre sus pasos y escudriñó también el hall, oyéndose luego sus pasos por el lado del cuarto de baño. Breeze se quitó el sombrero y, como de costumbre, se pasó el pañuelo por la sudorosa calva. Ahora se oía un abrir y cerrar de puertas; por fin, Spangler apareció.

—Aquí no hay nadie.

Breeze inclinó la cabeza y se sentó, dejando a un lado el panamá. Spangler se dio cuenta del revólver encima de la mesa.

—¿Le importa que lo examine?

—No faltaba más. Están ustedes en su casa.

Se aplicó la boca del arma en la nariz, para olerla. Abrió la recámara para sacar el cartucho que contenía, sacó el cargador y levantó el revólver hasta los ojos y, medio cerrándolos, miró en dirección a la luz.

—El ánima está algo sucia.

—¿Es que esperaba ver en ella brillantes?

Ignoró mis palabras y, dirigiéndose a Breeze, continuó:

—Creo que en las últimas veinticuatro horas no se ha hecho ningún disparo con este revólver; estoy seguro del todo.

Breeze hizo un gesto y me miró como si quisiera leer en mi cara. El otro, después de dejar el revólver en su sitio, vino a sentarse a nuestro lado y encendió un pitillo, aspirando voluptuosamente el humo.

—De todos modos, demasiado bien sabemos que no fue un Colt 38: de serlo, el proyectil no se hubiera quedado metido en la cabeza.

—¿Se podría saber de una vez qué les pasa?

—¿Qué quiere que nos pase? Estamos con lo del asesinato; tome una silla y póngase cómodo; creí que se oían voces aquí dentro. Sería en el apartamento de al lado.

—Sería.

—En cuanto a usted, ¿siempre tiene encima de la mesa un revólver?

—Sí, excepto cuando lo escondo en las almohadas, en los cajones o en los bolsillos. Ya ven, depende. ¿Les ayuda eso en algo?

—Oiga, Marlowe, no hemos querido ser desagradables con usted.

—Tiene gracia. Entran, empujando, en mi apartamento y registran todo lo que quieren sin pedir mi parecer. De haber querido ser desagradables, ¿qué habrían hecho? ¿Tirarme por los suelos y darme patadas en las narices?

—No es para tanto, demonio —refunfuñó Breeze.

Profirió una especie de gruñido; Spangler también. Yo les imité y así gruñimos todos. Luego, Breeze preguntó:

—¿Puedo usar el teléfono?

Asentí con un gesto. Marcó un número y habló con alguien llamado Morrison:

—Aquí, Breeze; venga cuanto antes —miró el número y continuó—: Las señas que van con ese número son las de Marlowe, ¿entendido?

Colgó y volvió al sofá, diciendo:

—Le apuesto que no es capaz de adivinar el porqué de esta llegada intempestiva.

—Estoy sobre ascuas esperando sus preciosas confidencias.

—Oiga, Marlowe, hay por medio un crimen; me parece que no es para tomarse las cosas a broma.

—Pero ¿quién se lo toma?

—El caso es que se comporta con demasiada ligereza.

—¡Ah, no me había dado cuenta! —dije, afectando gran seriedad.

Miró a Spangler, encogiéndose de hombros. Después bajó los ojos poco a poco, para luego levantarlos sobre mí, que me sentaba tras el ajedrez.

—¿Juega usted mucho a eso? —me preguntó, mirando las piezas con curiosidad.

—No mucho; de cuando en cuando me dedico a mover las fichas para distraerme.

—Creía que para jugar hacían falta dos personas.

—Yo reconstruyo partidas jugadas en grandes torneos. Alrededor de cualquier tema existe toda una literatura. De tanto en tanto me planteo algunos problemas; propiamente hablando, eso no es jugar al ajedrez. Pero ¿para qué perder más tiempo en esta estúpida charla? ¿Tomamos algo?

—Ahora no —dijo Breeze—; hablé a Randall de usted y le recuerda muy bien por un caso que hubo en cierta ocasión en la playa —movió los pies sobre la alfombra como si se cansara de la inmovilidad—. Dijo que no le cree capaz de asesinar a nadie, porque, muy en el fondo, parece que es un buen muchacho.

—Eso es muy fino de su parte —dije.

—Asegura también que sabe hacer buen café y que se levanta tarde por las mañanas, que es capaz de sostener una conversación brillante y que se puede creer cuanto usted dice a condición de comprobarlo luego, por lo menos, con cinco testimonios diferentes...

—¡Bah!... —dije malhumorado.

Breeze parecía muy en su papel y Spangler reclinó su cabeza en la silla, observando la espiral del humo de su cigarrillo.

—Randall dice que usted es menos brillante de lo que cree, pero que siempre le suelen ocurrir cosas raras, y eso acaba por hacerle temible. Todo eso, bien entendido, es lo que piensa él; a mí, naturalmente, me parece usted bien, y puesto que tenemos que trabajar juntos en esclarecer eso, se lo cuento todo.

—Muy amable.

Sonó el teléfono. Miré a Breeze, pero no se movió, por lo que fui a cogerlo. Era una voz femenina que me resultaba vagamente familiar, aunque no me era posible recordar a quién pertenecía.

—¿Mister Marlowe?

—Sí; el mismo.

—Mister Marlowe, le necesito, estoy en un gran apuro. Quisiera verle con urgencia. Por favor, diga cuándo...

—¿Quiere decir que ha de ser esta misma noche? ¿Con quién hablo, por favor?

—Me llamo Gladys Crane, vivo en el hotel Normandie, en Rampart; diga: ¿cuándo podrá usted ir?

—¿Le parece, entonces, que vaya esta misma noche?

—Yo...

Colgaron; por más esfuerzos que hacía no pude identificar la voz. Me quedé un momento sentado en el teléfono mirando a Breeze y hablándole, a pesar de que en su cara no aparecía el menor interés.

—Una mujer que dice encontrarse en un gran apuro, pero ha cortado.

Colgué. Los dos policías guardaban silencio. «Demasiada indiferencia —pensé— para ser sincera su actitud».

El timbre volvió a sonar y apresuradamente descolgué y dije:

—Querrá usted hablar con Breeze, ¿no es eso?

—Sí.

Era una voz de hombre que manifestaba cierta sorpresa.

—Vamos, sea usted más listo —dije, levantándome de la silla para ir a la cocina—; mira que hacerme eso a mí.

Oí a Breeze decir frases breves y al fin el clic del teléfono al ser colgado.

Saqué una botella de whisky Four Roses de la despensa, cogí otra de ginebra y vasos para todos, preparando con hielo de la nevera tres cócteles, que luego puse encima de una mesita, frente al sofá en que se sentaba Breeze. Ofrecí un vaso a Spangler y yo cogí el mío para sentarme en el mismo sitio.

Spangler estaba aún como indeciso. Se cogía con dos dedos el labio inferior en espera de que Breeze se decidiera a beber. Éste me observaba calmosamente. Al fin llevó el vaso a los labios, bebió un sorbo y dejó escapar un largo suspiro, moviendo complacido la cabeza como un sediento a quien el primer sorbo ha transportado a un mundo de delicias.

—Veo que usted, Marlowe, las coge al vuelo —dijo, recostándose perezosamente en el sofá—; sigo creyendo que, al fin, nos entenderemos.

—Mal empezamos.

—¡Bah!... —gruñó Breeze, enarcando las cejas.

Spangler estaba muy inclinado en su asiento y no perdía detalle.

—Esa llamada de hace unos minutos ha sido cosa suya. ¿Qué quería, que alguien en algún lugar oyera mi preciosa voz? ¿Qué hubiera conseguido usted si esta desconocida me hubiera reconocido?

—El nombre de la mujer es Gladys Crane.

—Hombre, eso ya lo dijo ella; pero no me sugiere nada.

—Despacio, Marlowe, no levante la voz —exclamó Breeze, adelantando hacia mí su palma arrugada—. Nuestra conducta es clara, y es legal cuanto hacemos; en cambio, usted...

—¿Yo? ¿Qué puede reprochar a mi conducta?

—Primero, que no está nada clara; luego, que por el simple hecho de intentar ocultarnos cosas y burlarse, prueba que algo no marcha.

—Hago uso de mis derechos; no son ustedes quienes me pagan.

—Mire, Marlowe, no se las quiera dar de vivo.

—No me las quiero dar de vivo y, respecto a la policía, sé cuanto debo saber y no intento propasarme. Así, si quiere algo, vaya al grano y déjese de simplezas al estilo de esa llamada.

—Nos encontramos ante un caso de asesinato, y debemos trabajar para esclarecerlo lo mejor que podamos. Usted encontró el cadáver. Usted conocía al tipo. Él le invitó a su apartamento e incluso le dio la llave... y se negó a decir para qué le citaba. Creo que después de reflexionarlo mejor habrá ya cambiado de parecer.

—En una palabra, cree que intento ocultarle algo de importancia.

Breeze esbozó una sonrisa irónica.

—Sabe usted muy bien, porque es hombre de experiencia, que la gente acostumbra eludir los casos de asesinato y miente si le conviene.

—Enfocada así la cuestión, diga lo que diga, pensará que miento y que procuro engañarle.

—Si sus palabras fueran verosímiles, ya me daría por satisfecho.

Me fijé mejor en Spangler. Estaba tan inclinado hacia delante que poco le faltaba para caerse del asiento;

daba la impresión de que iba a saltar; quise encontrar las razones de su excitación, pero no encontré ninguna. Volví los ojos a Breeze; apoyado en la pared, disimulaba toda muestra de agitación. Tenía un puro entre sus gruesos dedos y se disponía a quitar la envoltura con la navaja. Le vi hacer una a una todas las pequeñas operaciones hasta seccionar la punta, limpiando luego cuidadosamente la navajita, guardándosela. Encendió con parsimonia, haciendo girar el puro en la llama con la cerilla que mantenía un poco apartada, como para asegurarse de que ardía bien. Cada uno de sus movimientos era la réplica exacta de los realizados en el departamento de Herch, donde le había visto encender otro puro. Pensé que seguiría haciendo lo mismo con todos los puros que encendiera a lo largo de su vida. En ese afán de someterse a un método radicaba toda su fuerza. No era temible como hombre intuitivo y brillante, aunque desde luego llegaba mucho más lejos que un tipo fácilmente excitable como, por ejemplo, Spangler. Me dispuse a relatar de nuevo los hechos más sobresalientes.

—No había visto nunca a Phillips antes de hoy; lo que él dijo de habernos conocido en Ventura no cuenta, pues no guardo de ello ningún recuerdo. Ya les he dicho cómo nos encontramos: me seguía sin atreverse a decir nada y yo me dirigí a él. Dijo que lo único que quería era asociarse conmigo. Quería ponerme en antecedentes; pero como yo no disponía de tiempo, porque tenía una cita, me dio la llave. Ya en su apartamento, viendo que no contestaba, abrí la puerta, siguiendo sus instrucciones. Lo encontré muerto. Llamé a la policía y, por una serie de incidencias ajenas a mí, fue encontrado el revólver bajo la almohada de Hench. Un revólver que se acababa de disparar. Todo es la pura verdad y no hay más.

Breeze inquirió:

—Después de encontrarlo, bajó usted a ver al conserje, un pelirrojo llamado Pasmore, y se lo llevó al piso con usted sin referirle nada. Antes le había dado una tarjeta falsa y habló con él de joyas.

—Con gentes de la calaña de ese Pasmore hay que dar muchos rodeos. Yo quería conocer los asuntos de Phillips y pensé que el conserje podría satisfacer mi curiosidad si ignoraba que estaba muerto y no temía la intervención de la policía. Eso es todo.

Breeze bebió otro sorbo, echó unas bocanadas de humo y repuso:

—Me gustaría volver sobre una cosa, sobre lo siguiente: admito como verdadero cuanto ha dicho. Pero tengo la sospecha que no es toda la verdad, no sé si me entiende...

—¿Si entiendo qué? —repliqué, viendo muy bien lo que quería.

Se dio unos golpecitos en la rodilla, mirándome de arriba abajo. Su mirada no era hostil, ni siquiera suspicaz. Simplemente, era la mirada del hombre que hace concienzudamente su tarea.

—Veamos; a usted le han encargado un caso. No sabemos cuál, pero da lo mismo. Phillips estaba jugando a detective privado. También estaría encargado de un caso. Él le necesitaba. ¿Cómo sabremos, a menos que usted nos lo demuestre claramente, que sus pistas no conducían a lo mismo; por lo menos, que no se confundieron en algún momento? Si esto ocurrió así, ahí entramos nosotros, porque es nuestro papel, ¿está claro?

—Muy claro, pero es una de tantas maneras de enfocar la cuestión. No es la única y, desde luego, no es la mía.

—No se olvide, Marlowe, de que hay un asesinato de por medio; por tanto, entra de lleno en lo criminal. Es un caso complejo.

—No olvido nada. Pero no olvide tampoco usted que llevo muchos años en esta ciudad, por lo menos quince. En este tiempo ha habido muchos casos complejos en los que había un asesinato de por medio. Algunos fueron esclarecidos, otros pudieron serlo y otros que hubieran podido serlo no interesó que lo fueran. Y dos o tres se resolvieron equivocadamente. Alguno de ellos era muy importante, muy sensacional y, sin embargo, de la noche a la mañana fueron escamoteados y nadie se acordó más.

Sí, esto a veces ocurre, aunque no con frecuencia. ¿Recuerda el caso Cassidy? Me parece que lo recordará, ¿no?

Breeze consultó el reloj.

—Estoy cansado. Dejemos en paz el caso Cassidy y vayamos a lo de George Anson Phillips, que es lo que ahora importa.

—Sólo intento establecer un punto de comparación —proseguí, haciendo un gesto de cabeza—; no será más que un momento. Cassidy era un hombre muy rico, un multimillonario. Tenía un hijo ya mayor. Una noche llamaron a la policía, y cuando ésta acudió encontró al joven Cassidy tendido en el suelo, con la cara ensangrentada y con un agujero de bala en el parietal, muerto. Su secretario *también* estaba tendido a su espalda muerto. Yacía en el cuarto de baño contiguo, con la cabeza reclinada en la puertecilla que daba al hall y con un cigarrillo casi consumido en la mano izquierda, que había llegado a quemarle los dedos. A su derecha, cerca de la mano, encontraron una pistola. Tenía una herida no mortal en la cabeza. Allí se había bebido mucho; cuatro horas, por lo menos, transcurrieron desde las muertes, y el médico de cabecera había estado en la casa. A todo esto, ¿cuál fue su opinión sobre el suceso?

—Asesinato seguido de suicidio bajo los efectos de una borrachera. El secretario, en su delirio, disparó sobre el joven Cassidy y luego se mató. Algo leí en los periódicos. ¿Qué esperaba que dijera?

—Eso puede que lo leyera en los periódicos, porque eso dijeron. Lástima que no ocurriera así. Es más, usted también sabe que no ocurrió de esa manera, y en el Central Homicide Bureau también se supo en aquella ocasión. Sin embargo, a todos se les obligó a callar. No hubo más pesquisas. Pero todos los cronistas de sucesos y todos los policías de la calle sabían que fue Cassidy el asesino; él, que estando borracho como una cuba, disparó sobre el secretario, que había querido contenerlo primero y que luego intentó huir, sin conseguirlo. La herida que mostraba el joven Cassidy fue hecha a quemarropa, como que se disparó él mismo; en cambio, la del secretario fue hecha de lejos. Además, éste era zurdo y, como le he dicho, se le encontró un cigarrillo que le había quemado los dedos de la mano izquierda. La policía encontró la pistola en la derecha. Cierto que para disparar pudo valerse de esa mano. Pero siendo como era zurdo, eso sólo habría sido admisible si, en vez de ser un simple secretario, hubiera sido un gángster de película. ¿Y qué estuvieron haciendo la familia y el médico de cabecera en las cuatro horas que tardaron en avisar a la policía? Alterándolo todo para que no se hiciera más que una investigación superficial. ¿Y por qué no hicieron ustedes la prueba del nitrato en las manos? ¿No lo sabe? Yo se lo diré: porque no les interesaba la verdad. Cassidy era demasiado importante. Y, sin embargo, ahí también había un caso de asesinato, ¿no le parece?

—Ambos estaban muertos; a fin de cuentas, ¿qué importaba?; lo de menos era saber quién mató a quién.

—¿Y no se ha parado nunca a pensar que el desgraciado aquel podía tener una madre, una hermana, una novia..., o todo a la vez? ¿Que ellas podían tener puestos su orgullo, su fe y su amor en el pobre secretario, y que todo lo perdieron por culpa de un borracho paranoico, cuyo padre, eso sí, tenía muchos millones?

Breeze levantó lentamente el vaso y bebió a sorbos cuanto quedaba, volviendo a dejar el vaso sobre la mesita. Spangler estaba muy quieto, los ojos muy brillantes y en los labios una especie de sonrisa.

—Acabe de una vez.

—Sí. Sólo me queda por añadir que hasta que ustedes estén enteramente limpios de conciencia no podrán exigirme más de lo que yo quiera. Hasta que pueda confiar en ustedes para siempre y en todas condiciones, hasta que ustedes busquen la verdad y la encuentren y la revelen, sea quien sea el culpable, yo me atendré a lo mío y protegeré a mis clientes del mejor modo que sepa. Trabajaré hasta que ya no puedan infligirles ninguna molestia, hasta que me encierren si la ocasión llega, pero no conseguirán hacerme hablar. Nada más.

—Lo único que consigue con estas palabras —dijo Breeze— es afirmarme en la idea de que en su conciencia pesa algo, Marlowe.

—Demonio, sí que me he lucido. Bueno; bebamos otro trago y entonces podrá usted decirme algo de esa mujer que me ha llamado por teléfono hace rato.

—Es una mujer que vive muy cerca del apartamento de Phillips. Oyó hablar a un tipo con él en cierta ocasión. Es acomodadora en un cine. Nosotros pensamos que tal vez podría reconocer la voz...

—¿Qué clase de voz era?

—Una voz oscura; ella dijo que la recordaba porque le había desagradado mucho.

—¡Demonio!, ¿y eso le sugirió la mía?

Recogí los tres vasos y los fui a dejar a la cocina.

16

Al llegar a la cocina ya había olvidado a quién pertenecía cada vaso, de manera que decidí limpiarlos todos.

Me encontraba secándolos y disponiéndome a preparar nuevos cócteles, cuando me di cuenta de que Spangler, muy sigilosamente, se venía a colocar a mi espalda.

—¿Qué hay? —dije la mar de jovial—. ¿Es que piensa que voy a darles cianuro?

—Quería aconsejarle que no intente esconder nada a Breeze; es mucho más perspicaz que usted y sabe enseguida cuándo intentan engañarle.

—Muy amable de su parte.

—Ahora me gustaría saber algo más del asunto Cassidy. Parece interesante, aunque debió de ocurrir mucho antes de llegar yo.

—¡Oh, sí, mucho tiempo! —repliqué—. Tanto, que nunca ocurrió en realidad. Estaba haciendo comparaciones para bromear.

Puse los vasos en una bandeja y los llevé fuera, colocándolos de nuevo encima de la mesita. Luego cogí el mío y fui a sentarme en la misma silla, junto al ajedrez.

—Menudo farsante —dije, dirigiéndome a Breeze—. Este sabueso que lleva acaba de hacerme saber que usted es muy perspicaz. Tiene la clase de cara que conviene para esos menesteres: abierta, cordial y hasta capaz de sonrojarse.

Spangler acababa de sentarse en el mismo borde de la silla, efectivamente sonrojado. Breeze le miraba, pero como por casualidad, sin prestarle gran atención.

—Dígame qué es lo que averiguó acerca de Phillips.

—¡Ah, sí! Ese Phillips —dijo Breeze—. Sí; éste sí que promete ser un asunto complejo. Creía, como ya sabe, ser un detective. Lo malo es que nadie le tomaba en serio. He hablado con el sheriff de Ventura y me ha dicho que era una buena persona, desde luego demasiado bueno para esas cuestiones nuestras; y digo esto por no decir que carecía de cerebro, cosa en que todos están de acuerdo. Por lo visto, el chico hacía todo lo que le mandaban, y lo hacía bien..., a condición de que le señalaran con qué pie tenía que comenzar a andar y cuántos pasos tenía que hacer. En resumen, como policía, una calamidad. Un inútil, si quiere que sea más explícito. Era la clase de agente que es capaz de dar con un ladrón de gallinas cuando éste, al huir, se ha dado contra un poste y ha perdido el sentido. De lo contrario se le escapa. Pero, al parecer, alguna vez también tenía algún desliz. Seguramente cometió alguno y por eso lo requirieron en la central. El sheriff estaba hasta la coronilla de él, y la llamada, dijo, le había venido de perlas.

Breeze bebió de nuevo unos sorbos, rascándose la barbilla con el pulgar.

—Después, Phillips parece que trabajó en unos almacenes de Simi, regentados por un tal Sutcliff. Eran unos negocios a crédito, que reclamaban mucha atención en el manejo de los libros. George, por lo visto, lo hacía todo mal y a destiempo y así salían las anotaciones, con las consiguientes reclamaciones de los clientes perjudicados. El tal Sutcliff se lo quitó muy pronto de encima. Después se vino a Los Ángeles; con lo que le quedaba, pudo conseguir la licencia para abrir despacho. He estado allí un par de veces. Consiste en un cuartucho, donde todavía queda uno que dice vender postales navideñas. Se llama Marsh. Había acordado que, en cuanto apareciera un cliente para George, Marsh saldría a darse una vueltecilla. El tal Marsh dice que ignoraba su domicilio y que durante el tiempo que estuvieron juntos no apareció ni la sombra de un cliente. Sin embargo, puso un anuncio en el periódico y es muy posible que gracias a él le saliera alguno. Eso explicaría la nota que encontró comunicándole que estaría algunos días fuera de la ciudad. Ya no supo más de él. No obstante, nosotros sabemos que Phillips se trasladó a Court Street y que allí alquiló un departamento bajo el falso nombre de Anson; en fin, ahora se lo han cargado. No sabemos más. Como le decía, el caso se presenta complejo.

Me miró distraídamente y se llevó el vaso a los labios.

—¿Puede enseñarme ese anuncio?

Dejó el vaso y sacó un papel doblado de la cartera; lo dejó encima de la mesilla. Lo desdoblé y pude leer:

«¿Por qué preocuparse? ¿Por qué vivir sumido en la confusión y en la sospecha? Consulte a un detective capaz, cuidadoso, discreto y reservado. George Anson Phillips. Glenwiew, 9521».

Lo dejé de nuevo en la mesilla.

—No es peor que otros anuncios del ramo —dijo Breeze—. Además, en él se dejan ver algunas pretensiones.

—La chica del *Chronicle* que tuvo que recibirlo —dijo Spangler— dice que todavía se está riendo. Pero el bueno de Phillips estaba convencido de que era un anuncio superior.

—Pues sí que se enteran ustedes de cosas —dije yo.

—En general, no es difícil hacerse con información. Hasta ahora, el único caso difícil ha sido usted.

—De Hench ¿qué se sabe?

—De ése y de la rubia, nada. Al parecer, desde hacía varios días bebían, cantaban y se pegaban metidos en el apartamento. Cuando se acordaban, salían a comer o se distraían escuchando la radio. En eso llegamos nosotros. La chica tenía ya los ojos a la funerala. De no haber llegado, el angelito habría acabado por retorcerle el pescuezo. Este mundo está lleno de parejas como Hench y su rubia.

—Y del revólver que no reconocía como suyo, ¿qué fue?

—Comprobamos que mataron a Anson Philips con él. La bala estaba bajo el cuerpo. Hicimos dos disparos más, y las marcas de las estrías coinciden.

—¿Cree usted de veras que alguien fue a dejarlo bajo la almohada?

—No hay duda. Hench ni siquiera lo conocía. ¿Cómo iba a matarlo?

—Eso es lo que dice él; pero no le consta a usted.

—Sí me consta —dijo Breeze, extendiendo las manos—. Hay cosas que se caen de su propio peso. No se mata a un hombre para después dedicarse a armar bulla teniendo el revólver escondido debajo de la propia almohada. Además, la chica estuvo con Hench todo el día. Si éste hubiera matado a alguien, ella tendría idea de los hechos, y habría acabado por cantar; menuda pieza es la niña. Para ella, Hench no era más que un compañero de juerga. Así que podemos descartarlo. El asesino oyó la radio y creyó que con su volumen ahogaría el ruido del disparo; además, fue a matarlo al cuarto de baño; sabía lo que se hacía. Desde luego, no era ningún borracho. Dio luego la coincidencia de que se dejó de oír la radio y que la pareja no cerró la puerta al irse a comer.

—¿De dónde saca usted que, precisamente al salir el asesino, quitaron la radio?

—Porque me lo dijeron —continuó el policía—. La casa tiene muchos inquilinos. Y tuvo que ser de este modo, ya que si no, el asesino no hubiera tenido la idea de meterse dentro del apartamento.

—La gente no acostumbra a dejarse las puertas abiertas y menos en tales barrios y en casas como aquélla.

—Los borrachos sí las dejan; los borrachos son gentes descuidadas, porque su atención no se puede dirigir más que a una sola cosa. Así, no cuesta admitir que la puerta quedó abierta o, por lo menos, mal cerrada. El asesino, de todas formas, pudo darse cuenta, entró y la cama le pareció buen sitio para desprenderse del arma. Pero entonces encontró debajo de la almohada otro revólver, y sin pensarlo dos veces dio el cambiazo; pensaría, además, que era lo mejor para cargar el mochuelo al prójimo del departamento.

—Debería buscarse ese revólver.

—¿Cuál, el de Hench? Trabajo perdido, pero lo intentaremos, aunque el mismo propietario ignora el número. Del otro, el dejado por el asesino, también se buscará el número de fábrica, y a partir de él procuraremos seguir sus vicisitudes. Pero ya sabe usted lo que ocurre con estas pistas; la mayoría de las veces acaban por equivocarle a uno y, cuando más cerca se cree estar del resultado, se acaba en un callejón sin salida. ¿Acaso conoce algo en nuestra profesión que valga la pena recomendar, algún camino seguro o algún método eficaz?

—Estoy muy cansado. Le ruego, teniente Breeze, que deje de ponerme problemas; soy incapaz de seguir cualquier razonamiento.

—Pues hace un momento con el asunto Cassidy no estaba tan mal.

No dije ni palabra; me limité a volver a llenar la pipa, que todavía estaba ardiendo, y a esperar.

—Si le digo que ya no sé qué hacer con usted —dijo Breeze, recalcando las palabras—, habré dicho una verdad como un templo. Le aseguro, Marlowe, que se me hace duro pensar que un hombre como usted se empeñe tenazmente en llevar adelante el papel de encubridor en un caso de asesinato. Porque ni yo ni nadie puede creer que apenas conoce nada del asunto. Y sin embargo, eso es lo que pretende dar a entender.

De nuevo guardé silencio. Breeze hizo girar el puro entre sus dedos; luego apretó la punta en el cenicero hasta apagarlo, terminó de beber, se puso el sombrero y se levantó.

—¿Por cuánto tiempo piensa seguir en sus trece?

—Ni yo mismo lo sé.

—Marlowe, le daré todavía una oportunidad. Mañana a mediodía hablaremos de nuevo y no enviaré mi informe hasta entonces. Así, le quedan todas esas horas para ponerse de acuerdo con sus clientes y dejar finalmente las cosas en claro.

—¿Y después?

—Después veré al jefe del Cuerpo de Detectives Privados y le diré que el señor Philip Marlowe se niega a facilitarme la información que necesito para poner en claro un caso de asesinato en el cual tiene alguna relación que ignoro. ¿Qué pasará? No lo sé; pero imagino que el jefe le pondrá a usted las peras a cuarto.

—Ajá..., y diga: ¿anduvo ya entre los papeles de Anson Phillips?

—Naturalmente. Nada, simple como un colegial. Lo único que encontramos fue una especie de diario íntimo. Poca cosa; nos enteramos de que había hecho unas fotos a una chica, en la playa; que la gente no acudía a su oficina; que no tenía nada en qué trabajar... En cierta ocasión se peleó con la lavandera y con tal motivo llenó una página entera. Sin embargo, hay una cosa que no acabo de entender. Es algo acerca de imprenta, de moldes, no sé qué.

—¿Impresión?

—Sí; algo de grabado a mano. Nada de falsificaciones en grande. En todo caso, se trataría de algo de mucha precisión y a pequeña escala. Pero ya digo, no puedo asegurar que sea nada serio; quizá se refería a sus habilidades con la escritura.

—No sé; escribió algo al darme la tarjeta, pero no parecía muy hábil.

Breeze se quedó un momento pensativo, después prosiguió:

—Sí, será eso. No había nada preciso y es muy probable que no pasara de ser un simple juego...

—Parecido a lo de Pepys, con su método especial taquigráfico.

—¿Y eso qué es?

—Un diario que escribía uno valiéndose de un método especial. Hace ya mucho tiempo.

Breeze se quedó mirando a Spangler, quien acababa de levantarse y bebía el último sorbo.

—Será mejor largarse, amigo. Este tipo se dispone a soltarnos otra como lo del asunto Cassidy...

Spangler dejó el vaso y ambos se dirigieron a la puerta. Breeze, ya con una mano en el tirador, se volvió y dijo:

—¿Conoce muchas rubias?

—Creo que sí —dije—. Espero que sí. ¿De qué características?

—Altas. Ignoro la medida exacta. Sin embargo, ha de ser una que pareció alta a uno que también lo es. Un fulano llamado Palermo, propietario del inmueble de Court Street. Fuimos a verle en su despacho de la funeraria, que también es suya. Nos dijo que vio a una rubia salir del apartamento a las tres y media. Según Pasmore, el conserje, no hay en la vecindad ninguna de tales características. Palermo la tomó por una espía o algo así. Tengo alguna confianza en sus descripciones, porque me hizo una excelente de usted. Dijo que no la vio entrar. Vestía pantalones y blusa sport, con un pañuelo, pero su pelo rubio podía verse bien.

—No me dice nada todo eso. Pero ahora recuerdo otra cosa: anoté el número de matrícula del coche de Phillips en un sobre. Ahora se lo traigo.

Se quedaron en pie mientras yo me dirigía al dormitorio en busca de la americana; enseñé el sobre a Breeze, quien tomó nota.

—Entonces, ¿qué piensa de todo esto?

—Que va por buen camino.

—Bien, bien —dijo—; muy bien.

Salieron y se dirigieron al ascensor.

Cerré, quise beber un sorbo de mi vaso, que aún estaba intacto, pero ya se había calentado, y lo llevé a la cocina, A través de las ventanas vi los eucaliptos destacándose sobre el cielo oscuro. Parecía que el viento se había levantado otra vez. La ventana norte del apartamento golpeaba. Eché un poco de whisky fresco en el vaso, pero viendo que no había manera de enfriarlo, lo vertí todo y bebí un poco de agua con hielo.

Doce horas, doce horas en una situación que distaba de ser clara. Para mi cliente, contratarme a mí y tener sobre ella y su familia a la policía, todo habría sido uno. ¿Por qué preocuparse? ¿Por qué vivir sumido en la confusión y en la sospecha? Consulten, consulten al despierto, al minucioso, al genial Marlowe.

Glenview, 7537..., y ya verán, ya verán, a los policías llegar por docenas a casa... ¡Maldita sea!

Esas reflexiones no conducían a nada. Volví al salón de estar, encendí la pipa y me senté de nuevo ante el ajedrez. Fumaba despacio, pero me sabía a goma quemada. Dejé la pipa a un lado, me levanté y comencé a dar vueltas.

De repente el teléfono sonó. Descolgué precipitadamente.

—Marlowe, diga.

La voz era lejana comó un suspiro. Era la misma que me había amenazado.

—Perfectamente —dije—. Puede comenzar cuando quiera; lo más que puede ocurrir es que me muera de miedo.

—Si fuera usted listo, lo que se dice listo —dijo la voz—, a lo mejor se atrevería a hacer algo que podría interesarle...

—¿Interesarme? Veamos...

—¿Qué tal le irían quinientos pavos para despertar el interés?

—Interesado. ¿Qué hay qué hacer?

—Sólo meter las narices en un asuntillo.

—¿Cómo, dónde, cuándo?

—Idle Valley Club. Morny. Debe ir enseguida.

—¿Quién es usted?

Un leve ruido llegó del otro lado de la línea, una especie de risa.

—Al llegar, en la misma puerta pregunte por Eddie Prue.

Colgaron.

Eran cerca de las once y media cuando sacaba el coche del garaje y me dirigía hacia Cahuenga Pass.

17

Un ancho bulevar con abundante musgo a los lados bordeaba, por espacio de veinte millas hacia el Norte, la falda de las colinas. Comenzaba atravesando cinco manzanas, pero gradualmente quedaba sin ningún edificio a los lados. Al final se transformaba en una carretera asfaltada que llevaba directamente a las colinas.

Era Idle Valley.

En la cima de una de las primeras colinas al lado de la carretera, había un edificio bajo y blanco cubierto con tejas. En el dintel de la puerta aparecía un letrero: «Patrulla de Idle Valley». Las puertas, semientornadas, daban sobre la carretera, y en medio de ésta había una señal luminosa que decía *Stop* en letras compuestas por puntos brillantes. Un reflector inundaba de luz un trozo de carretera enfrente de la señal de parada.

Me detuve. Un hombre uniformado, que ostentaba una estrella y que llevaba colgando una pistola del cinto, miró hacia mi coche y sucesivamente hacia la señal luminosa.

Se acercó.

—Buenas noches. No conozco la matrícula de su coche, y éste es un camino particular. ¿Viene de visita?

—Voy al club.

—¿A cuál?

—A Idle Valley Club.

—Entonces al 87-77. Así lo designamos nosotros. ¿Quiere usted algo de mister Morny?

—Sí; eso es.

—¿Es usted socio?

—No.

—Tengo que tomar nota. Es preciso que le conozca alguien que lo sea o que viva al menos en el valle. Esto es propiedad privada, ¿comprende?

—¿Y si prefiriera colarme por las buenas?

—No; aquí esto no es posible.

—Mi nombre es Philip Marlowe y quiero visitar a mister Eddie Prue.

—¿Mister Prue?

—Es el secretario de mister Morny, o algo así.

—Aguarde un momento.

Se dirigió hacia la puerta y dijo unas palabras que no pude oír.

Otro tipo uniformado cogió el teléfono. Otro coche que venía detrás de mí estaba pidiendo paso. De la puerta entreabierta llegaba el teclear de una máquina de escribir. El que había hablado conmigo dio paso al coche que lo pedía. Se deslizó a mi lado y de nuevo penetró en la oscuridad. Era un Sedán verde, descapotable, con tres vampiresas en la delantera, las tres fumando con aire despreocupado. El coche cogió la curva y desapareció definitivamente de nuestra vista. El del uniforme se volvió hacia mí y puso una mano en la portezuela.

—Está bien, mister Marlowe. Bastará que se presente al jefe de vigilancia cuando llegue allí. El club está una milla más allá, a la derecha. Verá un espacio iluminado, con números en la pared. Está destinado a los coches de los clientes. Ya sabe: 87-77. Preséntese a la patrulla, no se olvide.

—¿Por qué tengo que hacerlo?

El hombre se mostraba muy tranquilo, muy cortés, pero muy firme:

—Tenemos que saber exactamente dónde está usted. Hay muchas cosas que proteger en Idle Valley.

—Suponga usted que no me presento, ni doy mi nombre al llegar.

—¿Me está tomando el pelo? —dijo con voz súbitamente dura.

—No, solamente quería saber qué ocurriría.

—Una pareja de agentes comenzaría a buscarle inmediatamente.

—¿Cuántos son ustedes?

—Lo siento. Ya sabe: el club está una milla adelante, a la derecha.

Miré ostensiblemente su pistola, colgando de la cadera, y paseé los ojos por su placa cosida a la camisa.

—¡Bah, y a esto todavía hay quien lo llama democracia!

La cara del hombre cambió. Miró detrás de sí, escupió y pasó amigablemente su mano por el borde de la ventanilla del coche.

—Puede que usted gustara de una buena compañía. En tal caso, yo conozco a un socio del John Reed Club, en Boyle Heights.

—¿Un *tovarich*?

Sonrió.

—¿Qué quiere? Lo malo de la revolución del proletariado es que viene siendo manejada por gente equivocada o de mala fe.

—Claro.

—Aunque, por otra parte, aquellos gerifaltes no pueden ser peores que estos ricachones farsantes que vienen por aquí.

—Puede ser que usted mismo algún día viva como ellos.

Escupió de nuevo.

—Yo no viviría como ellos aunque me dieran cincuenta mil pavos al año, aunque me aseguraran que toda la vida podría dormir en pijamas de seda y salir mi mujer adornada con collares de perlas finas.

—No me gustaría hacerle la oferta.

—¡Bah, pues podría hacérmela cuando quisiera, de día o de noche! Mi respuesta siempre sería la misma.

—Bien; me voy, y descuide, que daré mi nombre al jefe de vigilancia.

—Y dígale que se vaga al infierno. Dígaselo de mi parte.

—Cumpliré.

De nuevo sonó un claxon detrás. Arranqué. La delantera de una limousina negra me alcanzó, pidiendo paso con insistencia. Al adelantarme hizo un ruido parecido al del viento jugando con las hojas secas. La calma era completa. La luz de la luna caía sobre el valle con tanta intensidad que la sombra de los cuerpos parecía labrada a cuchillo. Al tomar la curva, el valle entero se ofreció a mi vista, con sus mil casas blancas encaramándose por las colinas y su infinidad de luces nocturnas. Arriba, en el cielo, las estrellas parecían parpadear con cierta timidez, como si quisieran pasar inadvertidas a las patrullas...

Las paredes del club que daban a la carretera eran blancas y desnudas. No se veía la puerta de entrada, ni ventana alguna en la parte baja. El número era pequeño pero brillante, de neón: «87-77». Nada más. Sobre el asfalto, liso y oscuro, líneas de luces señalaban los espacios destinados a cada coche. Los abrecoches, embutidos en uniformes relucientes, se movían de aquí para allá. Al dejar el coche me dieron un número; con él en la mano me dirigí al del uniforme, que parecía guardar la entrada:

—Philip Marlowe. Visitante.

—Gracias.

Tomó nota de mi nombre y del número del coche, devolviéndomelo. Al mismo tiempo hizo ademán de coger el teléfono. Yo pasé adelante, y un negro con uniforme blanco, con dos filas de botones y muchos galones dorados, me abrió la puerta.

Ante mí apareció la sala y la pista, con ese aire inconfundible de ciertas malas películas musicales de Hollywood. Mucha luz, mucha agitación, muchos adornos, muchos trajes, mucho ruido, un conjunto trepidante de actores y, finalmente, una trama y un contenido que no valen un pimiento. Los efectos de la iluminación indirecta eran sugestivos y hermosos. Parecía que las paredes tendían a subir hacia lo alto, perdiéndose al fin entre constelaciones de estrellas artificiales, cálidas, sensuales, que parecían parpadear de verdad. Se podía andar sobre la mullida alfombra, aunque con la sensación de hundirse a cada paso. En el otro extremo aparecía una amplia escalinata con una franja de cromo y esmalte blanco en el centro de los escalones alfombrados.

En la entrada del restaurante, un maître rechoncho aguardaba en pie con aire despreocupado. Llevaba una raya de satén de medio palmo de ancho en los pantalones, que le llegaba hasta los pies, y debajo del brazo, varias minutas de cantos dorados. Tenía una de esas caras que pueden pasar de la sonrisa más estereotipada de puro cortés a la cólera más reconcentrada sin mover uno solo de sus músculos.

La entrada del bar estaba a la izquierda. Era oscura y tranquila, y un mozo se movía en el interior del mostrador como una mariposilla cegada por la luz y los reflejos de la cristalería.

Una rubia impresionante, luciendo un vestido vaporoso como hecho de espuma de mar y suaves reflejos, salió de los lavabos pintándose los labios, y se puso a andar en dirección a la pista, tarareando el aire de rumba que tocaba la orquesta. Al mover la cabeza se agitaba su magnífica cabellera rubia y se reía. Un señor, gordo y pequeño, con cara roja y ojuelos brillantes, la esperaba sosteniendo unas pieles blancas. Se las dio, la cogió del brazo y le clavó sus dedos gordezuelos, mientras la miraba de reojo.

La encargada del ropero, en quimono de color melocotón, se acercó para recoger mi sombrero. Tenía en los ojos vestigios de antiguos y oscuros pecados. La cerillera se fue acercando a su vez. Llevaba una enorme pluma en el pelo y un vestido ceñido como un guante. Sus piernas, desnudas, largas y elegantes, tenían pintados reflejos dorados y plateados, por zonas. Su expresión, completamente desdeñosa, era la de una de esas pájaras que saben que pueden buscarse los planes a distancia.

Entré en el bar y me dejé caer en uno de los confortables butacones; era el tipo de bar donde abunda mucho la pluma blanda. Los vasos tintineaban suavemente; las luces brillaban dulcemente. Se oían voces susurrando de amor, de sucios tantos por cientos o de cualquiera de esos asuntos que se susurran en tales sitios.

Un caballero alto, de buena presencia, que vestía un traje gris tan bien cortado que parecía que lo habían confeccionado las manos de los mismos ángeles, se puso en pie de repente y desde su mesa cercana a la pared anduvo hacia el mostrador y comenzó a interpelar al mozo. Gritó durante un minuto largo. Su voz era clara y distinta y dijo unas cuantas palabras de esas que normalmente no suelen decir los caballeros altos, de buena presencia y que visten elegantes trajes en gris. Todo el mundo dejó de hablar para mirarle con más tranquilidad. Su voz cayó en la sala, mecida por las suaves melodías de la orquesta, como la pala del peón cae en la nieve virgen.

El mozo del bar se fue incorporando despacio, impasible, mirando al hombre. El mozo tenía el pelo rizado, la piel clara y los ojos muy separados, bastante fríos. El hombre alto se cansó de chillar y salió del bar con ademán airado. Todos le siguieron con los ojos, menos el mozo.

Moviéndose pausadamente a lo largo de la barra, llegó hasta donde yo estaba. Se volvió.

—¿Qué desea el señor?

—Quiero hablar con uno que se llama Eddie Prue.

—¿Y qué más?

—Que trabaja aquí —repliqué.

—Trabaja aquí; ¿y qué hace?

Su voz era opaca y tan seca como un chorro de arenisca.

—Creo que es el tipo que anda tras el jefe. Usted me comprende.

—¡Oh, Eddie Prue! —movió lentamente los labios y se puso a fregar despacio el mostrador, trazando pequeños círculos—. Prue... ¿Y su nombre?

—Marlowe.

—Marlowe. ¿Quiere una copa mientras espera?

—Sí; ¿vale un martini seco?

—¿Un martini que sea seco, muy seco, muy seco?

—Sí.

—¿Quiere tomarlo con cucharilla, o prefiere tomarlo con cuchillo y tenedor?

—Prefiero que lo corte usted mismo en tiritas. Será más fácil de tomar.

—¡Ah!, ¿sí? Y si quiere llevarlo, se lo envuelvo. ¿Quiere que le ponga las aceitunas en el bolso?

—¿Por qué no me lo echa todo en las narices? Puede que así sepa mejor y puede que usted se quede más contento.

—No es para tanto, vaya. Un martini seco, ¿no?

Se separó un espacio, volvió e, inclinándose sobre el mostrador, dijo:

—¿Sabe usted?, sólo me había equivocado en una copa y el caballero se puso como se puso.

—Ya le oí.

—Protestaba. Protestaba a su manera. Los caballeros, ¿sabe usted?, gustan de esas cosas. Así, un director de cine, célebre como él, gusta de estar en los detalles. Bueno, ya lo oyó.

—Sí.

Ya me estaba preguntando por cuánto tiempo podría aguantarlo.

—Consiguió atraer la atención de todos el tío ese. Por su culpa, casi le insulto a usted.

—Sí; comprendo.

Se quedó mirando uno de sus dedos pensativamente.

—Le insultaba a usted, a usted, que es ajeno completamente al lío.

—¡Bah, la culpa es de mis ojos tristones! No se preocupe, hombre, eso me ocurre a menudo.

—Gracias, amigo.

Se fue sin decir más. Le vi hablar por el teléfono del mostrador; luego se puso a preparar la bebida. Al volver con la copa, su expresión ya era normal.

18

Me llevé la copa a una mesa libre que estaba arrimada a la pared y me senté, encendiendo un pitillo.

Transcurrieron unos cinco minutos. La música que se filtraba a través de los cortinajes había cambiado de aire sin que lo hubiera advertido. Cantaba una mujer, con una voz muy rica de contralto, pero tan profunda que parecía nacerle de los mismos tobillos; se la oía con agrado. Cantaba *Ojos negros* y daba la impresión de que la misma orquesta se adormecía en el acompañamiento. Hubo grandes aplausos y algunos silbidos al terminar.

Uno, en la mesa de al lado, decía a su pareja:

—De nuevo tienen a Linda Conquest de animadora. Tenía oído que se había casado con un tipo acaudalado de Pasadena; pero se ve que sus asuntos no marchaban.

—Posee una voz bonita, sí —dijo la muchacha con displicencia—: Siempre que agraden las voces melancólicas.

Me iba a poner en pie cuando se proyectó sobre mi mesa una sombra; tenía ante mí a un tipo alto como una horca, de cara estragada y con el ojo derecho hundido y estático, con la retina muerta y la mirada fija propia de los ciegos. Era tan alto que tenía que inclinarse mucho para poder apoyar la mano en el respaldo de la silla que había al otro lado de la mesa. Se mantuvo en pie midiéndome con la vista y sin decir nada. Yo a mi vez seguí bebiendo a sorbos el martini y escuchando a la animadora otra canción. Los clientes, al parecer, preferían la música muy sentimental. Tal vez ya estaban cansados de vivir a golpe de reloj y con problemas concretos en sus lugares de trabajo y en sus casas.

—Soy Prue —dijo el hombre con un susurro áspero.

—Me lo figuraba. Usted quiere hablar conmigo, yo quiero hablar con usted y, en fin, quiero hablar también con la chica que acaba de cantar.

—Sígame.

Había una puerta cerrada con llave al extremo del bar. Prue la abrió y la mantuvo abierta para dejarme pasar; luego subimos unas escaleras alfombradas a la izquierda del local y llegamos a un pasillo recto y largo con varias puertas cerradas. Al final había una estrella brillando con todas sus luces encendidas, protegidas por una red de intrincados alambres. Prue llamó a una puerta vecina y abrió, apartándose de nuevo a un lado para dejar libre la entrada. Nos encontramos en una oficina acogedora, de proporciones más bien reducidas. El rincón que quedaba frente a la ventana de doble hoja formaba un asiento empotrado y aparecía tapizado haciendo juego con las paredes. Un hombre que vestía chaqueta blanca de esmoquín se mantenía de espaldas, mirando por la ventana. Tenía el pelo gris. En la oficina había una gran caja fuerte en negro, unos archivadores, un globo terráqueo montado en cobre, un pequeño bar empotrado y una mesa de despacho, ancha y pesada, y haciendo juego con ella, un sillón tapizado de alto respaldo. Había varios objetos en la mesa. Una lámpara con pie de cobre, con un elefantito de cobre en el borde. Un juego completo de escritorio en cobre, un cenicero de cristal montado en cobre. Hasta un ramo de flores en metal con su correspondiente florero parecía exhalar un vago olor a cobre. En fin, que me parecía mucho cobre.

El hombre de la ventana se volvió; aparentaba unos cincuenta años; tenía el pelo suave, de color gris ceniza, bastante abundante, y una cara atractiva y maciza que no tenía nada de excepcional, a no ser una cicatriz en la mejilla izquierda muy semejante a un hoyuelo, pero más profunda. Recordé que hacía mucho tiempo, tal vez diez años, le había visto trabajar en diversas películas, pero se me había olvidado por completo y ya no pude recordar en cuáles le vi ni qué papeles hacía. Sólo retenía su cara atractiva y maciza con su característica cicatriz. En aquellos tiempos su pelo era todavía negro.

El hombre se acercó a la mesa, se sentó y cogió el abrecartas, haciéndose presión con la punta sobre el pulgar. Me miró inexpresivamente y dijo:

—¿Es usted Marlowe?

Asentí con un gesto de cabeza.

—Siéntese —dijo Morny.

Prue también se sentó sin saber qué hacer con sus descomunales piernas.

—No me gustan los fisgones —dijo para empezar.

Me limité a encogerme de hombros.

—No me gustan por muchas razones, y no me gustan en ningún caso y en ningún momento. Tampoco me gustan cuando molestan a los amigos o hacen visitas intempestivas a mi mujer

—Empiezo a comprenderle.

Cambió de color y sus ojos brillaron.

—Aunque por otra parte, quizá en este momento me conviniera utilizarle a usted. Piense si le podría convenir. Quizá sería una buena idea y usted podría seguir metiendo sus narices en los asuntos de los demás con tranquilidad.

—¿Y cuánto me pagaría?

—Por ahora, dejándole gozar de esa tranquilidad y en paz. Ya me entiende usted.

—Me parece haber oído ese disco ya alguna vez, pero ahora mismo, ya ve usted, no recuerdo dónde.

Dejó el abrecartas, abrió un cajón de la mesa y sacó una garrafa de cristal tallado. Llenó el vaso, bebió, volvió a taparla y la dejó otra vez en su sitio.

—Por la índole de mis negocios, encuentro los matones a diez centavos la docena. Y los que sólo aspiran a serlo se encuentran a precio de ganga. Así que si no quiere lo deja; pero no se meta en lo que no debe si quiere tener la fiesta en paz.

Encendió un cigarrillo; su mano temblaba un poco. Yo observé a Prue, apoyado contra la pared, con sus largos brazos inmóviles. Estaba ahí, insensible, sin una chispa de vida, como un objeto gastado.

—Antes alguien se me insinuó ofreciendo pasta. Ahora usted habla duro y amenaza. ¿Y para qué? Creo que lo sé muy bien. Usted necesita convencerse de que puede asustarme.

—Le advierto que si sigue hablándome con ese tono se encontrará antes de tiempo la camisa hecha un colador.

—Ya me la estoy viendo, pobre Marlowe. Pero, hombre de Dios, hable con más propiedad; en vez de colador diga, por ejemplo: le voy a hacer una botonera de plomo en la camisa. ¿Qué tal? —Eddie Prue, en su rincón, emitía un ruido de garganta que a lo mejor era su manera de reírse—. En cuanto a eso de meterme en lo que no debo, temo que ambos nos encontramos metidos en el mismo lío. Y le aseguro que mi entusiasmo es muy escaso...

—Mal asunto; y diga: ¿cómo pudo ocurrir que se mezclaran nuestros asuntos? —levantó rápidamente los ojos y los bajó de nuevo.

—Me lo hace suponer, por ejemplo, el que uno de sus esbirros me llamara por teléfono tratando de meterme miedo en el cuerpo. Y que luego se me ofreciera dinero. Y me lo hace suponer también que el mismo esbirro o cualquier otro estuviera siguiendo a un tipo inofensivo que se hacía el detective y que luego fue asesinado. Hoy, a primera hora de la tarde, en Court Street, en el Bunker Hill.

Morny sacó lentamente el cigarrillo de sus labios, concentrando al mismo tiempo la mirada en la punta encendida. Cada movimiento, cada gesto, obedecía a un plan preparado.

—¿Quién dice que fue asesinado?

—Un tipo llamado Anson Phillips, un chico joven, rubio. A usted no le hubiera gustado: era el perfecto fisgón.

En cuatro palabras se lo describí.

—Nunca había oído hablar de él —replicó Morny.

—Todavía hay más; una rubia alta, desconocida en la vecindad, fue vista al salir del apartamento, justamente después de ser asesinado Phillips.

—¿Qué rubia alta? —ahora en su voz había una ligera ansiedad.

—No sé. La vieron, y el que la vio todavía podría identificarla si la viera de nuevo; desde luego, puede ocurrir que ella no tuviera nada que ver con el asesinado.

—¿Ese Phillips también era un fisgón?

—Sí, un fisgón, como dice usted; ya se lo he dicho varias veces.

—¿Por qué le mataron y cómo ocurrió la cosa?

—Era un poco necio y se dejó matar en su apartamento. Ignoramos cuál pudo ser la causa. Si lo supiéramos conoceríamos posiblemente quién fue el asesino. Parece que el chico sabía demasiado.

—Diga: ¿por qué pluraliza?

—Es que la policía también está al corriente. Yo fui quien lo encontró, y luego los trámites policiales llevaron mucho tiempo.

Prue dejó caer al suelo sus largas piernas, que antes apoyaba en la silla. Con su ojo bueno me miraba de una manera que no me gustó nada.

—¿Qué cuento contó a los polis?

—Lo menos posible. Presumo, por el recibimiento que me ha hecho, que sabe que busco a Linda Conquest, mistress Leslie Murdock. La he visto ya. Canta aquí. Y bien: ¿por qué ha de hacerse un secreto de su estancia en este club? Me parece que su esposa o mister Vannier me lo hubieran podido decir y no hubiera pasado nada. Pero no lo hicieron.

—La información que mi mujer daría a un detective podría digerirla de sobra un mosquito.

—Sin duda tendrá ella sus razones; aunque eso no importa ahora. Tampoco es muy importante que vea a Linda Conquest. No obstante, me gustaría hablar un momento con ella: es decir, si usted no tiene inconveniente.

—¿Y si lo tuviera?

—De todos modos lo haría.

Saqué un cigarrillo mientras observaba sus cejas espesas, todavía negras. Formaba un conjunto perfecto, casi elegante. Prue se reía a su manera y Morny le echó una mirada ceñuda, y luego se volvió a mí con los ojos todavía duros y las cejas fruncidas.

—Le pregunté antes qué había dicho a los policías.

—Ya se lo dije: lo menos que pude. El pobre Phillips me había pedido que fuera a verle. Daba a entender que estaba metido hasta el cuello en algo feo y necesitaba ayuda. Cuando llegué a su apartamento ya estaba muerto y llamé a la policía. Al principio no creyeron que las cosas hubieran ocurrido como yo decía. Y, naturalmente, sus dudas eran fundadas... Ahora tengo hasta mañana por la mañana para hacerme con todos los detalles. Aquí he venido por si podía aclarar algo.

—Pues ha malgastado el tiempo.

—Tenía la impresión de que usted mismo me había invitado a venir.

—¿Yo? Por mí puede irse al infierno ahora mismo. A menos que se atreva con un asuntillo por quinientos dólares. Pero guárdese de mentar el nombre de mi mujer y el mío a la policía.

—Bueno, deme algunos detalles.

—Usted estuvo en casa esa mañana; ya tiene, pues, alguna idea.

—No me ocupo de divorcios.

Morny palideció.

—Quiero a mi mujer; hace sólo ocho meses que estamos casados y no quiero un divorcio. Es una chica magnífica que por regla general sabe estar en su papel. Creo que en este momento se ha equivocado.

—¿Equivocado? ¿En qué sentido?

—Lo ignoro. Eso es lo que me gustaría averiguar.

—Aquí hay algo que me gustaría poner en claro —dije—. ¿Usted me contrata para un asunto o para que deje uno que ya llevo?

De nuevo se oía la risa de Prue. Morny se sirvió más coñac y se lo bebió de golpe. El color volvió a su cara. Callaba.

—Y todavía otra cosa. A usted parece que no le molesta que su mujer tenga sus amigos; lo que sí le molesta es que la esté rondando ese Vannier. ¿Es así?

—Confío en su corazón —dijo sopesando las palabras—; pero no confío en su juicio... Lo diremos así.

—¿Y usted quiere que le busque las vueltas a ese Vannier?

—Simplemente quiero que averigüe qué está urdiendo.

—Entonces, ¿cree que se trae algo entre manos?

—Creo que sí; pero todavía no sé qué.

—¿Cree en serio esto o más bien le gustaría creerlo?

Me miró detenidamente y al fin abrió un cajón central de la mesa, metió la mano y sacó un papel doblado, que me alargó. Era la copia en papel carbón de una factura. El membrete decía «Cal-Western, Compañía de Productos Dentales». El detalle era el siguiente: «30 libras de erystobolite de Kerr, 15,75 dólares», «Albastone de White, 7,75 dólares». Con un sello de goma que decía: «Pagado». La compra la había efectuado «H. R. Teager, odontólogo» y L. G. Vannier. La firma de éste aparecía en un rincón.

Dejé la factura sobre la mesa.

—Se cayó de su bolsillo una noche que vino aquí —dijo Morny—, hace cosa de diez días. Eddie la ocultó con uno de sus pies y Vannier se fue sin darse cuenta de que la había perdido.

Yo paseé la mirada de Prue a Morny y acabé concentrándola en mi pulgar.

—¿De veras cree que eso puede significar algo para mí?

—Creí que era usted un auténtico detective. Imaginaba que lo de las interpretaciones correría de su cuenta.

Yo me fijé de nuevo en el papel; lo doblé con cuidado y lo metí en el bolsillo.

—De todas formas, presumo que si no significara nada no me lo hubiera mostrado.

Morny se dirigió a la caja fuerte negra y cromada; la abrió. Volvió con cinco billetes de cien en la mano como si fueran cinco cartas de póquer; los barajó un poco antes de dejarlos enfrente de mí sobre la mesa.

—Ahí van cinco de los buenos. No quiero preocuparme de los medios que emplee. No quiero saber nada. Pero consígalo.

Los dedos se me iban tras los billetes. Vacilé un instante, pero los dejé en su sitio.

—Ya me pagará usted cuando lo consiga. Hoy por hoy me contentaría con que me proporcionara una entrevista con Linda Conquest.

Morny tampoco recogía el dinero. Levantó la garrafa y se llenó una copa. Esta vez llenó también una para mí y luego la guardó.

—Y volviendo al asesinato de Phillips, Eddie lo estuvo siguiendo. ¿Quiere decirme por qué?

—No.

—Lo malo del caso es que cualquiera puede intervenir. Cuando se publica un asesinato en los periódicos nunca se sabe quiénes serán los últimos en hablar. Mi duda es ésta: si alguien se chiva, ¿me echará usted la culpa a mí?

Me miró y dijo con firmeza:

—Pues no. Yo estaba soliviantado contra usted cuando llegó, pero veo que se comporta bien. Decididamente me arriesgaré a confiar en usted.

—Gracias. ¿Y ahora puede decirme por qué me hizo amenazar por Eddie?

—Linda es una antigua amiga mía. El joven Murdock estuvo aquí esta tarde para verla; dijo que usted trabajaba a cuenta de la vieja. Ella me lo ha dicho después. Pero ignoraba de qué asunto se podía tratar; usted mismo dice que no se ocupa de divorcios, por lo que eso debe descartarse.

Levantó los ojos al decir estas palabras y me miró fijamente; yo sostuve la mirada y aguardé.

—En una palabra: yo soy un hombre que a los amigos los quiero de verdad y me da cien patadas que se metan en sus cosas.

—Murdock le debe dinero, ¿verdad?

—Ésta es otra —dijo frunciendo las cejas—, dejémoslo. Ahora le enviaré a Linda. Coja su dinero.

Se fue hacia la puerta y salió. Eddie Prue desenrolló sus largas piernas y se puso en pie. Me sonreía con una sonrisa gris e indefinida. Encendí un cigarrillo y eché un vistazo a la factura de suministros dentales. Una vaga luz iba naciendo en el fondo de mi cerebro. Me acerqué a la ventana y a través de ella miré hacia el valle. Un coche avanzaba por la carretera de la colina, hacia una casa grande con una torre, construida casi enteramente con ladrillos de cristal, por los que se escapaba la luz del interior. Los faros del coche incidieron un momento en la torre y luego se le vio hacer camino hacia el garaje. Se extinguieron las luces y el valle pareció que se hacía más oscuro.

El ambiente era tranquilo; fuera comenzaba a refrescar. Bajo los pies se oía a la orquesta tocando una pieza de jazz. La música llegaba amortiguada y habría sido difícil distinguir la pieza.

Linda Conquest entró por la puerta abierta a mi espalda, cerró y se quedó en pie mirándome con un destello de frialdad en los ojos.

19

A primera vista, Linda Conquest me pareció corresponder a la foto que me había dado mistress Murdock; luego, cuando la pude ver mejor, comprendí que me había equivocado. Tenía la boca ancha y desdeñosa, la nariz corta; los ojos grandes y fríos y el pelo negro, dividido en el centro por una raya que parecía muy blanca. Se había echado sobre los hombros un abrigo claro y llevaba levantado el cuello.

No se quitó las manos de los bolsillos del abrigo y siguió fumando su pitillo. Decididamente parecía avejentada. Sus ojos eran más duros, y sus labios daban la impresión de que habían olvidado la risa. Sólo debía de sonreír cantando, con una de esas sonrisas artificiales exclusivas para la pista. Al terminar, adquirían de nuevo toda su dureza.

Se acercó a la mesa, quedándose en pie con los ojos prendidos en los objetos de cobre, como si los contara.

Se dio cuenta de la garrafa de cristal tallado, llenó una copa y bebió de un trago el contenido con un juego rápido de su muñeca.

—De manera que es usted un tal mister Marlowe —dijo, apoyándose en la mesa y cruzando sus tobillos.

—En efecto, soy un tal mister Marlowe.

—Tengo la impresión de que no me va a gustar usted ni pizca. Así que le ruego que suelte su disco y se vaya cuanto antes.

—Gracias por la franqueza; permita que le diga que me gusta eso, porque resulta todo exactamente como lo imaginaba. El de la patrulla a la llegada, el brillo del vestíbulo, la del guardarropa, la de los pitillos, el judío pequeño, asqueroso y sensual con la corista alta, imponente y sosa. Todo: el director de cine, vestido impecablemente, borracho y grosero con el mozo; el jefe, con el pelo suave y gris y las maneras de un extra de tercera clase y ya, por fin, Linda Conquest, la animadora alta y morena que pasea su expresión de burla y desprecio, su voz profunda y su vocabulario salpicado de palabras fuertes...

—¿Va a terminar? —exclamó, echando lentas bocanadas de humo del pitillo que mantenía en los labios—. ¿Ya ha terminado? No se olvide del fisgón impertinente que viene aquí con trucos pasados de moda hace más de diez años. ¿Por qué no sonríe también con ese aire cínico e irresistible de los de su gremio?

—¿Por qué piensa que me he tomado la molestia de venir a contemplarla?

—¡Uf!, será para poder hacerse el gracioso con sus discursos.

—La vieja quiere que se lo devuelva. Y pronto. Si no lo devuelve enseguida armará un follón de mil demonios.

—Pensé... —se interrumpió de repente. Yo la observaba con atención mientras en su cara aparecían poco a poco señales de interés; el cigarrillo en los labios no tenía un momento de reposo—. ¿Qué es lo que hay que devolver, mister Marlowe?

—El Doubloon Brasher.

Levantó los ojos hacia mí, me miró con fijeza y movió la cabeza.

Cavilaba y quería hacérmelo ver muy bien.

—¡Oh!, el Doubloon Brasher —dijo.

—Apuesto a que lo tenía bien olvidado.

—Pues no. Lo vi varias veces. Ahora dice usted que ella quiere que le sea devuelto. Eso quiere decir que piensa que yo lo robé.

—Sí. Ni más ni menos.

—¡Es una vieja embustera! —chilló de repente Linda Conquest

—Pienso que tiene usted razón; pero también pienso que en ocasiones se equivoca usted. Diga: ¿ahora es ella la equivocada?

—¿Y para qué iba a llevarme yo esa porquería de moneda vieja?

—Verá, vale muchísimo dinero. Ella piensa que usted lo necesitaba. Calculo que la vieja no era demasiado generosa.

Linda sonrió con una risa forzada y llena de desprecio.

—No. Mistress Elizabeth Bright Murdock no podría ser calificada como generosa.

—Quizá usted pudo llevársela por despecho —dije con cierta esperanza.

—Quizá acabaré por darle un par de bofetadas...

Aplastó la punta del cigarrillo en la pecera que Morny destinaba a los peces de colores, guardó la colilla en los dedos y al fin la dejó caer en la papelera.

—Dejemos todo eso a un lado y vayamos a lo importante. ¿Consentirá usted en el divorcio?

—Por veinticinco de los grandes, encantada.

—Pero usted estaba enamorada de ese desdichado, ¿eh?

—¡Oh!, Marlowe, me está usted destrozando el corazón.

—En cambio, él está todavía loco por usted, y al fin y al cabo se casaron.

—Amigo mío, no crea usted. Ya he pasado lo mío a cuenta de ese error —me miraba perezosamente; encendió otro pitillo—. Al fin, una chica ha de vivir. Y no siempre es tan sencillo como parece; no se extrañe de que una pueda equivocarse buscando la seguridad o lo que sea.

—Para todo eso, lo de menos será el amor, ¿no?

—No se haga el enterado, Marlowe. Se sorprendería usted si viera cuántas chicas se casan por encontrar un hogar. Y no digamos nada de las que durante mucho tiempo han tenido que emplear toda la fuerza de sus brazos luchando contra los optimistas que en estos garitos bien, de luces brillantes, más o menos ayudados por el whisky, jamás, jamás, dejan de acosarlas.

—Usted ya tenía un hogar y lo ha abandonado.

—¡Ah, dulce hogar! Aquella vieja impostora, empapada en oporto, me hacía pagar demasiado cara mi triste ganga. ¿Qué tal le parece su cliente?

—Las he tenido peores.

Se quitó la brizna de tabaco que le había quedado prendida en los labios.

—¿Se ha dado cuenta de lo que está haciendo con aquella muchacha?

—¿Merle? Me he dado cuenta de que la intimida con amenazas y gritos.

—Y no solamente eso. La ha convertido en una cosa. Al parecer, la chiquilla tuvo en tiempos un shock y la vieja bruja lo ha utilizado para dominarla. En público la regaña, pero tendría que ver en privado. En privado se hacen carantoñas y se bisbisean en la oreja. En cierta medida, la chica ya es un pequeño monstruo, como la vieja.

—No acabo de ver muy claro todo esto.

—La joven estaba enamorada de Leslie sin darse muy bien cuenta de ello. Emocionalmente tiene unos doce años. Le aseguro que algo estrambótico va a ocurrir en esa familia uno de estos días. Estoy contenta de haberme largado.

—Y dígame, Linda: usted es una mujer inteligente que sabe a lo que va. Por eso supongo que cuando se casó esperaba conseguir mucho, ¿no?

—Simplemente pensé que sería como unas vacaciones. Pero no fue ni eso; la Murdock es una mujer lista y sin entrañas. Y mucho ojo. Lo que le haya dicho, eso no es. Estoy segura de que estará ya tramando algo a sus espaldas. Yo, en su lugar, vigilaría.

—¿Sería capaz de matar a un par de hombres?

Linda, que antes mantenía apretados los labios, se rió.

—No hablo en broma. Dos hombres han sido asesinados esta tarde, y por lo menos uno está relacionado con monedas antiguas.

—No lo comprendo —dijo con los ojos muy abiertos—. ¿Habla en serio?

Asentí con la cabeza.

—¿Se lo dijo a Morny?

—Le hablé de uno.

—¿Y a la poli?

—Lo mismo. Hablé de uno.

Paseaba los ojos por mi cara. Nos miramos los dos fijamente. Ella parecía un poco pálida, quizá solamente cansada.

—Ahora trata de probar un nuevo truco —añadió entre dientes.

Sonreí, moviendo la cabeza despacio; ella pareció relajarse un poco.

—Dejemos ya lo del Doubloon Brasher. Usted no lo cogió; muy bien. Hablemos otra vez del divorcio.

—Nada tiene usted que ver con eso.

—Muy bien; gracias por recordármelo. ¿Conoce usted a un tal Vannier?

—Sí —de repente su cara adquirió una expresión fría y dura—; pero no muy a fondo. Es un amigo de Lois.

—Sí; muy amigo de Lois.

—Y muy posiblemente tengamos uno de estos días otro pequeño funeral a cuenta de ese Vannier.

—Algunos rumores me han llegado sobre esta cuestión. No sé qué tiene el nombre de este hombre; basta pronunciarlo para enfriar la conversación más animada.

Se limitó a mirarme. Creí adivinar que alguna idea bullía en su cabeza; pero si era algo, no se decidía a hacerme partícipe de ello.

—Morny se pone negro por su causa y le matará si no deja en paz a Lois.

—¡Qué va! Lois se interesa por los primeros pantalones que se le acercan. Cualquiera puede darse cuenta de ello —dije.

—Quizá Alex no se da cuenta de eso.

—En fin, yo no tengo por qué hablar de ello; total, ese Vannier no tiene nada que ver con los Murdock.

—¿Que no? —dijo haciendo una mueca—. Voy a decirle una cosa que no diría si mi forma de ser fuera menos franca. Vannier conoce a Elizabeth Bright Murdock, y la conoce bien. No fue a verla más que una vez mientras estuve allí, pero la llamaba por teléfono cada dos por tres. En una ocasión cogí yo el teléfono, aunque siempre preguntaba por Merle.

—Eso sí que es curioso. Merle, ¿eh?

De nuevo se inclinó para aplastar la colilla y dejarla luego en la papelera.

—Estoy muy cansada —dijo de repente—. Por favor, váyase usted.

Me puse en pie y me quedé un momento pensativo, mirándola.

—Buenas noches, y gracias. Buena suerte.

Salí y ella se quedó allí en pie, con las manos en los bolsillos del abrigo claro, y la cabeza inclinada mirando el suelo.

Eran las dos cuando regresaba a Hollywood y dejaba el coche en el garaje para dirigirme a mi apartamento. Ya se había calmado el aire, pero la sequedad era la misma. La atmósfera del apartamento era pésima, y el puro de Breeze había acabado por hacer el aire irrespirable. Abrí las ventanas y puse un poco de orden en el cuarto antes de quitarme el traje, ordenando a la vez los objetos de los bolsillos. Me encontré entre los dedos la factura de los productos dentales. Algo arrugada, pero aún se dejaba leer: «H. R. Teager; Vannier; una venta de 30 libras de crystobolite y 25 de albastone».

Todavía fui al cuarto de estar para consultar en el listín la dirección de ese Teager. En mi cansada memoria se hizo una pequeña luz. La dirección era: 422 West Ninth Street. Correspondía al Belfont Building. De repente recordé ese nombre. Era uno de los que leí en el sexto piso a la vuelta de la oficina de Morningstar, recién descubierto el cadáver; entonces, estaban casi juntos.

Después caí en la cuenta de que hasta la raza de los Sherlock Holmes tiene que dormir, y yo, sin duda, tenía más necesidades que ellos. Me fui a la cama.

20

El calor apretaba en Pasadena lo mismo que el día anterior; también el gran edificio de ladrillos oscuros de la Dresden Avenue parecía frío, y el negrito pintado en el pilón, con su atuendo y con su argolla a los pies, miraba con la misma tristeza. Una mariposa negra con rayas doradas se fue a posar sobre un arbusto; el mismo pesado perfume de verano flotaba en la mañana, y a mi llamada, la misma antipática solterona acudió a la puerta.

Me condujo por el pasillo hasta la habitación sumida en la penumbra que ya conocía. Dentro mistress Murdock estaba sentada en su sillón de mimbre. Al entrar estaba llenando su vaso con una botella que también parecía la misma, pero que por lo menos debía de ser la nieta de la que había visto la mañana anterior.

La criada cerró la puerta, yo me senté y dejé el sombrero en el suelo; mistress Murdock me recibió con una de sus duras miradas.

—¿Y qué?

—Las cosas se ponen feas. La policía está sobre mis pasos.

Me miró con más atención, pero no parecía extrañada en absoluto.

—La verdad —dijo—, pensé que era más competente.

Después de eso me dispuse a soltarlo todo.

—Cuando salí de aquí ayer por la mañana me siguió un hombre en un coche descubierto. Supongo que me habría seguido, pero no estoy seguro. Conseguí zafarme, pero luego se me apareció en la oficina y me siguió de nuevo. Al fin le invité a explicarse. Dijo que sabía quién era yo, que necesitaba ayuda, y me citó en su apartamento en Bunker Hill para hablar con él. Fui allí, después de entrevistarme con mister Morningstar, y lo encontré muerto en el cuarto de baño, de un balazo en la cabeza.

Mistress Murdock sorbió un poco de oporto. Quizá su mano temblaba un poco, pero la luz del cuarto era demasiado débil para poder verlo bien. Carraspeó para aclarar la garganta.

—Siga.

—Su nombre era George Anson Phillips. Un tipo alto y rubio bastante torpe. Pretendía trabajar de detective.

—Nunca oí hablar de él —replicó con frialdad—; que yo recuerde, jamás oí nada referente a un hombre así. Nada en absoluto. ¿Piensa que le empleaba para seguirle a usted?

—No sé qué pensar. Habló de unir nuestros esfuerzos y me dio la impresión de que estaba trabajando para alguien de su familia; cierto que eso no llegó a decirlo con todas las letras.

—No podía trabajar para ningún miembro de mi familia; sobre este punto puede tener la más completa seguridad.

Su voz de barítono sonaba cada vez más fuerte y más ronca.

—No creo que usted sepa tanto sobre su familia como se figura, mistress Murdock.

—Sé que usted estuvo interrogando a mi hijo —dijo—, en contra de mis instrucciones.

—No le interrogué. Me interrogó él a mí. O, al menos, intentó hacerlo.

—Discutiremos eso más tarde —dijo ásperamente—. ¿Qué hay del tipo que encontró asesinado? ¿Por su culpa tiene usted problemas con la policía?

—Naturalmente. Quieren saber por qué me siguió. Quieren saber en qué estoy trabajando y por qué acudí a la cita. Pero todo eso sólo es la mitad.

Bebió todo el oporto de un trago y llenó de nuevo el vaso.

—¿Cómo va su asma?

—Mal. Siga con los hechos.

—Vi a Morningstar; ya le hablé de eso por teléfono. Aseguró que no tenía la moneda en su poder, pero que se la habían ofrecido y sabía dónde encontrarla. En fin, ya le dije. Entonces usted me contestó que ya se la habían devuelto.

Esperé creyendo que me diría cómo le habían devuelto la moneda, pero se quedó mirando fijamente al vaso.

—Bueno, y también, según le dije, habíamos llegado a una especie de arreglo con mister Morningstar. Le había prometido un millar de dólares por la moneda.

—Y usted no tenía ninguna autorización para obrar así —chilló.

—¡Bah!, no lo hice muy en serio. Quería ganar tiempo; de todas formas, después de hablar con usted traté de localizar a mister Morningstar para decirle que no había trato. En la guía sólo figuraba su oficina y allí me encaminé, aunque ya era bastante tarde. El hombre del ascensor me dijo que todavía no había bajado. Subí y le encontré echado de espaldas en el suelo, muerto. Había sido golpeado en la cabeza y aparentemente había muerto por las contusiones. Los viejos se mueren con facilidad. Llamé a la policía, pero esta vez no di mi nombre.

—Vaya, ya tenemos un detalle inteligente.

—No bromee. Cuanto le he referido me ocurrió sin más ni más y procedí como hubiera hecho cualquiera. Quiero ser sincero con usted, mistress Murdock: usted ve las cosas desde otro punto de vista. Pero fíjese bien: en cosa de horas hubo dos asesinatos y yo descubrí los dos cadáveres. Además las víctimas estaban más o menos relacionadas con su moneda.

—No comprendo. ¿Ese otro joven también?

—Sí; pero ¿no se lo conté por teléfono? Pensaba que sí —hice una pausa para pensar—. Desde luego, se lo dije todo.

—Es posible. La verdad es que no le hice mucho caso. La moneda ya me había sido devuelta. Además, parecía que estaba usted un poco borracho.

—No lo estaba. Quizá estaba todavía bajo la influencia del shock, pero borracho no. Y ahora me fijo que cuanto le he dicho parece que le importa tres cominos.

—¿Qué quiere que haga? ¡Estaría bueno!

—Estoy comprometido ya con un asesinato por haber sido el primero en descubrir el cadáver y el primero en comunicarlo a la policía. Puedo estarlo en otro, por haberlo encontrado y no comunicar nada. Eso ya es más peliagudo. Estaban así las cosas, no tengo más remedio que descubrir el nombre de mi cliente a lo más tardar este mediodía.

—Esto —dijo con más tranquilidad de la que yo esperaba— sería faltar al secreto profesional. Y usted no lo hará, estoy segura.

—Deje de una vez este maldito oporto y trate de comprender la situación.

Dije eso fuera de mis casillas. Pareció asustada de mi audacia y apartó el vaso.

—Ese Phillips tenía su licencia de detective privado. ¿Por qué le encontré yo? Ya lo sabe; me había pedido ayuda y estaba citado en su apartamento. Cuando fui estaba muerto. La policía tiene conocimiento de esto. Puede que se contente con estos hechos. Pero puede que piensen que la relación entre Phillips y yo no se debe a una mera coincidencia. Si creen que entre él y yo existían relaciones, entonces insistirán hasta saber cuál es mi trabajo. ¿Está claro?

—Entonces será cuestión de buscarse una coartada. Desde luego, pienso que eso me va a costar dinero.

Me escocía la nariz y tenía la boca seca. Sentía necesidad de aire y aspiré con fuerza antes de proseguir el parloteo con la vieja, que, tendida en su sillón, parecía el presidente de un banco en actitud de denegar un crédito.

—Estoy trabajando para usted, mistress Murdock; ahora, en esta semana, en el día de hoy. La próxima semana espero trabajar para alguien más. Después, todavía para muchos más. Por tanto, me interesa estar a buenas con la policía. La verdad es que me aprecian muy poco, pero me tratan con deferencia porque saben que no les engaño. Es posible que Phillips no supiera nada relacionado con su moneda, o que si sabía eso no tenga nada que ver con su muerte. Si yo explico a los policías todo eso con detalles, ellos se darán por satisfechos y no tendrán necesidad de hacer más pesquisas sobre mí. ¿Se hace cargo de cuanto estoy diciendo?

—¿No le permite la ley proteger al cliente? Y si este caso no está previsto, ¿qué puede hacer la persona que tiene un detective a su servicio?

Me puse en pie, di un corto paseo y volví a sentarme. Me cogí nerviosamente las rodillas hasta hacer crujir los tendones.

—¡La ley! —dije—. La ley tiene tantas vueltas... Es como todo. Supongamos que en este caso esté de mi lado; entonces, legalmente, puedo callar el nombre del cliente. Pues bien: eso sería el fin de mi carrera. Pronto comenzarían a ocurrirme lances desagradables. Los policías, de una u otra forma, se meterían conmigo y yo llevaría las de perder. No, mistress Murdock; siento gran respeto hacia sus asuntos privados, pero no hasta este punto. Ni con la promesa de aflojar su bolsa, ya ve.

—Menudo fregado me ha armado usted. Por lo que hace a mi nuera y al Doubloon Brasher, nada que valga la pena. En cambio, se las ha arreglado para encontrar un par de cadáveres con los que nada tengo que ver. Por si fuera poco, corre a avisar a la policía para invitarlos a meter sus narices en mis asuntos, y todo ¿por qué? Para protegerse de su propia incompetencia. Éste es mi punto de vista. Y demuestre que me he equivocado, si puede.

Se echó más vino, lo tragó sin respirar y le dio tal golpe de tos que parecía que iba a ahogarse. Soltó el vaso, derramándose lo poco que quedaba, mientras se revolvía en el asiento y su cara se ponía del color de la púrpura. De un salto me coloqué tras su espalda, ancha como la base de una colina. La tos se iba extinguiendo y comenzó a emitir poderosos resoplidos, en vista de lo cual me limité a accionar el dictáfono y, cuando alguien lo cogió, pedí hielo.

Me senté de nuevo viendo cómo jadeaba. Cuando su respiración se fue normalizando, dije:

—No es usted la mujer fuerte que se cree. Aquí vive entre gentes que tienen miedo de usted. Entre ellos no es difícil imponerse, hacer ley. Pero no es más que un tirano *amateur*.

La puerta se abrió y la criada vino con una jarra llena de hielo y agua. La dejó sobre la mesa y se fue; llené el vaso y se lo puse en la mano.

—Vaya sorbiéndolo despacio; imagino que aborrece el agua, pero paciencia y resignación.

Tomó hasta medio vaso y luego lo dejó en la mesa.

—Pensar —dijo— que se encuentran detectives a patadas y que fui a dar precisamente con un tipo que viene a insultarme en mi propia casa.

—Sí que es triste; pero tener que tratar con usted tampoco me hace demasiado feliz. Y el caso es que disponemos de poco tiempo. ¿Qué se hace si la policía insiste?

—Sepa que la policía no me importa; no me importa absolutamente nada. Pero si les da mi nombre lo consideraré sencillamente como un abuso de confianza.

Viendo que las cosas seguían como al principio, quise insistir:

—Un asesinato cambia siempre la situación. No se puede jugar con un muerto de por medio. Tendremos que explicarles por qué me ha contratado usted, aunque no hay riesgo de que se publique nada en la prensa. Es decir, no publicarán si creen lo que les diga. Si no lo creen, entonces lo harán sin ninguna duda. Y no creerán que usted me contrató solamente porque Morningstar llamó por teléfono para comprar la moneda. Ellos probablemente no estarán enterados de que no podía usted vender la moneda, porque eso no es asunto suyo. Lo que ellos no creerían es que contrató a un detective sólo para investigar sobre un posible comprador. ¿Estamos de acuerdo?

—Eso es asunto mío, ¿no cree usted?

—No. Uno no puede librarse de la policía de esta manera. Para sentirse tranquilo hay que ser franco y abierto y no tener nada que ocultar. Para ellos detrás de cualquier particular se oculta siempre algo que les puede interesar. Si se les da una explicación razonable se van y en paz. Pues bien: lo más razonable y lo más plausible es siempre la verdad, ¿también tiene algo que objetar a eso?

—Claro que tengo, pero no vale la pena. ¿Lo que tiene que decir es que yo sospechaba que la moneda había sido robada por mi nuera y que estaba equivocada?

—Sería lo mejor.

—¿Y que ya ha sido devuelta y cómo lo ha sido?

—Sería lo mejor.

—Todo eso es muy humillante para mí.

Me encogí de hombros.

—Es usted un bruto insensible —gritó—; tiene sangre de reptil. Le desprecio y siempre me arrepentiré de haber tratado con usted.

—Lo mismo digo.

Alargó la mano y, manipulando en el dictáfono, bramó:

—Merle, llame a mi hijo y dígale que venga inmediatamente. Y será mejor que venga usted también; vamos, rápido...

Desconectó el aparato y dejó caer pesadamente la mano sobre sus muslos. Sus ojos ensombrecidos se mantenían obstinadamente mirando al techo. Su voz vibraba tranquila y triste mientras decía:

—Mi hijo robó el Doubloon Brasher, mister Marlowe. Mi propio hijo.

Yo no contesté nada. Seguimos sentados fulminándonos con la mirada. Pasaron dos o tres minutos y, al fin, llegaron el hijo y la secretaria. Volvió a chillar y ambos se sentaron.

21

Leslie Murdock vestía un traje de sport verdoso, y su pelo estaba tan mojado que parecía que acababa de recibir una ducha. Al sentarse, había quedado con el cuerpo muy inclinado hacia delante con la mirada fija en la puntera de sus zapatos blancos, de piel de cabra. Todo el tiempo daba vueltas a una sortija. No tenía su boquilla larga y negra en la boca y parecía como desamparado por su falta. Tenía el bigote todavía más lacio que el día anterior.

En Merle Davis no se podía sospechar ningún cambio. Probablemente siempre parecería la misma. Su pelo cobrizo estaba igualmente peinado hacia atrás, muy apretado. Y todo, desde las gafas grandes e indiferentes, protegiendo unos ojos grandes y asustados, hasta su vestido austero de lino, respondía a las apariencias del día anterior. Tampoco llevaba pendientes. Tenía la impresión de revivir algo que me era familiar. Mistress Murdock bebió un trago y dijo:

—Muy bien, hijo. Explica a mister Marlowe la historia del Doubloon Brasher. Temo que habrá que pasar por todos los detalles.

Leslie Murdock me miró, aparentemente tranquilo, y de nuevo bajó los ojos. Sus labios temblaban. Rompió a hablar y su voz era átona, un extraño sonido mate y cansado, como de un hombre confesándose después de una lucha agotadora con su conciencia.

—Como le dije ayer en su oficina, debo a Morny mucho dinero. Unos doce mil dólares. Quise luego negarlo, pero era la pura verdad. Se los debo. No quería decírselo a mi madre. Morny me exige la devolución. Esto pensaba confesárselo a mi madre, pero no me atrevía y lo iba aplazando. La moneda la cogí valiéndome de las llaves que le sustraje una tarde mientras dormía y Merle estaba fuera. Se la llevé a Morny y decidió guardársela como prenda, porque le expliqué que no podía venderse por doce mil dólares sin demostrar que la posesión era legítima.

Se interrumpió para ver el efecto causado por sus explicaciones. Mistress Murdock tenía los ojos casi prendidos en mi rostro. La muchacha miraba a Leslie y el sufrimiento embargaba sus facciones. El joven prosiguió:

—Morny me entregó un recibo por el que se comprometía a retener la moneda en calidad de heredero colateral y a no venderla sin previo aviso y a indicación mía. En fin, sé que era más o menos esto; soy poco ducho en leyes. Cuando ese Morningstar llamó y preguntó si la moneda de nuestra colección estaba en venta, me entró la sospecha de que Morny intentaba venderla o que, por lo menos, comenzaba a moverse e investigaba su posible valor a través del dictamen de un perito en la materia. La sola posibilidad me llenó de pánico —levantó la cabeza y su rostro apareció contraído por unos tics nerviosos; era, efectivamente, la imagen de un hombre presa del pánico. Se sacó un pañuelo y se lo pasó por la frente, estrujándolo luego entre las manos—, cuando Merle me dijo que mamá había contratado a un detective; no debió decírmelo, pero mamá prometió no reñirle —la vieja afianzó la quijada para hacerse más respetable; la muchacha seguía con los ojos fijos en su cara, sin importarle un bledo la posible regañina—; eso me confirmó que ya había echado de menos la moneda y que le había empleado a usted por este motivo. No pasó por mi cabeza que lo hiciera para encontrar a Linda. Yo sabía dónde estaba y lo supe siempre. Lleno de dudas me fui a su oficina, dispuesto a averiguar algo. Conseguí bien poco, ya sabe. Luego fui a ver a Morny y le puse al corriente. Al principio lo tomó a risa, pero cuando le expliqué que ni siquiera mi madre podía vender la moneda sin violar las cláusulas del testamento de mi padre y que ella seguramente enviaría a la policía tras él en cuanto supiera que la tenía en su poder, se avino a razones. Me devolvió la moneda; yo le di el recibo y lo rompió allí mismo. De esta manera la moneda volvió a casa, y entonces le expliqué todo a mamá.

Dejó de hablar y de nuevo se pasó el pañuelo por la frente. Los ojos de la muchacha se movían de arriba abajo, siguiendo los movimientos de su mano. Siguió un corto silencio.

—Dígame, Leslie: ¿Morny le amenazó?

Movió negativamente la cabeza.

—Pedía su dinero porque lo necesitaba de veras, de manera que no podía permitirse el lujo de tener deudores o andar coleccionando monedas raras. Por lo demás, no me amenazó para nada. Morny es, ante todo, un hombre limpio. En ciertas circunstancias, claro.

—¿Dónde tuvo lugar la operación?

—En Idle Valley Club, en su oficina particular.

—¿Estaba Eddie Prue?

La muchacha reavivó la mirada y clavó los ojos en mí. La vieja inquirió:

—¿Quién es Eddie Prue?

—El guardaespaldas de Morny. No malgasté *todo* mi tiempo ayer, mistress Murdock —miré a Leslie y le hice un gesto—. Siga, por favor.

—No vi a Prue. Lo conozco de vista; con verle una sola vez no es fácil de olvidar. Pero ayer no estaba rondando por ahí.

—¿Es eso todo?

Miró hacia su madre. Ella dijo con aspereza:

—¿Y no es ya bastante?

—Quizá. ¿Dónde está ahora la moneda?

—¿Dónde quiere que esté? —chilló de nuevo la vieja.

Ahora ya me encontraba en condiciones de dirigir sus reacciones; por eso procuraba contenerme, por no irritarla demasiado.

—Ven a dar un beso a tu madre, hijo, y vete ya —dijo imperativamente.

Éste dudó un instante y luego se dirigió hacia ella y la besó en la frente. Ella le dio unas palmaditas en la mano. El joven se retiró con la cabeza baja y cerró con suavidad la puerta. Yo me dirigí a Merle:

—Creo que debía haber tomado eso en taquigrafía para, una vez pasado en limpio, hacérselo firmar a mister Murdock.

—Se guardará muy bien de hacer nada sin permiso. Váyase a lo suyo, Merle; quise que se enterara de todo eso. Pero si la cojo de nuevo abusando de mi confianza, ya sabe lo que la espera.

La muchacha se puso en pie y la miró con los ojos brillantes:

—¡Oh mistress Murdock!, no lo haré más. Nunca más. Puede usted confiar en mí. Ya nunca.

—Así lo espero —gruñó la vieja—. Váyase.

La muchacha intentaba sonreír y parecía que no se atrevía a pisar mientras salía.

Se formaron dos grandes lagrimones en los ojos de la vieja y comenzaron a deslizarse suavemente por su piel de elefante, ganaron las aletas carnosas de su nariz y fueron a perderse en las comisuras de sus labios. Se revolvió buscando el pañuelo, se las secó y luego se frotó los ojos. Dejó el pañuelo, se sirvió más vino y dijo con mucha calma:

—Estoy muy encariñada con mi hijo, mister Marlowe. Muy encariñada. Todo esto me apena profundamente. ¿Cree usted que tendrá que repetir esas palabras a la policía?

—Espero que no. Sin duda, les costaría demasiado tragárselo todo entero.

Abrió su boca, y sus dientes brillaron un momento. La cerró con fuerza, mirándome ceñudamente.

—¿Qué piensa exactamente?

—Exactamente, eso: que la historia no sea verdadera. Mucha palabra y mucho arreglo. ¿Se la ha inventado Leslie o se la ha dado usted ya hecha?

—Mister Marlowe —su voz parecía fatigada—, mister Marlowe, se está metiendo en un terreno muy resbaladizo.

—¿Se molesta usted? Perfectamente, supongamos que la historia es verdadera. Morny no admitiría arte ni parte en el asunto. Y entonces, estarían como al principio. Morny negará, no le quepa duda; de otra manera se encontraría relacionado con dos asesinatos.

—¿Hay algo en ella tan inverosímil que se salga de la verdadera situación?

—Dejemos eso; piense en Morny. Es un hombre metido en negocios, protegido y de alguna influencia, ¿por qué se ha de querer ver mezclado a una de esas situaciones? ¿Por una simple promesa? ¡Bah! La cosa se cae por su propio peso, ¿no cree?

Se quedó con la mirada quieta, sin decir nada. La sonreí, porque por primera vez se paraba a considerar algo que yo le decía.

—Encontré a su nuera, mistress Murdock. Me parece algo raro que su hijo, que parece estar bajo su control, no le dijera dónde estaba.

—No se lo pregunté —dijo con voz suave, impropia de ella.

—Ha vuelto donde estaba. Está cantando en Valley Club. Hablé con ella; es una chica curiosa. A usted no la quiere demasiado, y no me extrañaría que hubiera cogido la moneda por despecho. Y menos aún me extrañaría que Leslie hubiera inventado la historia con ánimo de protegerla. Él mismo confiesa que sigue muy enamorado de ella.

Mistress Murdock sonrió. No era una sonrisa muy hermosa y parecía más bien una equivocación en aquella carota, hecha para ser desagradable. Pero, al fin, era un sonrisa.

—Sí —dijo—, sí, pobre Leslie. Habrá hecho eso y, en tal caso —dejaron de hablar y su sonrisa se ensanchó—, mi querida nuera se vería envuelta en los asesinatos, ¿no?

La contemplé casi un cuarto de minuto, regodeándose con esa idea.

—A usted le gustaría, ¿no es verdad?

Asintió; esa esperanza la hacía jovial; pero se dio cuenta de la rudeza de mi voz; su cara se endureció y sus labios se contrajeron.

—No me gusta su tono; no me gusta en absoluto —dijo entre dientes y furiosa.

—No me extraña —contesté—; tampoco me gusta a mí. Además, de aquí no me gusta nada. No me gusta la casa, ni usted, ni ese aire de represión que hace reinar. No me gusta el semblante escuchimizado de su secretaria, ni me gusta esa especie de hijo que tiene, y menos que todo el asunto que llevo entre manos.

La vieja bruja comenzó a vociferar; la cólera ponía manchas en su cara, los ojos se le salían de las órbitas y sus gritos brillaban de odio:

—¡Fuera! ¡Fuera ahora mismo de mi casa! —bramaba—. Vamos, enseguida. ¡Fuera, fuera!...

Me puse en pie y recogí el sombrero.

—Me voy con muchísimo gusto, señora.

La miré de reojo un instante, me dirigí a la puerta y salí. Cerré con suavidad, sujetando el tirador para dejar que se cerrara sin golpe. Una precaución sin objeto alguno.

22

Se oyeron pasos a mi espalda y alguien pronunció mi nombre; yo continué sin hacer caso hasta llegar al recibidor. Entonces me detuve y volví la cabeza, dejándome alcanzar. Era la secretaria; parecía que los ojos le iban a estallar detrás de las gafas de concha y el aliento le faltaba. Yo me quedé mirando el curioso juego de luces que se formaba en su pelo cobrizo.

—Mister Marlowe, ¡por favor! ¡Por favor, no se vaya! La señora le necesita, le necesita de veras.

—Vamos, menos monsergas. Se ha hinchado a dar voces. ¿Es que quiere que la sustituya a usted?

—Por favor —dijo, y se cogió de mi manga.

—¡Váyase al diablo con su vieja bruja! —grité—: Que se tire al río si quiere. ¿Cuándo se ha visto a Marlowe fuera de sus casillas? Que la echen de cabeza al océano, si los ríos no bastan; y sin pensarlo, mejor hoy que mañana.

Bajó la vista y acarició mi mano. Tiró de ella suavemente y sus ojos miraron suplicantes:

—Por favor, mister Marlowe. Está desesperada. Le necesita.

—Y yo estoy hasta la coronilla, y más desesperado que ella. ¿A qué viene ahora esa actitud?

—¡Oh!, yo estoy muy encariñada con ella. Ya sé que es áspera y colérica, pero su corazón es oro puro.

—Al infierno con oro y todo. Espero no intimar tanto con ella como para distinguir esos matices. Es un tonel de mentiras. Y tengo suficiente de ella. Creo que, en efecto, está desesperada, pero yo no estoy para aguantar sus berridos. Puedo hacer cosas mejores.

—¡Oh!, estoy segura de que si usted tuviera un poco de paciencia...

Estaba muy cerca y, como la veía sufrir, quise explicarle mi actitud, y sin darme cuenta pasé mi brazo por sus hombros. Dio un salto y el pánico dilató sus ojos todavía más. Nos quedamos mirándonos el uno al otro, respirando fuerte; yo con la boca medio abierta, como de costumbre, y ella con los labios apretados, vibrándole las aletas de la nariz y con la cara extraordinariamente pálida.

—Dígame —pregunté, recalcando las palabras—: ¿Le ocurrió algo, algo hace tiempo, algún shock, algún...?

Asintió con un gesto rápido de su cabeza.

—¿Algún hombre la asustó?

Asintió de nuevo. Se cogió el labio superior con sus dientecillos blancos.

—¿Y desde entonces se asusta como ahora?

Se había quedado inmóvil, blanca como la pared.

—Mire, yo no le voy a hacer nada; y no debe asustarse nunca más.

Sus ojos se llenaron de lágrimas.

—Si yo la toco es como si tocara una silla o una puerta. No pienso nada malo. ¿Está bien claro?

—Sí.

Al fin pudo pronunciar una palabra. Todavía en lo más profundo de sus ojos había cierto temblor, producido por el pánico, y hacía brillar más sus lágrimas.

—Bueno, ahora ya no se preocupe por mí; estoy advertido y por mi culpa ya no tendrá más sustos de ésos. Queda Leslie, aunque ahora tiene la cabeza en otras cosas, pero creo que es un buen muchacho en este sentido, ¿no?

—¡Oh, sí, verdaderamente! Leslie es un modelo, sobre todo con ella; conmigo ya es diferente.

—Bien, y todavía queda ese viejo tonel. Es bruta y cree poder tragar sables de punta; ella le da voces, pero en lo fundamental es buena con usted, ¿no es así?

—¡Oh, sí! Sí lo es, mister Marlowe. Yo ya intentaba explicárselo...

—Bueno. Ahora, ¿por qué no me dice sinceramente una cosa: tiene todavía algo que temer del que la asustó?

Se llevó una mano a la boca y se mordió la yema del pulgar, mirándome.

—Murió, cayó..., cayó de una ventana.

La interrumpí con un gesto de mi mano derecha.

—Sí, algo he oído de esa vieja historia. Olvídelo ya.

—No..., no puedo. Creo que no podré jamás. Mistress Murdock está diciéndome siempre, siempre, que lo olvide. Me ha hablado muchísimas veces de eso. Pero es imposible.

—Maldita sea —grité sin poder contenerme—. Con eso lo que hace es reavivar sus recuerdos. ¿No podría mantener su sucia boca cerrada y dejarla en paz?

Pareció sorprendida y casi lastimada por lo que acababa de oír.

—¡Oh!, eso no es todo —añadió—; yo era su secretaria; ella, su esposa. Él era su primer marido. Naturalmente, ella no podría tampoco olvidarlo.

Me rasqué una oreja. Todo eso no parecía tener mucho sentido. Su expresión no me decía tampoco gran cosa. Lo más seguro es que ni siquiera se diera cuenta de mi presencia. Su voz parecía venir de muy lejos y parecía hablar para sí misma.

Entonces se me ocurrió una extraña idea.

—Dígame: ¿entre las personas que frecuenta hay alguna que ejerza más influencia sobre usted? ¿Alguna que la ejerza mucho más que los otros?

Echó una mirada preocupada alrededor de la habitación. Yo miré a mi vez. No había nadie escondido tras los muebles, ni espiando tras las puertas y ventanas.

—¿Por qué me hace esta pregunta? —susurró por fin.

—Por nada —dije—; sólo me hubiera gustado saber.

—¿Promete usted no decir nada a nadie, a nadie en el mundo, y mucho menos a mistress Murdock?

—Prometo —me apresuré a contestar. Abrió su boca, y una especie de sonrisa confidencial ensanchó sus labios; pero de pronto cambió. Un temblor intenso sacudió su cuerpo, y sus dientes comenzaron a castañetear. Pensé acercarme a ella para sacudirla, pero tuve miedo de acercarme. Esperé. Su crisis no cedía. Seguí esperando. Me sentía como la soga en espera del ahorcado. De pronto se volvió y echó a correr. Oí sus pasos al alejarse. Una puerta se cerró. La seguí pasillo adelante y me acerqué a su puerta. La oí sollozar dentro. Me quedé un instante y los sollozos siguieron; me di cuenta de que no podía hacer nada. Me hubiera gustado encontrar al guapo capaz de sacar mejor partido de la situación.

Di la vuelta y me dirigí a la habitación de la vieja. Llamé y abrí, limitándome a asomar la cabeza. Mistress Murdock seguía sentada como la dejé. Probablemente no se había movido.

—¿Por qué envenena la vida de esa muchacha? —dije como saludo.

—Fuera de mi casa.

Me quedé como estaba. Me miró de arriba abajo y soltó una carcajada bronca.

—Al parecer, se considera listo, Marlowe.

—Digamos que la listeza transpira por todos mis poros...

—Veo que se dispone a investigar por cuenta propia.

—Digamos que ahora intento hacerlo a costa suya.

—Es posible, y diga: ¿ya se ha enterado de algo? —dijo sacudiendo sus pesados hombros.

—Recuerde usted que no he soltado prenda y dentro de un rato deberé explicarme ante la policía.

—Ya he soltado bastante. En dinero y en palabras. Y ya no suelto más. Ahora la moneda ya ha vuelto; el dinero que le he dado, para usted. Ahora lárguese, me aburre. Me aburre usted lo indecible.

Cerré la puerta y me volví. Ya no se oían los sollozos de Merle. Salí de la casa sin que me acompañara nadie. En el jardín me detuve; se sentía cómo el sol quemaba la hierba.

Un coche arrancó a mi espalda; me volví y vi un Mercury seguir a lo largo del muro lateral del edificio. Mister Leslie Murdock lo conducía. Al verme, paró en seco. Se apeó y vino decidido a mi encuentro. Ahora vestía muy bien. El traje de verano hacía juego con los zapatos en blanco y negro de puntera fina. La americana era sport, a cuadros. Completaba su atuendo un pañuelo blanco bien dispuesto y camisa crema sin corbata. Llevaba gafas de sol. Se acercó y dijo tímidamente:

—Apuesto a que usted cree que soy un terrible sinvergüenza.

—¿Lo dice por ese cuento que ha inventado con motivo de la moneda?

—Sí.

—Créame que eso no influye en mi opinión sobre usted en modo alguno.

—Entonces...

—Veamos: ¿qué desea usted decirme?

Encogió desmesuradamente sus bien vestidos hombros. Su bigotillo lacio, muy recortadito, reflejó el sol por un momento.

—En el fondo, creo que me gusta tener el aprecio de los demás.

—Lo siento, Murdock. Yo valoro la devoción que tiene hacia su mujer.

—¡Ah! ¿Es que piensa que no dije la verdad? ¿Cree que lo inventé todo sólo por protegerla a ella?

—Es bien posible.

—Comprendo —colocó un cigarrillo en su negra y larga boquilla—; bien, pienso que he de tomar eso como una prueba de su desprecio.

El movimiento de sus ojos detrás de las gafas me recordó el movimiento de un par de pececillos en el fondo de un estanque.

—Es una conclusión gratuita y tonta —dije—, y además carece para ambos de importancia. Da lo mismo que nos apreciemos o no, ¿no cree?

—Ya veo —dijo con viveza después de encender el cigarrillo—, ya veo. Le pido perdón por haberle obligado a expresarse de esta manera.

Se volvió sobre sus talones y se fue hacia el coche. Me quedé viendo cómo ganaba la puerta de la calle. Luego comencé a andar y al pasar enfrente del negrito le di unas palmaditas:

—Hijo mío, me parece, me parece que eres el más cuerdo de la casa.

23

Vibró un altavoz disimulado en la pared; entremezcladas con los ruidos, destacaron algunas palabras: «K. G. O. P. Pruebas, pruebas». Todavía se oyó como un tecleo; después, nada.

El teniente Jesse Breeze estiró perezosamente los brazos y bostezó.

—Llega usted con un par de horas de retraso.

—Sí; ya le envié recado advirtiéndole que me esperaba el dentista.

—Siéntese.

Su mesa era pequeña y desordenada, en una esquina de la habitación. Se sentaba detrás, en un ángulo de la misma. Una ventana sin persianas caía a su izquierda, y el vano de la pared, con un gran calendario a la altura de los ojos, a su derecha. Los días ya pasados estaban borrados con lápiz negro y suave; así Breeze de un vistazo podía saber en qué día vivía.

Spangler tenía otra mesa, más pequeña y más pulcra. Estaba forrada en verde y había un juego de plumas de acero, un calendario pequeño de latón y una concha grande, llena de ceniza y de colillas. Spangler, en pie, se entretenía tirando las plumas contra una almohadilla, como uno de esos tiradores de cuchillos mejicanos que ensayan puntería en un blanco. No conseguía dar una; decididamente, no había pluma que se quisiera clavar.

La estancia tenía un olor vago, indefinido, medio agradable, medio desagradable; ese olor a humanidad que tienen siempre ciertos despachos oficiales. Si se construyera a la policía un edificio completamente nuevo, a los tres meses todos los departamentos, todos los despachos, todos los rincones olerían a lo mismo. Debe de haber algo de simbólico en todo esto.

Un cronista de sucesos de Nueva York escribió una vez que cuando uno pasa el umbral de un puesto de policía, pasa fuera de ese mundo para entrar en el más allá... de la ley. ¡Quién sabe!

Me senté. Breeze sacó un puro envuelto en celofán. Era la consabida rutina. Me fijé: detalle por detalle, invariable, preciso...; aspiró lentamente al principio, apagó la cerilla, la aplastó, la echó suavemente en el cenicero de cristal negro y al fin dijo:

—Mire, Spangler.

El aludido volvió la cabeza, y la sonrisa de ambos se cruzaron. Breeze adelantó el puro hacia mí.

—Fíjese, Spangler, cómo suda.

Spangler tuvo que dar una vuelta completa sobre sus talones para verme sudar con cierta comodidad. Sí, estaba sudando, yo me había dado cuenta.

—Me parece a mí —dije— que si pretenden pasar por agudos van dados. Me hacen pensar en esas bolas de billar que se empeñan en fallar más y más carambolas...; quisiera saber cómo se las apañan para ser tan *fenómenos*.

—Déjese de ironías, Marlowe. Parece que ha tenido la mañana ocupada, ¿no?

—Regular.

No había perdido todavía su sonrisa de superioridad. Spangler tampoco. Era claro que me reservaba algo, pero antes de soltarlo quería saborearlo bien. Por fin carraspeó, enderezó su cara ancha y grandota, volvió la cabeza para no mirarme de frente, pero sin perderme de vista y, ahuecando la voz, dijo:

—Hench ha confesado.

Spangler daba vueltas para no perderse una de mis reacciones. Luego se sentó en un ángulo de la silla con una sonrisa indecente de puro presuntuosa.

—Y diga: ¿cómo lo hizo cantar? ¿Se inventó algún tormento chino?

—Frío.

Ambos guardaban silencio y tenían puestos sus ojos en mí.

—Un protector; con un protector.

—¿Un qué?

—¿Satisfecho? —dijo Breeze, con sorna.

—¿Van ustedes a explicarse, o prefieren seguir engordando viéndome a mí tan satisfecho?

—Nos gusta ver a una pieza como usted con esta clase de contento —dijo Breeze—. No tenemos con mucha frecuencia esta oportunidad.

Me llevé un cigarrillo a los labios y empecé a darle caladas.

—Nos valimos del truco del protector —continuó Breeze—; de uno que se llama Palermo.

—¿Saben ustedes una cosa?

—¿Qué?

—Sigo pensando que las agudezas de los policías son una pena.

—Vaya.

—Y que todo eso no tiene ni pies ni cabeza.

—Tiene cabeza y se sostiene sobre buenos pies —dijo Breeze—. Veamos, ¿le divierte más tratar de tomarnos el pelo o quisiera saber?

—Ahora me divertiría más saber.

—Pues vamos al grano. Hench tenía una borrachera; pero una tremenda, no crea usted que cualquier cosa. Con decir que no se la quitaba desde hacía una semana; ni comía, ni bebía, ni dormía. Sólo empinaba el codo, sin más necesidades. En cierto sentido, se había vuelto sobrio. Si a un tipo en semejante estado se le quita el whisky se queda más desorientado que un niño recién destetado.

Yo guardé silencio. Spangler no había perdido todavía su sonrisa viscosa. Breeze sacudió su puro, que aún no tenía cenizas.

—Tal como le hallamos puede hablarse de un psicópata; veremos si le vale de algo. En su historial no aparece ninguna crisis.

—Pensaba que usted daba a Hench por inocente.

—Eso era anoche —prosiguió—; de todas formas, bromeaba. El caso es que ya tarde le dio el delirio. Tuvieron que llevárselo al botiquín de urgencia. El médico de guardia le suministró una droga. Entre nosotros, en cuestión de drogas nadie nos achanta. ¿Está bien claro?

—Demasiado claro —exclamé.

—Sí. Quizá hubiera sido mejor dejarlo en observación, pero el médico parece que estaba demasiado ocupado para perder el tiempo con un borracho. En fin, esta mañana, aún bajo los efectos de la droga, estaba muy pálido, pero por lo menos se había tranquilizado. Charlamos con él. «¿Qué hay muchacho? ¿Necesitas algo? Vamos, cualquier cosilla; nosotros, si podemos, ya sabes. ¿Te tratan bien ésos?». Bueno, ya sabe usted los procedimientos habituales.

—Sí —dije—, sí; ya sé, conozco esos procedimientos.

Spangler se mordió los labios, haciendo chasquear la lengua de una manera desagradable.

—Al rato abrió la boca para decir: «Palermo». Ese Palermo es el nombre del que vive al otro lado de la calle y que tiene la funeraria y a quien pertenece el Florence Building. ¿Recuerda usted? Sí recuerda, porque dijo algo de usted y de una rubia alta; miel sobre hojuelas. Esos elementos siempre tienen rubias altas a mano. Ese Palermo, pues, es importante. Hice mis averiguaciones al respecto; tiene a mano canela en rama y hay que andarse con miramientos; además, a nosotros no nos aprecia demasiado. Pero no dudé, le dije a Hench: «¿Dice que Palermo es amigo suyo?», y contestó: «Háganlo venir». Le dejamos para venir a llamarle desde el despacho: «Mister Palermo, un tal Hench quiere hablar con usted, sentimos molestarle». «¿Hench? ¡Ah, sí!, se trata de un infeliz. ¿Quiere verme? Pues le veo. Estoy ahí enseguida». Vino y dijo: «Quiero verle a solas, sin policías». «No faltaba más, mister Palermo». Los dejamos y a la salida nos dijo: «Muy bien, teniente. Va a confesar. Probablemente yo pagaré a un abogado, qué demonio; el pobre chico me gusta». Luego se largó; pero eso fue lo esencial.

No hice el menor comentario. Hubo un silencio.

El altavoz disimulado en la pared emitía unas consignas. Breeze levantó la cabeza, escuchó unas palabras y luego volvió a ignorarlo.

—En esto entramos con una mecanógrafa y Hench hizo confesión. Dijo que Phillips miraba demasiado a su amiga. Se dio cuenta anteayer en el hall. Hench lo vio desde el dormitorio, pero Phillips se fue a su apartamento y cerró antes de que pudiera alcanzarlo. Sin embargo, siguió con la mosca en la oreja. De momento, hizo unos cardenales a la chica. Pero eso no le satisfizo demasiado. Le entró melancolía; luego sintió necesidad de vengarse. Se dijo que a ver por qué un tipo tenía que hacerle guiños a su amiguita. Ya le daría él para que se acordara toda su vida. En eso, comenzó a espiarle. Ayer tarde vio a Phillips entrando en su apartamento. Dijo a la chica que fuera a dar un paseo; ella no quiso; él la zurró otra vez, y ya con otro cardenal, se decidió. Hench entonces fue a la puerta del otro, llamó y Phillips, que debía de esperar a otro, abrió enseguida. Hench le dijo a lo que iba, y el otro, asustado, sacó un revólver y le dio un golpe que le hizo desplomarse. Pero Hench no se dio por satisfecho. Darle a un tipo un golpazo y derrumbarlo a la primera, ¿qué satisfacción es ésa y qué venganza? Se inclinó para recoger el revólver y le pareció que el otro le cogía por el tobillo. Hench, borracho como estaba, no supo por qué hizo entonces lo que hizo. Estaba aturdido. Arrastró a Phillips hasta el cuarto de baño y allí le disparó con su propio revólver. ¿Qué tal le parece?

—A mí no me parece nada; la verdad es que hay un montón de detalles que no me explico; sobre todo, al final.

—Ya sabe cómo son los borrachos. Por encima de todo ellos van a su idea. Hizo los disparos con el revólver de la víctima, pero no era posible simular un suicidio. Por otro lado, eso no le habría dejado satisfecho. Por eso decidió quedarse con el revólver, escondiéndolo debajo de la almohada, desembarazándose del suyo. No dijo cómo.

Probablemente se lo cedería a algún matón de la vecindad. Después se reunió con la chica y se fueron a comer.

—Curioso truco —repuse— ese de esconder el revólver que se acaba de usar bajo la propia almohada; no se me habría ocurrido jamás.

Breeze se fue hacia atrás y se quedó como distraído mirando el techo. Spangler, dado ya el golpe de teatro, seguía entreteniéndose con sus plumas. No había conseguido clavar todavía una en la almohadilla.

—Sigamos el razonamiento —dijo Breeze—; nos ayudará; ¿qué pretendería con ese truco? Recuerde cómo procedió Hench, que estaba borracho, pero la astucia, en todo caso, se le había agudizado. Sacó el revólver de debajo de la almohada y me lo mostró antes de ser descubierto, eso pensaba él, el cadáver de Phillips. Después contó su historia, que tuvo que ser aceptada porque habría sido estúpido pensar que él mismo, después de matar a su vecino, había ido a esconder el revólver debajo de su almohada. Él contaba con ello, y lo más verosímil era creer que el verdadero asesino, de una forma u otra, había conseguido entrar en su apartamento. Ya ve que, al fin y al cabo, si en vez de desembarazarse del revólver propio hubiera hecho desaparecer el de Phillips, no habría conseguido mejor resultado. Con su maniobra nos engañó y ya no se nos había ocurrido seguir dándole vueltas al asunto: quedamos que él y su amiga se habían dejado abierta la puerta y que entonces ocurrió todo, y en eso estaríamos todavía.

Se quedó callado con la boca un poco abierta y su mano pecosa hacia delante con el puro. Sus ojos azules brillaban con satisfacción.

—Bien —dije—; supongo que si intenta rectificar ya será tarde. ¿Tendrán en cuenta las atenuantes?

—Claro. Además, me figuro que el abogado que le pagará Palermo podrá sacarlo con homicidio sin premeditación. Naturalmente, eso son suposiciones.

—¿Por qué querrá mezclarse Palermo en ese fregado?

—Los tipos como Hench le gustan. Palermo es la clase de pájaro con el que es mejor no meterse.

—Sí, ya veo. ¿Qué fue de la chica?

—No ha soltado prenda. Es lista. Y nosotros nada podemos contra ella. Menudo asuntillo éste. ¿Por qué no lo intenta usted? También hay sitio si quiere y todavía le afecta.

—Y la chica no deja de ser una rubia alta —dije pensativamente—; no de las sicalípticas, pero, al fin, es rubia. Puede que sea además nuestra rubia. También puede que a Palermo no se le hubiera ocurrido.

—¡Demonio!, yo tampoco había pensado en eso —por un momento pareció sugestionarse con una idea, pero la rechazó enseguida—. No hay nada de eso, Marlowe. Sería volver a empezar.

—Atando todos los cabos con seriedad, aún no sabemos qué saldría. A veces, lo que parece que menos se sostiene acaba por cuajar. Bueno, ¿no querían ustedes nada más de mí?

—Ya se lo puede imaginar —sacó el puro de la boca, señalándome con él—; créame que deseaba saber en qué asunto está metido. Pero por el cariz que han tomado las cosas, creo que no tenemos derecho a exigirle nada.

—Esa actitud le honra, Breeze —dije—, y a usted también, Spangler. En fin, que la vida les sonría.

Se quedaron viéndome salir, con la boca ligeramente abierta. Atravesé el vestíbulo y me dirigí a mi coche, que había dejado al lado del aparcamiento de los coches oficiales.

24

Mister Pietro recibía en su despacho, en el que, excepto una mesa de caoba, un tríptico de doradas fran-
jas y un crucifijo de ébano y marfil, todo podría haberse hallado en un salón victoriano. Destacaba en él un
gran sofá de herradura, varias sillas de caoba de respaldo curvado y varios tapices finos. Había un reloj dorado,
en bronce, con pie de mármol; otro antiguo de pared en
un ángulo y un ramo de flores de cera sobre una elegante mesa de patas curvas, reflejándose en un gran espejo oval. La alfombra era muy espesa y presentaba abundantes dibujos con toda suerte de flores. Se veían varias
copas de cristal de China, figurillas de cristal y porcela-
na, adornos de marfil y maderas finas; un verdadero ba-
zar. Pesados cortinajes colgaban de las ventanas, pero la
estancia estaba orientada al Sur y la luz era abundante.
A través de la calle pude ver las ventanas del apartamento
donde había sido asesinado George Anson Phillips. La
calle, soleada, era más bien silenciosa.

Mister Palermo, un italiano alto, moreno, de pelo
gris y buena presencia, leyó mi tarjeta.

—Yo despacho en diez minutos. ¿Qué desea, signor
Marlowe?

—Soy el que encontró el cadáver ayer tarde al otro
lado de la calle. Era un amigo.

Sus ojos negros y fríos se clavaron en mí y guardó silencio.

—Para eso, ¿por qué no preguntó por Luke?

—¿Luke?

—Sí, es mi adjunto.

—No quiero hablar con extraños, mister Palermo.

—Ésta sí que es buena. Por qué me molesta a mí, ¿eh?

—Porque usted es un hombre de peso; alguien de importancia, con quien se puede hablar. Además, usted me vio ayer y dio mis señas a la policía, muy precisas, por cierto.

—Sí. Mi vista no es mala —dijo sin mucho fuego.

—También vio salir a una rubia alta...

Me consideró con todo detalle.

—Ayer, no; hace tres días. Se lo dije a los polis; los polis, ¡bah!

—¿Vio a algún extraño ayer, mister Palermo?

—Vi salir a uno; luego a otro, en el segundo.

—Nada de particular entonces —dije—; vio a Hench esta mañana, ¿no?

Levantó los ojos y los paseó por mi rostro.

—Los polis se lo han dicho, ¿eh?

—Me han dicho que usted consiguió que confesara. Me dijeron que es amigo suyo. Como buen amigo no tiene precio, desde luego.

—Hench confesó, ¿eh? —sonrió con una sonrisa brillante.

—Pero Hench no lo mató.

—¿No?

—¡No!

—Muy interesante; siga, signor Marlowe.

—La confesión es falsa de los pies a la cabeza. Se la ha sacado por los medios que ustedes sabrán.

Se levantó y se fue hasta la puerta.

—¡Tony, Tony! —gritó.

Se sentó de nuevo. Un tipejo bajo y fuerte entró en el despacho, me miró y fue a sentarse en una silla cerca de la pared.

—Tony, este hombre es el signor Marlowe. Mira, toma la tarjeta.

Tony se levantó para cogerla y se sentó otra vez.

—Fíjate, Tony, fíjate bien en él. No lo olvidarás, ¿eh?

—Déjelo de mi cuenta, mister Palermo.

—Es un amigo tuyo, Tony, un buen amigo, ¿eh?

—Sí.

—Eso es. Eso es. Le diré una cosa. Un amigo es un amigo. Se la diré. Pero no se la cuente a nadie. Y menos a los condenados polis.

—No.

—Me lo ha prometido, signor Marlowe. Eso no conviene olvidarlo nunca, ¿no lo olvidará?

—No lo olvidaré.

—Tony, no lo olvidará. ¿Has cogido la cosa?

—Le doy mi palabra; ¿qué me iba a decir, aquí entre nosotros?

—Así está bien. O.K.! Yo tengo mucha familia. Muchos hermanos y muchas hermanas. Tengo un hermano muy malo. Casi tanto como Tony.

El aludido dejó ver una sonrisa orgullosa.

—O.K.! Estos hermanos no se meten con nadie. Se dejan ver poco en la calle. A los polis les gustaría dar con ellos. Nada bueno, nada de negocios. Ellos tendrán sus razones, pero nada del gusto de mis hermanos. ¿Coge la idea?

—Sí —dije—, cojo la idea.

—O.K.! Ese Hench no vale, bebe; no sirve. No paga la renta, y eso los pierdo. Por eso le dije: «Mira, Hench, debes confesar. Estás enfermo. Tienes para varias semanas. Ésos te llevan. Yo te busco un abogado. Te las arreglas con la confesión: estabas borracho; los polis condenados fueron duros; lo que tú quieras. El juez lo tendrá en cuenta, entonces tú vuelves y Palermo cuida de ti. ¿Qué?». El chico dijo que bueno y confesó. Eso es todo.

Sonrió otra vez. Una sonrisa cálida y brillante como debe ser la de la muerte.

—Cuidará de Hench, mister Palermo; pero eso de poco servirá a mi amigo.

Sacudió la cabeza, me miró y clavó los ojos en otro lado. Me puse en pie. Tony se puso en pie. No pensaba hacer nada, pero era mejor ponerse en pie. En pie es más fácil prevenir cualquier cosa.

—Lo peor que tienen los pájaros de su plumaje —dije— es que, de nada, hacen un laberinto. Antes de dar el menor paso, ya hacen dar el santo y seña. Si ahora yo fuera contra la policía, se reirían en mis barbas. Y yo tendría que reírme con ellos si no quisiera hacer el ridículo.

—Tony, nosotros ya no nos reímos. No nos reímos más, ¿verdad?

—El mundo está lleno de gente que no se reirá más, mister Palermo; lo sabrá bien, puesto que tiene mucho trato con ellos.

—Es mi negocio —dijo, encogiéndose afectadamente de hombros.

—Yo guardaré mi promesa. Pero en caso de que usted lo dudara, no se le ocurra hacer prosperar sus negocios a mi costa. En la ciudad me conocen, casi me consideran alguien, y cuanto se le pudiera ocurrir a su Tony correría a cuenta de la casa, no lo dude. Le haría poco provecho.

—¡Bah!, no será tanto; Tony, unos funerales por cuenta de la casa, ¡bah! No es demasiado.

Se puso en pie ayudándose con las manos; unas manos fuertes y elegantes.

25

En el vestíbulo del Belfont Building, ante el único ascensor capaz de funcionar, aguardaba, sentado en el taburete con la manta plegada, la vieja momia de ojos acuosos que sólo vagamente recordaba la figura de un hombre.

—Sexto —dije sin saludar siquiera.

Prodigando sus bandazos, el trasto nos fue subiendo; en el sexto se paró y me dispuse a salir. El vejestorio se asomó y dijo con su voz apagada:

—¿Qué se está cocinando?

Me volví como uno de esos autómatas de feria; me quedé mirando.

—Buen traje nos gastamos hoy; ¡hum!, gris. ¡Bonito!

—Sí; no está mal.

—Sí. Sólo que yo prefería el azul que llevaba ayer noche.

—Déjese de pamplinas, viejo.

—Merodeó usted por el octavo —dijo con cierta sorna— dos veces. La segunda ya era tarde, casi las seis. Poco después llegaron los del uniforme, ¡hum!...

—¿Hay alguno todavía por ahí?

Negó con un movimiento de cabeza; su cara carecía de expresión.

—No les he dicho nada, y ahora ya no podría volverme atrás. Pensarían que quise encubrirle.

—¿Por qué?

—Porque no canté. Al cuerno con ellos; usted me trató con modos, y muy pocos lo hacen. Y yo creo que usted no tiene cara de matar a nadie, ¡hum!

—Bueno; pero me toma por otro.

Pobre viejo, se equivocaba.

Saqué una tarjeta y se la entregué. Fue a pescar unas gafas de montura metálica en el fondo de sus bolsillos, se las puso y mantuvo la tarjeta a medio metro de los ojos. Leyó con dificultad, moviendo los labios, y luego, al devolvérmela, me echó una mirada por encima de las gafas.

—La mejor profesión, sí, señor. Mucho ojo y al toro. Para mí que la vida de ustedes ha de ser interesante.

—Sí y no. ¿Cómo se llama usted?

—Grandy. Pop Grandy. Para los amigos soy Pop a secas. ¿Quién lo mató?

—No lo sé. ¿Vio entrar o salir a alguien..., alguien que pareciera raro, o forastero?

—Me fijo poco en la gente; no me di cuenta más que de usted.

—¿Una rubia alta, por ejemplo, o un tipo también alto y delgado, con muchas patillas, de unos treinta y cinco años?

—No.

—¿No pudieron llegar mientras usted subía o bajaba en el ascensor?

—Pocos son los que suben por las escaleras, pero aun así, es fácil verlos. No vi a nadie.

—Mister Grandy, ¿quiere cinco pavos? No es un soborno, entiéndame. Recíbalos como venidos de un buen amigo, hombre.

—Hijo, ¿cómo no? Los cinco enteros me los beberé a su salud.

Le di el billete. Estaba nuevecito; pensé que todavía era mejor.

—Es usted muy bueno. Ahora desearía que no pensara que quería sacárselo.

Le saludé con la cabeza y anduve pasillo adelante.

«Dr. E, J. Blasckwiz, Cirujano». «L. Pridview, Contable». Cuatro puertas sin placa. «H. R. Teager, Odontólogo». La situación correspondía aproximadamente a la oficina de Morningstar en el octavo. Teager tenía sólo una puerta y había más pared entre su oficina y la próxima.

Intenté abrir, pero la puerta no cedió. Llamé. No acudió nadie. Llamé más fuerte, con el mismo resultado. Entonces volví al ascensor, que todavía estaba en el piso. Pop me vio llegar como si no me conociera de nada.

—¿No sabe nada de H. R. Teager?

—Un vejestorio, pesadote, con vestidos mugrientos y uñas sucias. Parecido a mí. Y ahora que me acuerdo, hoy no le he visto llegar.

—¿Cree que el conserje me dejaría echar una ojeada en la oficina?

—Menudo entrometido. No se lo recomiendo.

Volvió la cabeza y dirigió los ojos a un lado de la caja del ascensor. Sobre su cabeza, al lado del timbre colgaba una llave. Una llave de paso. Pop volvió la cabeza a su posición normal.

—Bien; ahora ya puedo volver a mi cajón.

Se metió. Cuando la puerta se hubo cerrado tras él, cogí la llave y me dirigí de nuevo a la oficina de H. R. Teager. Entré: a un lado, sobre los muebles, se amontonaban varios bultos de mercancías. Luego había un par de sillas, un mostrador corriente, una lámpara y una mesa de madera manchada, con algunas revistas atrasadas encima. La puerta se había cerrado a mi espalda y no había más luz que la que se filtraba por los paneles. Encendí la lámpara y me dirigí a la puerta interior abierta en la pared que dividía la habitación. Había una placa que decía: «H. R. Teager, Privado». No estaba cerrada y pasé.

Me encontré en una oficina cuadrada, con dos ventanas sin persianas y antepechos muy sucios. Había una silla giratoria y otras dos que debían de ser muy incómodas. La mesa era casi cuadrada. No tenía nada encima, excepto un libro borrador, una pluma barata y un cenicero de cristal con una colilla. Los cajones contenían algunos papeles sucios, unos clips, papel, goma, lápices, plumas, cuadernos usados, sellos de correo, papeles con membrete, sobres y recibos.

La papelera, de alambre, estaba llena a rebosar. Casi gasté diez minutos buscando cuidadosamente dentro de ella. Al fin supe lo que ya casi tenía por seguro: que

H. R. Teager hacía pequeños negocios sirviendo trabajos de laboratorio a los dentistas de los barrios extremos; es decir, a los que, no consiguiendo créditos de los laboratorios más boyantes, se ven obligados a tratar con el primero que les ofrece lo necesario para sus trabajos poco lucrativos.

Encontré otra cosa: la dirección particular de Teager en un recibo de gas: 1354 B Toberman Street.

Dejé la papelera como la había encontrado y me dirigí a la puerta que decía: «Laboratorios». Tenía cerradura nueva y la llave de paso no podía servirme. Apagué la lámpara y salí.

El ascensor bajaba de nuevo. Cuando acudió a mi llamada, volví a colocar la llave en su sitio. Pop sonrió.

—Se fue; debió de irse ayer noche. Debió de llevarse un buen lote de materiales. La oficina está casi limpia.

Grandy asintió.

—Se llevó dos cajas grandes. Primero no me di cuenta; pero tuvo que hacer más de un viaje. Me figuro que se le presentaría una ocasión y lo vendió todo.

—Pero ¿qué trabajos pudo vender?

—Por ejemplo, dentaduras postizas; ¡bah!, trabajos para pobres diablos como yo.

—¿Y dice que no puede ver? ¡Vaya con el viejo! Se las sabe todas.

—¡Bah!, cosas de usted.

—Ahora voy a casa de Teager y con prisa, no vaya a volar.

—Pues andando; de ese pájaro se puede esperar siempre cualquier sorpresa —dijo Pop Grandy, cuando yo ya había salido.

26

Toberman Street; una calle ancha y sucia en el barrio del Pico. El número 1354 B se encontraba en un edificio con fachada pintada de amarillo y blanco. El portal estaba muy pegado al 1352 B. Las puertas de los pisos se abrían sobre un ancho pasillo y estaban frente a frente. Nada más llegar pulsé el timbre a pesar de estar seguro de que nadie contestaría; pensaba que alguna buena comadre de la vecindad acudiría.

En efecto, no se hizo esperar. La puerta del 1354 A se abrió y una mujer de ojos vivos se quedó mirándome. Su abundante cabellera negra, recién lavada, aparecía más poblada que la cola de un caballo de circo.

—¿Busca a los señores Teager? —inquirió.

—Sí.

—Salieron anoche de vacaciones. Salieron tarde, muy cargados. Yo me ocupo de recogerles la correspondencia. No tenían mucho tiempo. Parece que fue una decisión repentina.

—Gracias. ¿Cómo era el coche que llevaron?

Las voces empalagosas de un serial radiofónico salían de su piso y, de pronto, asocié las expresiones amorosas al ruido de los platos en el fregadero.

—¿Es usted amigo de la familia?

La curiosidad que brillaba en sus ojos era también de serial barato. A la buena mujer le hubiera gustado sin duda vivir un folletín.

—Nada de eso. Si pregunto por el coche es por asunto de negocios.

Ella ni me oyó; tenía concentrada toda su atención en el serial.

—¡Oh, qué pena! —me dijo, sonriendo con tristeza—. Ya ve usted, a la pobre no la dejan salir con su novio; ella...

—¡A la porra!

Sin más, le volví la espalda y me dirigí al coche para regresar sin pérdida de tiempo a mi casa en Hollywood.

Encontré el apartamento apacible y acogedor. Me dirigí directamente al dormitorio, abrí las ventanas y me senté. Otro día tocaba a su fin; hasta el aire parecía cansado y, como siempre, la calle hirviente de vida enviaba sus mil ruidos monótonos. Me preparé un whisky y me dispuse a repasar el correo del día. Cuatro avisos; dos facturas; una postal en colores de un hotel en Santa Rosa, donde estuve cuatro días para cierto asunto, y finalmente, una larga, confusa y mal presentada carta que no acabé de comprender de un tipo llamado Peabody de Sausalito, cuya caligrafía denunciaba sin ningún género de dudas a un freudiano. En el sobre venía una foto; era un viejo con el pelo muy largo, tocado con un desdichado sombrero y un lazo de pajarita. Me limité a coger un sobre y escribir las señas que me daba, metiendo dentro un dólar con la inscripción: «Sin que sirva de precedente». Firmé y puse el correspondiente sello. Hecho todo lo cual bebí otro trago.

Llené la pipa y me dispuse a fumarla con tranquilidad. No esperaba a nadie y nadie me esperaba a mí. Nadie en aquel momento se preocuparía de que me pegara un tiro o de que me fuera a El Paso a matar el rato. Poco a poco el ruido del tráfico se fue amortiguando; el cielo comenzó a perder su luz; hacia el Oeste las nubecillas se tiñeron de arrebol y las primeras luces de neón comenzaron a brillar en lo alto de la ciudad; calle abajo, camino de los bulevares, enormes camiones cargados se iban alejando con todo el ruido de sus poderosos motores.

De pronto sonó el teléfono.

—¿Mister Marlowe? Aquí, mister Shaw, del Bristol.

—Sí, mister Shaw. ¿Cómo está usted?

—Muy bien, gracias, mister Marlowe. Lo mismo le deseo a usted. Mire, aquí hay una joven que desea subir a su apartamento. No sé qué la traerá.

—Ni yo tampoco, mister Shaw. No he citado a nadie. ¿Puede darme su nombre?

—Sí. No faltaba más. Davis; miss Merle Davis es, cómo se lo diría, parece un poco histérica.

—Sí, déjela pasar —repuse con presteza—; es la secretaria de una cliente. Algo relacionado con el trabajo, como si lo viera.

—Entendido. ¿La acompaño?

—No hace falta; pero no hay inconveniente.

Momentos después salí de la habitación y, reflejado en un espejo, ya vi su rostro extraordinariamente excitado.

27

Shaw la había acompañado. Era más bien alto, usaba gafas y de su cabeza calva destacaban un par de orejotas en abanico que hacían pensar si para dormir no tendría que quitárselas. Sus labios se dilataban con una sonrisa que daba a todo su rostro una amabilidad bastante empalagosa.

La muchacha se había sentado en mi sillón, al lado de la mesa.

No daba impresión de nada: simplemente estaba ahí, sentada.

—¡Ah, mister Marlowe, ya está usted aquí! —comenzó Shaw con sus característicos chillidos—. Verá: con miss Davis hemos tenido una interesante conversación. Yo le estaba diciendo que soy inglés de origen. Ella todavía no ha tenido tiempo de decirme dónde nació.

Mientras decía esto, ya estaba casi fuera.

—Muy amable, muy amable.

—¡Oh, mister Marlowe, no faltaba más! Ya me voy, ya me voy; mi cena, ¿sabe usted?

—¿Por qué se ha molestado? ¡Por Dios! Gracias, mister Shaw, muchas gracias.

Hizo unos cuantos gestos con la cabeza y por fin se largó; cerró al salir y todavía parecía que flotaba en el aire un poco de su sonrisa untuosa, medio conejil, medio felina.

—Muy buenas, señorita —dije.

—¡Hola!

Su voz era casi tranquila, casi seria. Vestía chaqueta y falda beige. El sombrero de paja, con una banda, le venía un poco ancho y era del mismo color que los zapatos y hacía juego también con los bordes de su bolso. Mantenía la cabeza más erguida que de costumbre y no llevaba puestas las gafas de concha. En conjunto, habría estado muy bien, a no ser por la expresión de su cara.

En primer lugar tenía los ojos extraviados. Parecía como si tuviese alrededor del iris una pequeña corona blanca y miraba con una fijeza un poco sospechosa. Si los movía, parecía que iban a estallar, tal era la rigidez con que lo hacía. Tenía cerrada la boca; en sus extremos, los labios formaban una línea imperceptible, pero el superior, en la mitad, colgaba sobre los dientes; los bordes de ambos labios salían poco a poco hacia delante para volver de golpe a su posición normal; entonces parecía que toda la parte inferior de su rostro estuviera sacudida por un espasmo, que recomenzara cada vez. Además, los músculos de su cuello, a pequeños golpes, hacían girar varios grados la cabeza, para volver, también de golpe, a su postura normal sobre el tronco.

La sola combinación de estos dos movimientos, contrastando con la rígida inmovilidad de su cuerpo, con sus manos posadas sobre la falda y la mirada fija, bastaban para destrozar nervios bastante más templados que los suyos.

Yo tenía el tabaco sobre la mesa; saqué la pipa y para ir a llenarla tuve que pasar entre la muchacha y la mesilla de ajedrez. Ella tenía el bolso a su lado, en un extremo de la mesilla, y se sobresaltó un poco al acercarme yo. Luego se quedó en la misma postura e intentó sonreír.

Llené la pipa y la encendí.

—Me he fijado en que no lleva usted las gafas.

Habló; su voz trataba de parecer tranquila:

—¡Oh, sólo las uso en casa y para leer! Las tengo en el bolso.

—Está usted en su casa, de manera que se las puede poner tranquilamente.

Cogí casualmente el bolso; ella no se movió. No prestaba atención a mis manos, porque tenía sus ojos clavados en mi cara. Me volví imperceptiblemente, pero lo suficiente para abrir el bolso y hacer resbalar el estuche sobre la mesilla.

—Ande, póngaselas.

—¡Oh, sí, me las pondré! Pero creo que antes tendré que quitarme el sombrero.

—Pues quíteselo.

Se lo quitó y lo iba a dejar sobre sus rodillas para coger las gafas, pero se hizo un lío y el sombrero rodó por el suelo. Aproveché el momento en que se inclinó a recogerlo para sacar fuera del bolso el Colt 25 que antes había visto, deslizándomelo en el bolsillo. Ella levantó de nuevo la cabeza y con las gafas me pareció más normal. En eso dije con voz tranquilizadora:

—Bien, aquí estamos; vamos a ver qué hay de nuevo. ¿Tiene usted apetito?

—Vengo de casa de mister Vannier —dijo con precipitación.

—¡Ah!

—Vive en Sherman Oaks. Al final de Escamillo Drive. Muy al final.

—Muy bien.

Me esforzaba por seguirle la corriente, pareciendo a la vez indiferente, pero me costaba conseguirlo. Un nervio de la mejilla comenzaba a vibrar; naturalmente, ella no podía darse cuenta de eso.

—Sí —su voz quería ser tranquila, pero todavía estaba contraída su boca y los labios le temblaban—; sí, es aquél un barrio muy tranquilo; mister Vannier lleva tres años viviendo allí. Antes estaba en las colinas de Hollywood, en Diamond Street. Ahora vivía con otro señor, pero, al decir de mister Vannier, no se llevaban muy bien.

—Eso me parece comprensible —repuse—. ¿Cuánto hace que le conoce?

—Va para ocho años. Le conocía muy bien. Poquito a poco le fui conociendo y trataba de hacerse simpático.

Cada vez me costaba más conservar mi indiferencia.

—Aunque jamás me lo fue; no me gustaba, porque...

—Pero ¿tenía alguna razón concreta?

Por primera vez apareció una expresión humanizada. Se la veía sorprendida.

—No, quizá no; en cierto modo, no había de qué. Pero siempre me lo encontraba en pijama.

—¡Hay que ver qué cosas!

—¿Verdad? —dijo muy seria—. Y mistress Murdock, siempre tan generosa, me hacía llevarle el dinero. ¡Si supiera cuánto le debo a mistress Murdock!

—Sí, sí, ya me habló de eso. ¿Cuánto le ha llevado hoy?

—Solamente quinientos dólares. Mistress Murdock tenía ganas de terminar. Decía que todo eso se lo podía ahorrar. Pero no era así; mister Vannier siempre andaba exigiendo, a pesar de decir que terminaría con su actitud.

—Había una manera, desde luego...

—Sí, sólo había una cosa que hacer; lo sabía hace años. Todo era por mi culpa, y mistress Murdock, que lo sabía, se portó maravillosamente; cuando, la verdad, si se hubiera portado mal, por más que hubiera hecho, jamás habría podido devolverme el mal que le hice.

Me llevé la mano a la mejilla para intentar calmar la vibración de mi nervio. No se dio cuenta de que yo aún no había contestado, y siguió:

—Hoy, cuando he llegado, él estaba, como de costumbre, en pijama, con un espejo al lado. Su mirada me pareció provocativa. Jamás se había permitido tal cosa conmigo. Recuerdo que había una llave en la puerta de la calle; alguien se la habría dejado. Era, era...

Su voz se ahogó en la misma garganta.

—Una llave en la puerta de la calle; así, usted pudo entrar.

—Sí —casi volvió a sonreírse—, sí; ¿qué iba a hacer? Entré. No recuerdo haber oído el estampido. Pero debió de ser muy fuerte.

—Sí, si usted lo dice.

—Sólo recuerdo que me acerqué mucho, tenía miedo de errar el tiro.

—Vaya; ¿y mister Vannier se lo dejó dar? ¿Qué hizo?

—¡Oh, nada, nada en absoluto! Al entrar yo me miró provocativamente. Bien, y eso es cuanto ocurrió. Ahora no quiero regresar a casa de mistress Murdock y ocasionarle todavía más preocupaciones. Y más por Leslie —se quedó un momento callada, como suspendida al pronunciar ese nombre—. Por eso vine aquí. Y como pensé que no estaría en el apartamento fui al conserje con ánimo de aguardarle allí. Ya le he relatado los hechos.

—Veamos, ¿qué objetos ha tocado en el piso de Vannier? ¿Puede recordarlo? Supongo que el tirador de la puerta; dentro, ¿qué más ha tocado?

Se quedó inmóvil como tratando de recordar.

—¡Oh, recuerdo una cosa! Una lámpara. Estaba caída y la puse en pie.

Asentí y le sonreí; Marlowe, que se había tragado la extravagante historia, ahora sonreía paternalmente...

—¿Y cuánto hace que ocurrió todo eso? ¿A qué hora, aproximadamente?

—¡Oh, justo el tiempo de llegar aquí! Llevo el coche de mistress Linda Murdock. El mismo por el que usted preguntaba ayer. Me olvidé de decirle que ella no se lo había llevado, o quizá se lo dije; ya no recuerdo.

—Fíjese bien. Tardó usted media hora en el camino. Pongamos que en todo invirtió una hora. Serían las cinco y media cuando dejó la casa de mister Vannier. Y allí dice que puso una lámpara en pie.

—Exactamente. Puse una lámpara en pie —dijo, como si le diera alegría recordar.

—¿Desearía beber algo?

—¡Oh, no! —sacudió con violencia la cabeza—; yo jamás bebo.

—¿Le molestaría si yo voy a prepararme algo?

—No; ¿por qué iba a molestarme?

Me puse en pie para poder estudiarla mejor. Todavía su labio superior estaba algo caído hacia abajo y su cabeza giraba impulsada por los músculos del cuello, pero ya con menos violencia. Al menos, el ritmo decrecía. Era difícil saber hasta dónde podía llegar con su historia. Creí que cuanto más hablara, mejor. Nadie sabe bien el tiempo que una persona necesita para reponerse de un shock.

—¿Dónde está su casa?

—¿Por qué?... Yo vivo con mistress Murdock, en Pasadena

—Quiero decir su verdadera casa; donde viven sus padres.

—Mi padre vive en Wichita; pero yo no quiero ir allí. A veces escribo, pero hace años que no les he visto.

—¿Qué es su padre?

—Es veterinario; veterinario de perros y gatos. Espero que no tendrá que enterarse de todo esto; no se han preocupado por mí. Mistress Murdock es quien lo hizo.

—Bueno, será mejor que no se enteren; en fin, voy a prepararme el whisky.

Tuve que dar la vuelta a la mesita para dirigirme a la cocina. Llené un señor vaso, haciendo mucho ruido. Lo dejé y me acerqué a la lámpara para contemplar el revólver, que ya había visto en el cajón de la mesa en su despacho. Me aseguré de que estaba echado el seguro y olí cuidadosamente la boca de fuego y luego di una vuelta al tambor para poder mirar dentro de la recámara. Había un cartucho, pero no era del calibre correspondiente; me pareció que era del treinta y dos; en cambio, los que había en el tambor eran del veinticinco. Total, que con aquel revólver no se había hecho fuego, ni siquiera era posible hacerlo. Me lo metí de nuevo en el bolsillo y fui a reunirme con la muchacha.

No había oído el más leve ruido, pero la encontré desmayada y caída hacia delante. Estaba más fría que una anguila. La sacudí un poco, quitándole las gafas, asegurándome de que no se hubiera lastimado la lengua al caer desvanecida. Metí un pañuelo en su boca para que no se la mordiera al volver en sí. Inmediatamente cogí el teléfono para llamar a mi amigo el doctor Carl Moss.

—Aquí, Philip Marlowe. ¿Está con trabajo?

—Más libre que el aire; iba a salir. ¿Qué pasa?

—Es en mi apartamento, el 408 del Bristol, por si no recuerda. Tengo una muchacha que acaba de sufrir un desmayo. No me preocupa el desmayo; es su cabeza, creo que no rige bien.

—Sobre todo, nada de licor. Estoy con usted en un vuelo.

Colgué y me arrodillé al lado de Merle, frotando sus mejillas; abrió los ojos: los labios comenzaron a separarse. Le saqué el pañuelo. Me miró.

—He estado en casa de mister Vannier, en Sherman Oaks. Yo...

—¿Se enfadará si la cojo y la llevo al sofá? ¿Me conoce?... Soy Marlowe, ese ogro viejo y feo que se pasa la vida haciendo preguntas impertinentes.

—¡Hola!

La levanté. Se quedó rígida, pero no dijo nada. La dejé en el sofá y le puse la chaqueta sobre las piernas y una almohada bajo la cabeza. Luego recogí su sombrero, que estaba como una pasa por haber quedado debajo de ella; traté de desarrugarlo y lo dejé sobre la mesa.

Ella callaba y observaba.

—¿Ya llamó a la policía?

—Todavía no. ¿No ve que estoy ocupado?

Me miró como sorprendida; no estoy muy seguro. pero creo que su mirada estaba llena de reproches.

Abrí su bolso y metí en él su revólver. Al mismo tiempo eché un vistazo y me di cuenta de que contenía lo usual. Un par de pañuelos, una barra de labios, una polvera de plata, calderilla, algunos billetes pequeños; una cartera. Pero no había tabaco, ni cerillas, ni entradas de teatro. Abrí la cartera y contenía su carné de conducir y unos quinientos dólares en billetes de cincuenta. Estaban medio envueltos en un papel escrito a máquina; era un recibo, fechado en el día.

Al parecer, Vannier ya no lo firmaría jamás; guardé dinero y recibo en el bolsillo. Cerré el bolso y miré hacia el sofá. Ella tenía la cara vuelta hacia el techo y los ojos clavados en él. Fui al dormitorio a buscar una manta, por si cogía frío.

Luego volví a la cocina y me preparé un whisky.

28

El doctor Moss era un judío alto y fornido, de ojos penetrantes, bigote a lo Hitler y calma de glaciar. Puso la cartera y el sombrero en una silla, se acercó, mirando a la muchacha tendida en el sofá con una de sus impenetrables miradas.

—Soy el doctor Moss; ¿cómo está usted?

—¿No es usted de la policía?

Se inclinó para tomar el pulso, observando a la vez la respiración.

—¿Cómo ha sido esto, señorita...?

—Davis; miss Merle Davis.

—... Davis.

—Nada me ha ocurrido a mí..., aunque yo... ignoro por qué estoy aquí tendida. Creo que es de la policía, así que debe saber usted que he matado a un hombre.

—¡Bah, eso es un impulso muy natural en mucha gente! —replicó Moss, sin el menor asomo de risa—. Yo mismo habría matado a muchos, a docenas.

La muchacha sacudió un poco la cabeza y se le quedó mirando.

—... si bien es cierto, hija mía, que no debió hacerlo. Ve usted: ahora está destrozada de los nervios y sufre y fantasea. Pero usted puede dominarse, ¿verdad, hija, que puede?

—¿Puedo dominarme yo?

—Claro, pero hace falta que usted quiera. Ande, esfuércese un poquillo. Bueno; es por usted misma. Al fin, yo casi no pinto nada en eso.

—Cierto; usted no.

Le dio unas palmaditas y luego se dirigió a la cocina. Yo le seguí. Se apoyó en el fregadero y mirándome fijamente dijo:

—Y bien, ¿cuál es la historia?

—Es secretaria de una cliente. Una tal mistress Murdock, de Pasadena. La señora esa es un mal bicho. Hace alrededor de ocho años, un hombre, marido de la señora, hizo la corte a la muchacha. Ignoro todos los detalles. Por aquella época, no sé si enseguida, él cayó, se tiró o fue tirado, por una ventana, y desde entonces la pobrecilla no puede soportar que un hombre la toque ni aun por casualidad.

—¡Hum!; ¿y ella cree que se mató por su culpa?

—Lo ignoro. La señora se casó otra vez y de nuevo ha enviudado. Merle siguió con ella. La vieja la trata como a un hijo tonto.

—Ya veo: un caso de regresión.

—¿Y eso qué es?

—Shock emocional que hace que el subconsciente intente retrotraerse a la infancia. Si mistress Murdock la regaña sin miramientos, pero sin pasar cierto límite, la tendencia se fortalece, y en la muchacha acaba por identificarse la más completa subordinación, con las ansias de protección propias de la niñez.

—¿Y todo eso adónde nos conduce?

El doctor Moss sonrió calmosamente.

—No se impaciente, Marlowe. Sin duda, la muchacha es neurótica. En parte lo es por inducción, y en parte por naturaleza. Encima, me parece que ella se complace no poco de la situación. Aunque, a fin de cuentas, todo eso carece de interés inmediato. ¿Qué hay del cuento del muerto?

—Se trata de un tal Vannier, que vive en Sherman Oaks. Ahí parece que hay una faceta oscura. El caso es que Merle tenía que darle dinero de tiempo en tiempo. El tipo le daba miedo. Conozco al pájaro. Un indeseable. Ha ido esta tarde y dice que lo ha asesinado.

—¿Por qué?

—Dice que no le gustó la manera con que la miraba.

—¿Cómo lo habría matado?

—Tenía un revólver en el bolso. No me ha explicado la razón, y yo la ignoro. Pero si lo ha matado, no ha sido con él. El revólver tenía un cartucho encasquillado en la recámara. No podía disparar. Además, hace tiempo que no funciona.

—Todo eso se me escapa. Yo no soy más que médico. ¿Qué quiere que yo haga con ella?

—Además —proseguí, ignorando la interrupción—, ella dijo que había una lámpara tirada, y eran las cinco de la tarde. Vannier llevaba el pijama y había una llave en la puerta de la calle, que no habría dejado él. Éste se habría limitado a mirarla de una manera desagradable.

El doctor Moss se llevó un cigarrillo a los labios y me interrumpió con un gesto:

—Si usted espera que yo le diga por qué ella lo ha matado, perdemos el tiempo. De su descripción deduzco que el hombre estaba ya muerto; es lo que cree usted, ¿no?

—Bueno; yo no estaba allí. Pero sí que me parece todo bastante claro.

—Bien, si ella piensa que lo ha matado, pero si no ha pasado de desearlo (cuidado si hay que matizar en esos casos), ello indica que en la muchacha la idea no era nueva. Dice que llevaba consigo un revólver. Quizá eso no significa otra cosa que la existencia en ella de un complejo de culpabilidad, con el consiguiente deseo de expiar algún crimen, ya real, ya imaginario. En fin, antes le preguntaba lo que desea que yo haga por ella, porque ni está enferma de cuidado ni está loca.

—No puede volver a Pasadena.

—¿Y no tiene parientes?

Moss me miraba con curiosidad.

—Los tiene en Wichita. Su padre es veterinario. Yo lo llamaré, pero esta noche tendrá que pasarla aquí.

—Todo eso escapa a mis funciones. ¿Tiene ella la suficiente confianza en usted para pasar la noche en su apartamento?

—Ha venido por su cuenta y no precisamente en visita de cumplido. Creo que querrá quedarse.

Se encogió de hombros y se atusó el bigote.

—Bueno; le daré unas inyecciones y se las pondrá antes de meterla en la cama. Y de paso, usted se quedará, dando paseos a causa de ella.

—Yo tengo que salir; quiero ir a Sherman Oaks. Y ella no puede quedarse sola. Y un hombre, por médico que fuera, no conseguiría llevarla a la cama. Así que le ruego que me envíe una enfermera. Yo dormiré en cualquier parte.

—Philip Marlowe —dijo jovialmente—, el caballero de la triste figura, desfacedor de entuertos y valedor de doncellas desamparadas... Perfectamente. Le enviaré inmediatamente a una enfermera.

Se fue al teléfono para llamarla. Después telefoneó a su esposa. Mientras lo hacía, Merle se sentó en el sofá, con las manos cruzadas sobre su falda.

—Ignoro por qué la lámpara estaba allí —dijo pensativamente—; en la casa no estaba oscuro, ni mucho menos.

—¿Cómo se llama su padre?

—Doctor Wilbur; Wilbur Davis. ¿Por qué?

—¿Quiere tomar usted algo?

Todavía en el teléfono, Moss dijo:

—Mañana volveré a ocuparme de eso; ahora se irá calmando.

Al terminar con el teléfono sacó de la cartera un par de cápsulas amarillas y un poco de algodón en rama. Cogió él mismo un vaso y mezcló una de ellas con agua.

—¡Hala!, de un solo trago.

—Pero si yo no estoy enferma —dijo ella, encarándosele.

—¡Hala!, niña, vamos, no hay mas remedio.

Ella cogió el vaso y se lo llevó a los labios dócilmente.

Moss se quedó aguardando a la enfermera para darle instrucciones, y yo cogí el sombrero y salí. Camino del ascensor recordé que no tenía las llaves del coche en su bolso. Atravesé el vestíbulo del Bristol, y ya en la calle no me fue difícil dar con el coche. Lo había dejado algo separado de la acera. Era el Mercury gris, descapotable. matrícula 2XIII. Recordé que era el de Linda.

Las llaves de contacto estaban puestas. Subí y lo puse en marcha. Era un coche pequeño y ligero. Arriba, por encima de Cahuenga Pass, todavía distinguí las alas extendidas de un pájaro que planeaba en lo alto

29

Ya en las últimas cuatro manzanas de Escamillo, las señales rojas me detuvieron en tres cruces diferentes; siempre inútilmente, porque por allí no pasaba alma viviente. La calle se hacía más bien angosta y a ambos lados los bloques no se componían de más de cinco casas, que por ambos lados dejaban ver las laderas de las colinas, donde a la sazón no crecía más que la salvia y la manzanita. El quinto y último bloque torcía a la izquierda e iba a morir en la misma base de la colina. Constaba nada más que de tres casas, una en cada lado y la última en medio, junto a las primeras rocas. Ésta era precisamente la casa de Vannier. Los faros del coche hicieron brillar la llave que todavía estaba en la cerradura.

La casa era reducida, un bungaló inglés de techo muy elevado, ventanas frontales laminadas de plomo, un garaje y al lado un remolque, en un espacio frente al garaje. La luna recién salida iluminaba todos los rincones. Un gran roble crecía justamente enfrente de la puerta. En la casa no se veía luz alguna. Vista la disposición de la misma, no era de extrañar que en el salón de estar se hiciera necesaria la iluminación artificial. El lado que daba al campo debía de ser bastante oscuro por la tarde. La situación era curiosa, pero externamente nada hacía sospechar que constituyera el sitio ideal para un chantajista. Ahora la muerte se había presentado allí sin contemplaciones, pero me chocaba que Vannier no hubiera sabido resistirla mejor.

Seguí en coche hasta el final y lo dejé retirado de manera que el primero que viniese no pudiera percibirlo.

Volví por la calzada, porque no había acera. La puerta exterior era de planchas de roble armadas de hierro.

El tirador tenía un pomo voluminoso y la llave salía mucho de la cerradura. Pulsé el timbre y se oyó sonar distintamente con la fuerza que tienen los ruidos nocturnos en las casas vacías. Di la vuelta al roble y con mi linterna de bolsillo iluminé la puerta del garaje. Dentro había un coche. Di la vuelta a la casa y me encontré un pequeño patio rodeado con una pared hecha con piedra muy tosca. Había tres robles y una mesa debajo con sillas alrededor. Continué mis pesquisas hasta cerciorarme de que no había nadie; también la puerta del remolque estaba cerrada.

Volví a la puerta de entrada, hice girar la llave y entré, llevando la llave conmigo. No esperaba ninguna revelación ni nada extraordinario de mis indagaciones; lo que fuera estaba ya consumado y no me quedaba más que comprobarlo con mis propios ojos. A tientas busqué el interruptor y cuando los tubos de las paredes comenzaron a iluminarse, me permitieron ir descubriendo las cosas, destacando en primer lugar una gran lámpara, de la que ya me había hablado Merle. Fui a encenderla y luego apagué las luces de la pared. La lámpara tenía tres intensidades de luz distintas.

El cuarto era espacioso, con una puerta que daba atrás y un arco a la derecha. Al lado había un pequeño comedor. Del arco pendían unas cortinas de brocado, ya descoloridas. El hogar estaba en el centro, en la pared izquierda. Sobre la repisa de la chimenea había varios libros. En dos de los lados había sofás y se veía un sillón dorado, otro de color de rosa, otro castaño y hasta uno de varios colores a la vez.

De pronto, unas piernas sobre un escabel, en un pijama amarillo, con los tobillos desnudos y los pies calzados en zapatillas morunas. Mis ojos fueron resbalando despacio, fascinados, hacia los pies, para volver luego para arriba. Una bata verde oscura, con un pañuelo blanco que salía del bolsillo y mostraba un anagrama. Luego, un cuello amarillento, la cara vuelta, mirando al espejo de la pared. Di un paso y miré al espejo. Los ojos fijos, brillantes, miraban provocativamente.

El brazo izquierdo y la mano, extendidos hasta la rodilla por el lado del sillón; el brazo derecho colgaba a su vez fuera por su lado y los extremos de los dedos llegaban hasta la alfombra, como si quisieran coger un Colt 32, no automático, sin apenas cañón. El lado derecho de la cara se apoyaba en el respaldo y aparecía en el hombro una gruesa y oscura mancha de sangre que había alcanzado también la manga derecha. Y hasta la alfombra, donde había formado un pequeño charco. No me era posible adivinar si su cabeza había encontrado naturalmente aquella posición y aquella expresión. Desde luego, a un espíritu sensible le hubiera chocado un muerto tan poco respetable. Con el pie empujé el taburete unos cuantos centímetros. Los tacones de las zapatillas tuvieron una especie de temblor; el cuerpo estaba tieso como una plancha. Me incliné un poco para tocar el tobillo; un trozo de hielo hubiera estado menos frío.

Sobre la mesa, a su derecha, había un vaso a medio beber; un cenicero lleno de cenizas y colillas, de las cuales tres mostraban huellas de pintura de labios. Me pareció Bright Chinese, el indicado para rubias.

Había otro cenicero en una silla. Tenía cenizas, pero ninguna colilla. Un perfume penetrante llenaba todavía el aire de la habitación, pero ya se iba imponiendo el olor característico de la muerte y la destrucción; pasaría muy poco tiempo y la muerte reinaba ya como señora absoluta.

Eché un vistazo al resto de la casa, encendiendo y apagando luces a medida que pasaba. Dos dormitorios, un bonito cuarto de baño con las paredes color canela y una franja de azulejos morados y un armario con un espejo de puerta. La cocina, bastante pequeña, con varias botellas en el fregadero y muchos vasos sucios. Las huellas dactilares serían muy fáciles de encontrar; serían una buena pista, o quizá una pista falsa.

Volví de nuevo al cuarto de estar y me quedé cerca de la puerta para poder respirar mejor. Imaginaba lo que ocurriría cuando diera cuenta del hallazgo; desde luego, sólo podía traerme malas consecuencias. Hiciera lo que hiciera, no podría negar que también había encontrado el cadáver de Morningstar; de manera que eran tres asesinatos; es decir, el bueno de Marlowe estaría metido hasta el codo en tres asuntos feos. Y lo peor era que, en cuanto me decidiera a hablar, quedaría imposibilitado para seguir adelante con mis investigaciones. El doctor Moss protegería a Merle en nombre de la sacrosanta medicina; se las arreglaría para librarla de los fantasmas. Pero a Marlowe, sus propios descubrimientos le habían llevado a un callejón sin salida.

Me acerqué de nuevo al cadáver; tuve que contener el aliento para poder asirlo por los pelos sin que mi pulso temblara. Conseguí separar la cabeza de la silla para ver que la bala había entrado por la sien. Podía admitirse un suicidio. Cierto que la gente de la calaña de Louis Vannier no se suicida. Un chantajista tiene sentido de su poder y ama siempre su papel.

Solté los pelos, dejando caer la cabeza y me incliné para restregar mi mano en la alfombra. Iba a incorporarme cuando reparé que bajo el codo de Vannier había una ampliación fotográfica. Di la vuelta y fui a cogerla, valiéndome de un pañuelo. El cristal se había roto por la mitad al caer de la pared donde había estado colgado. Todavía encontré el clavito que la había sostenido. Me imaginé fácilmente lo ocurrido. Alguien, estando muy cerca de Vannier, alguien conocido del que no tenía miedo, habría sacado de repente un revólver, haciendo fuego y alcanzándole en la sien. Entonces, a la vista de la sangre y por efecto del retroceso del arma, habría pegado un salto atrás, y al chocar contra la pared hubo de producirse la caída de la fotografía. La observé despacio. Era una foto sin interés artístico alguno. Se veía a un tipo recién salido de la cama que, asomado a una ventana, hablaba con uno que no se veía, pero que debía estar abajo; en conclusión, una copia en color de una escena vulgar.

Miré con más detenimiento las paredes de la estancia. Había más ampliaciones. Un par de ellas, de colores muy bonitos; otra, que parecía antigua, era de un hombre en el momento de ir a saltar por una ventana; un par de grabados retocados. En total, media docena. Admitiendo que Vannier fuera un aficionado, la colección no podía ser más mediocre.

Todavía algo afectado por las últimas impresiones, mi imaginación andaba dispersa de una fotografía a otra. Pero... una ventana alta; un hombre tirándose. Sí; hacía ocho años. Miré a Vannier; Vannier ya no podría orientarme.

De pronto, una sacudida y la idea se precisó en mi cerebro. Ya no cabía duda: una ventana, un hombre cayendo, un hombre en el vacío, un hombre hacia la muerte. Ese hombre fue Horace Bright ocho años antes.

—Demonios, Vannier —murmuré entre dientes—; así que tenías buenos triunfos en las manos...

Cogí la ampliación y la volví. Detrás tenía escritas fechas y cantidades. Las fechas se remontaban, efectivamente, a ocho años. Las cuentas eran algunas veces de quinientos dólares; otras, de setecientos cincuenta; otras, de mil. El total arrojaba once mil cien dólares; cierto que ya no había recibido los últimos quinientos. Murió poco antes, muy poco. Ciertamente, esa cantidad a lo largo de ocho años no era mucho para un hombre acostumbrado a jugar fuerte.

Cifras y fechas habían sido marcadas con una aguja de gramófono. Entre el cartón posterior y la ampliación propiamente dicha había algo. Lo separé y me saltó a las manos un sobrecillo; contenía dos copias pequeñas de la ampliación y un negativo. Una observación más detenida me permitió ver que el hombre, al tirarse, abría la boca para gritar. Sus manos parecían apoyarse en la ventana, como queriendo dar impulso. Se veía también una mujer de cara, medio oculta por el hombre. Era un hombre delgado, de pelo negro. Su cara no se distinguía bien, y la de la mujer tampoco. Volví a colgar la ampliación y todavía seguí estudiándola. Por más que miraba, había algo que no conseguía comprender. No sabía qué era; pero notaba que algún detalle no se correspondía a la idea del conjunto. Al fin pude ver claro. Se trataba de un pequeño detalle, pero era un detalle vital. La posición de las manos del hombre, que parecían apoyarse en la ventana, inducía a error. No se apoyaban en nada. Quedaban en el aire. El hombre no se tiraba, era tirado. Se trataba, evidentemente, de una defenestración.

Metí las dos copias en el sobre y las guardé; doblé el cartón con las anotaciones y lo guardé también. Cuidé de dejar bien armada la ampliación y a la vez borré cuidadosamente todas las posibles huellas.

En estas operaciones invertí algún tiempo. Fuera se detuvo un coche. Oí ruido de pasos dentro de la casa. Apagué la lámpara rápidamente y fui a esconderme detrás de las cortinas del arco del salón.

30

La puerta de la calle se abrió, y cerró de nuevo. En el silencio se oía la respiración agitada de un hombre; de pronto llegó hasta mí una imprecación, y medio ahogado, pero destacándose, el suspiro de una mujer, de una mujer que suspiraba con desesperación incontenible.

Luego llegó hasta mí una voz, que la cólera hacía vibrar nerviosamente:

—Menos aspavientos y al asunto.

—Dios mío, pero ¡si es Louis! Louis, que está muerto.

—¡Hum! Puede que me equivoque, pero ya apesta.

—¡Dios mío, está muerto, Alex! ¡Alex, por Dios, haz algo!

—¿Que *haga* algo? —era la voz fuerte y tensa de Alex Morny—. ¿Qué más puedo hacer? Ahora te lo haré ver. Lo verás tal como está: con su sangre, muerto, bien muerto y frío, en el preciso momento que comienza a apestar. Ya no se puede hacer mas. Ocho meses casados y pegándomela con esa carroña. ¡Qué vergüenza! ¿Qué pensaría yo casándome con una zorra así?

Al decir estas palabras casi gritaba.

La mujer no dijo nada; sólo sus suspiros se hicieron más angustiosos aún.

—... adelante —la voz de Morny tenía un deje de amargura—. ¿Por qué piensas que te traigo aquí? No, no engañas ya a nadie. Aguardaste semanas. Pero, por fin, viniste aquí anoche. Lo sé, porque he estado antes. Me parece ver lo que ocurrió. Ahí está la pintura de tus labios en las colillas, en los vasos que bebiste.

Sí, ¿ves?, lo imagino todo. Estabas sentada en el brazo de su sillón, acariciando su pelo grasiento, y luego, zas, el fin, cuando todavía sus labios susurrarían simplezas. Pero ¿por qué lo hiciste? ¡Eso es lo que no me explico!

—¡Oh Alex, querido, no digas cosas horribles!...

—Tienes razón. Lilian Gish, alias Lois Magic. Pasemos por encima de lo de la agonía, que debió de ser espantosa; me conozco en esas cosas. Pero ¿a qué demonios piensas que hemos venido? Esta vez se ha terminado, allá te las entiendas. No he de mover ni un dedo. No, nunca más. Se hablará de Lois Magic, la rubia, la peligrosa vampiresa, y me dará lo mismo. Pero mucho cuidado; están mis negocios, está mi reputación, y eso sí me importa. Vamos a ver, ¿borraste las huellas del revólver?

Silencio. Unos sollozos. La mujer estaba herida, terriblemente herida. Lastimada en lo más entrañable, pero todavía se dominaba.

—Escucha, angelito —chilló Morny—: No me hagas escenas. También en eso me conozco y no es fácil impresionarme. Pasemos, ¿eh? Vas a decirme cómo ocurrió antes que te lo saque arrastrándote por los pelos. Vamos, di..., ¿borraste las huellas?

De repente, ella soltó una carcajada. Su risa era falsa, pero sonaba bien. Luego, sin transición, se extinguieron sus risas.

—Sí.

—¿Y me dirás en qué vaso bebiste?

—Sí.

Ahora se mantenía tranquila y fría.

—Entonces, ¿es cierto que tus huellas quedaron en el revólver?

—Sí.

Hubo otro silencio.

—Probablemente será una tontería querer dejar las huellas de un muerto en su propio revólver; será difícil, pero se puede intentar. Di, ¿tienes algo para borrar las tuyas?

—No, nada... ¡Oh Alex, por favor! ¿Cómo puedes ser tan brutal?

—Calla, no empieces. Quiero ver cómo ocurrió, cómo estabas tú, cómo cogiste el arma.

Ella no se movió.

—Pasemos por alto lo de las huellas, si quieres. Dejaré otras mejores.

Ella se movió un poco y pude verla a través de las cortinas. Vestía pantalones de tela de gabardina; blusa gris con adornos y cubría la cabeza con un pañuelo rojo. Su cara estaba bañada en lágrimas.

—Vamos, vamos —chilló Morny—, quiero ver la escena.

Llegó hasta la silla y volvió con el revólver apretando los dientes; lo levantó poco a poco y apuntó hacia la puerta, sobre Morny. Éste no se movió y se hizo un profundo silencio. Las manos de la rubia comenzaron a temblar y el arma se movía arriba y abajo; por fin, lo bajó.

—No puedo —suspiró—. Debía disparar y matarte; pero no puedo.

La mano se abrió y el revólver cayó al suelo.

Morny avanzó unos pasos, la apartó y con el pie arrastró el revólver.

—No puede —dijo—, no puede. Ahora, mira.

Sacó un pañuelo y lo cogió cuidadosamente. Hizo girar el tambor y de su bolsillo sacó un cargador y poco a poco fue pasando las balas a los cilindros. Metió cuatro. Cerró de nuevo y luego lo dejó en el suelo, cuidando mucho de no dejar ninguna huella propia.

—No podía disparar contra mí —gritó—. Claro, en el revólver no había más que un cartucho vacío. Ahora está de nuevo a punto, está cargado, pero falta la bala del disparo. Y, por fin, tus huellas dactilares habrán quedado muy bien marcadas.

La rubia no se movía y mantenía los ojos clavados en su cara.

—Me había olvidado de decírtelo —dijo él con suavidad—. Antes había limpiado el revólver. Ahora he cambiado mis planes; quiero estar muy *seguro* de que tus huellas están en él bien marcadas. Antes sólo temía que estuvieran: ahora prefiero estar seguro. ¿Coges la idea?

—¿Vas a denunciarme?

Ahora yo podía ver a Morny de espaldas; vestía un traje oscuro. Llevaba el sombrero ladeado. No pude ver su rostro; pero casi pude adivinar su mirada cuando dijo:

—Sí, ángel mío, voy a denunciarte.

—Muy bien.

Ella le miraba arrogante, con esa dignidad grave, un poco enfática, que es característica de las coristas.

—Sí, voy a denunciarte, ángel mío —repitió despacio, midiendo las palabras, como si le proporcionaran un gran placer—. Algunos lo sentirán por mí; muchos se reirán. Sin embargo, sabré velar por mis negocios. Además, eso me dará cierta notoriedad, y siempre es bueno, venga como venga.

—¿Así que voy a servirte de anuncio publicitario? Claro que si lo piensas un poquito también corres peligro de pasar por sospechoso.

—Aun así; aun así.

—¿Has pensado una cosa? ¿Cuál podría ser el móvil?

Hizo la pregunta con calma, mirándole desde arriba, con gravedad y como si la cosa no fuera con ella.

—¡Ah! No lo sé ni me importa. El hecho es que tenías algo con él. Eddie te siguió un rato por la ciudad y te vio en las cercanías de Bunker Hill con un tipo rubio vestido de gris. Le diste algo. Eddie te dejó para seguirle a él hasta un apartamento cerca de allí. Quiso pegársele un poco más, pero tuvo la impresión de que el otro le había visto, y entonces Eddie lo dejó. No sé qué debió pasar. El caso es que el tipo, un tal Phillips, fue asesinado en su propio apartamento. A todo eso, ¿qué dices, amor mío?

—Digo que no anduve por donde dices, ni conocí jamás a ningún Phillips, ni maté a nadie, y que todo cuanto dices son fábulas.

—Pero tú mataste a Vannier, querida —repuso Morny cariñosamente.

—¡Oh!, sí —dijo, recalcando cada sílaba—, naturalmente. Olvidaba que estábamos buscando el móvil
que me indujo a ello. ¿No se te ha ocurrido todavía?

—Eso se puede encontrar pronto. Una riña repentina
entre amantes, por ejemplo. O lo que mejor cuadre; ya
dije que me daba lo mismo.

—Espera... Cuando Vannier se emborrachaba se te
parecía un poco. Ya ves, ése podría haber sido el motivo.

Morny profirió un sonido inarticulado.

—Desde luego, el parecido no era grande. Había mu-
chísima diferencia: era joven, no tenía tripa, pero, eso sí,
algunas veces asomaba en él esa fatuidad, esa estúpida
sonrisa de satisfacción que no te abandona nunca, que
te define...

—¡Ah! —exclamó Morny, y se le notaba dolorido.

—Ya tenemos el móvil. ¿Contento?

Pronunció esas palabras con extraordinaria suavidad.
Morny avanzó y tomando impulso la golpeó en pleno
rostro, derribándola. Ella, todavía medio tumbada, se
llevó la mano a la mejilla, mientras clavaba sus azules
ojos en él:

—No debías hacer eso; ahora podré mostrarlo...

—Hazlo si te place. Perfectamente. No tienes más remedio y te será fácil. Ya ves, hasta podrás hacerte la interesante. Pero poco importa, ángel mío. Siempre que-
darán tus huellas marcadas en el revólver.

Poco a poco se fue incorporando sin quitarse la mano
de la mejilla.

—Sabía que estaba muerto —dijo sonriendo—. La llave, que debiste encontrar en la puerta, era la mía. Ahora casi deseo bajar a la ciudad y gritar que lo he matado.
Todo ha terminado para mí. Pero no levantes más tu
mano contra mí... Recuerda que dependes de mis declaraciones a la policía. Y te diré de paso que prefiero estar con ellos que contigo.

Morny se volvió y pude ver su mirada brillante y su
cicatriz temblándole en la mejilla. Atravesó la habitación. La puerta de la calle se abrió de nuevo. La rubia se

quedó un instante y miró hacia el cadáver; pareció estremecerse y salió de mi campo visual.

La puerta se cerró. Los pasos resonaron fuera.

Las portezuelas del coche se abrieron para cerrarse enseguida, perdiéndose el ruido del motor calle abajo.

31

Pasó un buen rato antes de que me decidiera a dejar el escondite. Mi primer cuidado fue borrar las huellas dejadas a la fuerza por la mujer de Morny en el revólver. Luego recogí del cenicero las colillas manchadas de carmín y fui a echarlas al lavabo. Quise también quitar las huellas dejadas en el vaso que había utilizado el que estuvo con Vannier; pero me di cuenta de que no había tal vaso. De todas formas limpié el que había en la mesa y estaba medio lleno.

Entonces comenzó la parte desagradable. Me arrodillé sobre la alfombra, al lado del cadáver. Las huellas dactilares que podría dejar la mano rígida de Vannier en su propio revólver no serían muy convincentes; pero momentáneamente podrían sustituir las de Lois Magic. La culata estaba recubierta de una capa de goma que formaba cuadros, y en el lado izquierdo faltaba uno, justo en el sitio que corresponde al pulgar en la acción de empuñar el arma. Cuidé que el dedo quedara bien marcado, precisamente allí. Luego marqué el índice sobre el gatillo; dos dedos más en el seguro; cuando ya me pareció suficiente dejé la mano en posición normal y el revólver a su lado.

Me levanté para echar otra ojeada por la habitación.

Dejé la lámpara iluminando con su luz más suave, no sé por qué; quizá para que no diera con tanta intensidad en el rostro amarillento del cadáver. Me dirigí a la puerta, y al salir volví a dejar la llave en la cerradura. Cerré, cuidando siempre de borrar toda posible huella, y sin prisas fui recorriendo el camino que me separaba del coche.

Regresé a Hollywood y decidí dejar el Mercury al lado de la acera, fuera del espacio normal de aparcamiento del Bristol.

Una voz conocida me llamó; me llamó por mi nombre, y al volverme me encontré con Eddie Prue, pálido y demacrado como siempre, en pie al lado de un pequeño Packard y apoyado en las ruedas. Estaba solo.

Yo me apeé y me quedé mirándole.

—¿Dónde habrá estado fisgoneando este farsante? —barbotó.

Me acerqué a él y le eché una bocanada de humo en todo el rostro.

—¿Quién perdió la factura de los laboratorios dentales que me dieron ayer? ¿Fue Vannier o fue cualquier otro?

—Vannier.

—Si fue para lo que supongo, ¿qué sabe de Teager?

—No tengo por qué preocuparme de viejos inútiles.

—¿Por qué la perdió y por qué no se la devolvieron? Para terminar, imagine que soy tonto y trate de explicarme por qué demonio me dieron un papel que parece tan insignificante, pero que consigue poner fuera de sus casillas a un pájaro como Alex Morny y le obliga a contratar a un detective cuando tiene un montón de esbirros.

—Morny sabrá por qué lo hace —repuso fríamente.

—¡Bah! Para mí la frase «ignorante como un actor» se escribió expresamente pensando en él.

—No malgaste sus ironías. ¿No sabe para qué se usan aquellos productos?

—Sí, hombre. Ya lo he descubierto. El albastone se emplea para fabricar moldes para dientes y paladares. Es muy duro y muy fino y a la vez retiene los menores detalles. Luego, la crystobolite se usa para preparar los modelos de cera. Diga si no entendió algo.

—Adivino que sabrá que también se trabaja el oro con esos productos. ¿A que también lo sabe?

—Sí, hombre. He dedicado más de dos horas a estudiar todo eso. Casi soy un experto; pero de bien poco me sirve.

Siguió un corto silencio. Prue preguntó:

—¿Lee el periódico?

—¿Por qué?

—Porque me parece extraño que todavía ignore la muerte de un tal Morningstar en el Belfont Building, en Ninth Street, justo dos pisos más arriba de la oficina de H. R. Teager. ¿En serio lo ignoraba?

No le contesté; le miré un momento; de pronto entró en el coche, lo puso en marcha y arrancó.

—Es difícil encontrar a un fulano más cerrado que usted —dijo sonriendo con suavidad—. Mire que es difícil. Buenas noches.

El coche siguió hacia delante para tomar la dirección de Franklin. Mientras se alejaba, de pie en la acera se iniciaba en mis labios una amplia sonrisa que él no podía ya ver.

Subí a mi apartamento, abrí la puerta para entrar; pero antes llamé suavemente y aguardé. Se oyeron movimientos en la habitación, y una señorita, de sana complexión, vino a abrir. Llevaba una banda negra en el gorro blanco de su uniforme de enfermera.

—Soy Marlowe; vivo aquí.

—Pase, mister Marlowe; el doctor Moss me lo advirtió.

Cerró la puerta con cuidado, y yo pregunté en voz baja:

—¿Cómo sigue la muchacha?

—Duerme. Estaba amodorrada cuando llegué. Me llamo Lymington, miss Lymington, y poco puedo decirle de ella, salvo que su temperatura es normal, aunque su pulso sigue algo alterado, con tendencia a normalizarse. Un trastorno mental, me figuro.

—Encontró a un hombre asesinado —expliqué— y esto le afectó mucho. Ahora, si tan bien duerme, podría yo entrar a recoger unas cosillas para irme a un hotel.

—Sí, naturalmente; no haga ruido. Seguramente no se despertará. Y aunque lo haga no ocurrirá nada.

Llegué hasta la mesa y dejé encima algún dinero.

—Para café, huevos, fruta, licores; para lo que sea. Si ocurre algo, ya sabe: ahí está el teléfono.

—¡Oh, por los víveres no se preocupe! Ya hice mis investigaciones en su despensa; tenemos cuanto necesitamos para mañana. ¿Se quedará aquí?

—Eso es cosa del doctor Moss. Me figuro que irá a casa tan pronto como pueda. Es cierto que vive lejos, es de Wichita.

—Yo no soy más que enfermera; pero pienso que después de una noche de dormir bien se podrá ir sin dificultades.

—Una buena noche y un cambio de aires —repuse; pero eso se le escapó a miss Lymington.

Atravesé la estancia y entré en el cuarto. Le habían puesto uno de mis pijamas. Estaba echada sobre la espalda y tenía descubierto un brazo, con la manga doblada porque le sobraba más de un palmo. Tenía cerrada la mano y todavía parecía más pequeñita. Su cara parecía sacada de un lienzo: era blanca y apacible. Entré en el lavabo y en una bolsita fui metiendo el jabón, el dentífrico, lo más necesario. Al salir me fijé de nuevo en Merle. Ahora tenía abiertos los ojos y miraba al techo. De pronto se volvió hacia mí y una sonrisa de simpatía iluminó su rostro.

—¡Hola!

Era una vocecilla débil, una voz mimosa de chiquillo que se sabe cuidado, con enfermera y todo lo demás.

—¡Hola!

Me acerqué y me quedé mirándola lo más afectuoso que supe.

—Estoy muy bien; estoy deliciosamente. ¿No lo cree?

—Seguro.

—¿Estoy en su propia cama?

—¿Qué más da? No la va a morder.

—¡Oh!, no tengo nada de miedo —me tendió la mano y se quedó aguardando a que se la cogiera; se la cogí.

—Con usted no tengo nada de miedo. Ninguna mujer tendría miedo de usted. ¿Lo sabía?

—Viniendo eso de usted, lo tomaré como un cumplido.

202

Sus ojos también se iluminaron; pero de repente se volvieron a oscurecer.

—Antes le mentía; yo..., yo... no maté a mister Vannier.

—Lo sabía. Vengo de allí. No piense más en eso. Olvídelo.

—La gente siempre está diciendo que hay que olvidar las cosas desagradables. Pero una no lo puede conseguir tan fácilmente. ¡Es tan infantil y tan tonto repetir siempre esas cosas!

—¡Ah!, muy bien —repliqué—. Entonces seré un tonto. ¿Qué pasaría si intentara dormir un poquillo más, eh?

Volvió la cabeza para conseguir ver mis ojos. Me tiró de la mano hasta hacerme sentar en la cama.

—¿Vendrá la policía?

—No. Y trate de no ser desobediente.

—Debe usted pensar que soy tonta.

—¡Ah!, quizá...

Un par de lágrimas se formaron en sus ojos y poco a poco se deslizaron por sus mejillas.

—¿Sabe mistress Murdock dónde estoy?

—Todavía no. Ahora iré a verla.

—¿Se lo contará todo, todo?

—Sí, mujer. ¿Por qué no?

Volvió la cabeza.

—Ella comprenderá. Ella sabe la cosa horrible que hice hace ocho años. Aquello fue espantoso.

—Sí, y por eso ella enviaba dinero a Vannier todo el tiempo.

—¡Ay, señor! —sacó la otra mano y retiró la que yo le cogía para estrujárselas—. ¡Cómo habría deseado que usted, querido mister Marlowe, no lo hubiera sabido! Nadie más que mistress Murdock. Ni mis padres, nadie.

En esto la enfermera entró y me miró con severidad.

—Creo que la muchacha no debería hablar así, mister Marlowe. Espero que se vaya usted enseguida.

—Mire, miss Lymington, hace casi dos días que conozco a esta jovencita. Usted la conoce de un par de horas. Esto le hace bien, puede creerlo.

—Eso puede provocarle otra crisis —dijo con más severidad todavía.

—Bueno, y si le ha de ocurrir, ¿no es mejor que sea ahora que está usted? Vaya a la cocina y agénciese algo de beber.

—Jamás bebo cuando estoy de servicio —dijo fríamente—; en ocasiones he llegado a encontrarme con quien me olió el aliento, por si acaso.

—Ahora trabaja usted para mí. Todos mis empleados beben de cuando en cuando. Además, si se prepara una buena cena y se bebe un par de *chasers,* nadie pensará en olerle el aliento.

Me sonrió complacida y salió de la habitación. Merle, que había escuchado todo eso, pensaría que era demasiada vulgaridad en el momento preciso de iniciar su drama. Se la veía un poco malhumorada.

—Deseo explicárselo todo —exclamó en un suspiro—. Yo...

Le cogí ambas manos, que cabían perfectamente en la mía, y dije:

—Déjelo. El viejo Marlowe lo sabe. Marlowe sabe muchas cosas... Salvo de llevar una vida decente, puede decirse que sabe de todo. En fin, no nos compliquemos. Ahora usted volverá a dormirse y mañana ya veremos. Lo más seguro es que la niña vaya a visitar a sus papás. A expensas de mistress Murdock, se entiende.

—¿Por qué? Eso estaría muy bien de su parte. En realidad, siempre se ha portado maravillosamente conmigo.

—Bueno, bueno; sí, es una mujer maravillosa. Ahora mismo voy a tener con ella una encantadora conversación. Y si usted duerme como una muchacha obediente, mañana le dejaré confesar muchos asesinatos.

—Es usted odioso. Y ya no le quiero.

Volvió la cabeza y escondió los brazos bajo las sábanas y cerró los ojos. Me fui hacia la puerta. Ya con la mano en el tirador, me volví de repente. Tenía un ojo abierto y me observaba. Le hice un guiño y cerré de golpe. Me detuve, hablando un momento con miss

Lymington, y con mi bolsa con las cosas de aseo volví a la calle.

Me dirigí hacia Santa Mónica. La tienda de empeños estaba todavía abierta. El viejo judío, con su casquete en la cabeza, pareció sorprenderse de verme por allí para rescatar la moneda. Le recordé que era de Hollywood y pareció comprender.

Cogió el paquetito y lo abrió y, contra la entrega del recibo, se dispuso a entregarme la moneda. La hizo saltar en su palma varias veces.

—Le confieso que siento tener que devolvérsela. El trabajo, ¿entiende?, el trabajo es admirable.

—Y sobre todo que el oro vale más de veinte dólares, ¿no?

El viejo sonrió y yo me despedí.

32

La luz de la luna cubría al césped de un velo tenue de luz y el gran cedro ponía el contraste de su sombra, de oscuro terciopelo. Había dos ventanas iluminadas en la planta baja y una arriba. Atravesé el sendero limitado por piedras e hice sonar el timbre. Esta vez no miré hacia el negrito; esta noche no le daría palmaditas en la cabeza, porque mi humor era cada vez peor.

Una mujer con el pelo blanco, colorada, que antes no había visto, vino a abrirme.

—Soy Philip Marlowe. Deseo ver a mistress Murdock. Mistress Elizabeth Murdock.

—Creo que se ha ido a la cama; no sé si querrá recibirle.

—No son más de las nueve.

—La señora se retira temprano.

Fue a cerrar la puerta. Era una vieja simpática y no quise ser demasiado brusco. Me limité a dar un paso, justo para impedir que cerrara del todo.

—Se trata de miss Davis. Es importante, puede decírselo así.

—En fin, veremos.

Un pajarillo cantó en las inmediaciones; en la calle, un coche a toda velocidad patinó ruidosamente al tomar la esquina. La carcajada de una chica llegó de la oscuridad, y más que risa parecía un chillido, como si el coche la hubiera cogido.

La puerta volvió a abrirse y la mujer me invitó a pasar.

La seguí a través del recibidor. No había más luz que la de una bujía en una esquina. El aire enrarecido necesitaba una urgente renovación. Atravesamos otra estancia y comenzamos a subir unas escaleras de barandilla curvada, hasta llegar a una habitación cuya puerta se abría hacia dentro.

Invitado a pasar, la puerta se cerró a mi espalda. Era un salón grande, con abundantes colgaduras, de paredes empapeladas en azul y blanco, un gran sofá, una alfombra azul y grandes balcones abiertos, uno de los cuales tenía un toldo inclinado hacia fuera.

Mistress Murdock estaba sentada en un sillón encojinado, con un pequeño escritorio enfrente de ella. Llevaba puesta una bata, y su pelo estaba más revuelto que de costumbre. Hacía un solitario. Tenía la baraja en su izquierda y cogía las cartas, una a una, mientras me miraba.

—¿Y bien?

Llegué hasta la mesilla y miré el juego que tenía.

—Merle está en mi apartamento. Ha sufrido una conmoción nerviosa.

—¿Podría especificar un poco más? —dijo sin mirarme siquiera.

—Parece que lo llaman alucinación o algo así. ¿Siempre se hace usted trampas cuando juega un solitario?

—No es divertido si no se hacen —dijo con aspereza—. Además, como ve usted, hago muy pocas. Pero ¿qué hay sobre Merle? Jamás había estado fuera a estas horas. Ya comenzaba a inquietarme.

Acerqué una silla a la mesita para sentarme; estaba incómodo, porque era demasiado baja, y cogí otra; luego me senté tranquilamente.

—No debe inquietarse. Llamé a un médico y ahora tiene una enfermera y, además, duerme. Ha sido consecuencia de la visita a Vannier.

Dejó el juego, apoyando sus gruesas manos en el borde de la mesita. Quedó a la expectativa.

—Mister Marlowe, ambos tenemos cosas más interesantes que hacer que estar aquí contemplándonos. En primer lugar, yo me equivoqué al llamarle. Me desagradaba que me la pegara esa especie de animalito resabiado que es mi nuera Linda. Pero ¡cuánto mejor hubiera sido no prestarle ninguna atención! Desde luego, la pérdida del Doubloon hubiera sido mucho más llevadera que el tener que aguantarle a usted. Aun la pérdida definitiva, ya ve usted.

—No está mal; pero la moneda ha vuelto.

—Sí, ya ha vuelto; ya sabe cómo. Ya lo vio usted.

—Yo no lo hubiera creído.

—Ni yo tampoco. El idiota de mi hijo quiso cargar con el mochuelo para librar a Linda; una actitud de *niño bien*.

—Mirándolo mejor, usted no tiene por qué asombrarse; al parecer, se rodea de gente que adopta esas actitudes.

Cogió de nuevo las cartas y jugó un nueve y una sota que fue a buscar entre las cartas ya jugadas. Luego buscó el vaso con el oporto, que, naturalmente, no era difícil de encontrar. Se echó un buen trago y, al terminar, me lanzó una mirada dura.

—No sé por qué me da la impresión de que ya empieza a ponerse impertinente, mister Marlowe.

—Eso, no. Simplemente hablo con franqueza. Además, no le he traído tanto trastorno, mistress Murdock. El Doubloon le ha sido devuelto. He podido esquivar a la policía. Yo no puedo intervenir en lo del divorcio, pero encontré a Linda donde su hijo supo siempre que estaba; además, en mi opinión, no va a tener problemas con ella. Ya se ha dado cuenta de que cometió un error casándose con Leslie. Sin embargo, ese divorcio le costará algo...

En su garganta se produjo un ruido extraño; pero no dijo nada y, a pesar de no ligar jugada, siguió echando cartas.

—Ese as de bastos parece maldito; aún no ha salido ni una vez a su tiempo.

—Seguro que se le escapa cuando usted no mira.

—Será porque usted lo dice. Vamos, siga con lo de Merle. Y no vaya a ponerse demasiado ancho, en caso de que haya descubierto algún secretillo familiar, ¿estamos?

—Ya no hay secreto capaz de hacerme nada. ¿Envió a Merle con quinientos dólares?

—Bien, ¿y qué?

—¿Cuándo los había pedido Vannier?

—Ayer, pero no los pude sacar del banco. ¿Por qué lo pregunta?

—Vannier llevaba ocho años con el mismo chantaje, ¿no es así? Según mi cuenta, eso empezó el diecinueve de abril de 1943.

En el fondo de sus ojos apareció un temblor que podía ser provocado por el pánico; pero era muy en el fondo; muy tenue, como si algo que ella llevara muy escondido hubiera sido entrevisto por mí en el espacio de un segundo.

—Merle me dijo algunas cosillas. Su hijo ya me había dicho cómo murió su padre. Además, hoy estuve repasando viejos periódicos. Muerte por accidente. Algo acababa de ocurrir bajo la ventana de su oficina, y al parecer se asomó con ánimo de verlo; pero se asomó demasiado. Otros hablan de ruina y de un seguro de vida por cincuenta mil dólares. Pero de eso hay muy poco. En todo caso, las coronas fueron hermosas y lo pasado, pasado.

—¿Y bien?

Era una voz precisa y fría, sin un titubeo ni un fallo. Una fría y precisa voz llena de afectación.

—Merle era la secretaria de Horace Bright; una curiosa pequeña, muy tímida, nada sofisticada, dispuesta a dramatizarlo todo, con ideas muy pasadas sobre los hombres y una serie de particularidades por ese estilo. Por poco que él se permitiera debió de bastar para asustarla y sacarla de sus casillas.

—¿Sí? —el monosílabo partió de sus labios como un proyectil.

—Después se comenzó a incubar en su imaginación la idea de un asesinato. Tuvo una oportunidad y la aprovechó. Mientras él se asomaba a la ventana. ¿Fue más o menos así?

—Hable sin rodeos. Marlowe; sé mirar los hechos cara a cara.

—Ya termino. Entonces ella le empujó. En una palabra: asesinó a su jefe. Pero gracias a la ayuda de usted, no surgieron complicaciones.

Volvió a hacerse con las cartas. Asintió. Su mentón parecía levantarse, pero muy pronto volvió a su postura normal.

—¿Tenía Vannier alguna prueba? ¿O fue a ver lo que sacaba y usted le pagaba para evitar el escándalo..., naturalmente, llevada por el cariño hacia Merle?

—Habló acerca de unas fotografías. Pero nunca le creí; no pudo tomar ninguna. Y si lo hubiera hecho, las habría mostrado más pronto o más tarde.

—No soy de su opinión; pudo muy bien obtener una instantánea afortunada, precisamente porque tenía la máquina dispuesta para tomar el accidente callejero. Imagino por qué no se las mostró nunca. Sabía que usted es una mujer dura... para algunas cosas. Por tanto, se guardó siempre muy bien de provocarla demasiado; eso sí, jamás dejó de utilizar el gancho que le dio suerte la primera vez. ¿Cuánto le dio en total?

—Eso no... —se detuvo y se encogió de hombros. Yo la observaba: una mujer poderosa, fuerte, decidida y ruda, que parecía vacilar. Por fin, se decidió:

—Once mil dólares, sin contar los quinientos de esta tarde.

—¡Ah!, eso es considerable y es muy curioso lo que hizo usted, mistress Murdock, si se piensa bien.

Hizo un vago movimiento con la mano y se encogió de hombros.

—Mi marido tuvo la culpa de todo. Era un borracho empedernido. No creo que realmente persiguiera a la muchacha; pero en todo caso, como usted ha dicho, ella estaba fuera de sí de puro asustada. Yo..., yo no puedo recriminarla demasiado. Ya se ha castigado a sí misma durante estos años.

—¿Iba a entregar el dinero a Vannier siempre como hoy?

—Se lo había impuesto como penitencia. Extraña penitencia.

—Eso lo lleva su mismo carácter. Más tarde, usted se casó con Jasper Murdock y se guardó a Merle con usted. ¿Nadie estaba al corriente?

—Nadie. Sólo Vannier, porque seguramente él no lo contó jamás a nadie.

—No. De eso estoy bien seguro. Bueno, ahora todo resuelto. Vannier ya no está para chantajes.

Levantó los ojos y me miró fijamente unos instantes. Su cabezota gris era como una roca bien sentada sobre una colina. Al fin, dejó las cartas y cruzó las manos; se oyeron crujir los nudillos.

—Merle se dirigió a mi apartamento enseguida. Tuvo que pedir al conserje que la dejara pasar. Muy pronto estuve al corriente: decía que había asesinado a Vannier.

El silbido continuo de su respiración era ahora lo único que turbaba la paz de la estancia.

—Llevaba un revólver en el bolso. Para protegerse de los hombres, o Dios sabrá por qué. Pero alguien, probablemente Leslie, le había metido un cartucho de otro calibre en la recámara; así, el arma era inservible. Al decir que lo había matado se desmayó. Llamé a un médico amigo mío. Fui a la casa de Vannier; había una llave en la puerta y estaba muerto, frío y rígido desde hacía tiempo. Naturalmente, desde mucho antes de llegar Merle, de manera que ella no podía haber sido, pero me representó una comedia. El médico quiso explicar a su manera lo ocurrido, pero no la voy a aburrir con los detalles. Creo que ya se habrá hecho cargo de las circunstancias.

—Sí, creo que sí; y ahora, ¿qué?

—Está en cama, en mi apartamento; tiene una enfermera para cuidarla. Ya he puesto una conferencia a su padre; quiero a toda costa que la muchacha vuelva a su casa, ¿algún inconveniente?

Se quedó mirando sin pestañear, pero no dijo nada.

—Él no sabe nada de nada. Ignora lo de antes y lo de ahora, y sólo desea que su hija regrese a casa. En todo eso me parece que ya tengo yo alguna responsabilidad. Se me olvidaba, necesitaré los quinientos dólares que

Vannier ya no ha podido aprovechar..., para gastos, ¿entiende?

—¿Y qué más necesita? —inquirió brutalmente.

—Nada; y será mejor que adopte otro tono.

—¿Quién mató a Vannier?

—Podrá pasar por un suicidio. Tiene el revólver en su mano derecha y la bala entró por la sien. Morny y su mujer estuvieron allí después de llegar yo; tuve que esconderme y todo. Morny trata de cargarlo sobre su mujer porque ella flirteaba con Vannier. Así, ella piensa que lo mató él o, por lo menos, que lo hizo matar. Sin embargo, ya digo, ahora todo hará pensar en un suicidio. La policía lo creerá de momento; ignoro por dónde saldrán; a nosotros nos toca callar y esperar.

—Las gentes como Vannier —dijo ella despreciativamente— no se suicidan.

—Eso es como decir que las muchachas como Merle son incapaces de echar a los hombres por las ventanas.

Nos miramos el uno al otro, y por primera vez se nos fue por los ojos un poco de la hostilidad interna que ambos sentíamos. Me levanté y me fui a la ventana a tomar un poco el aire. La noche apacible ponía a las cosas un halo encantador. La luna llena enviaba sus rayos claros y fríos a todas las cosas por igual, y yo los identificaba a los de la justicia que en mis sueños buscaba, sin encontrarla jamás en la realidad. Los árboles, bañados por la luna, proyectaban espesas sombras en todo el jardín. En medio había una fuente ornamental que gozaba de cierta irrealidad. Tenía césped alrededor y vi un destello. Me fijé mejor, y era alguien que estaba allí tendido fumando un cigarrillo.

Volví de nuevo al interior. Mistress Murdock hacía otro solitario. Miré un momento el juego y dije:

—Acaba de hacerse con el as de espadas.

—Hago trampas —repuso sin mirarme.

—Hay una cosa que me gustaría aclarar —dije—. El asunto del Doubloon Brasher está muy confuso a causa de un par de asesinatos que carecen de sentido, puesto que la moneda ha vuelto. Me gustaría saber si había algo en él que sólo un experto como mister Morningstar pudiera descubrir.

—Por ejemplo: las iniciales E. B. están en el ala izquierda del águila. Cuando normalmente, ya se lo indiqué, aparecen en el ala derecha. Esto es lo único que se me ocurre a mí.

—A lo mejor es ya bastante. La moneda le ha sido devuelta; pienso que no pasaría nada si me la dejara ver un momento.

—Está en la caja fuerte. Si puede encontrar a mi hijo, se la enseñará.

—Bien, buenas noches. Haga el favor de enviar el equipaje de Merle a mi apartamento.

Levantó la cabeza y sus ojos brillaron.

—No faltaba más; ya veo que usted es quien ha de decir la última palabra en la cuestión.

—Haga el equipaje y envíelo. Ya no necesita a Merle. Vannier ha muerto.

Nuestras miradas se volvieron a encontrar y hubo en ambas como un desafío. En sus labios apareció una curiosa sonrisa. Luego volvió a inclinar la cabeza y con su mano derecha cogió la baraja; volvió, despacio, la primera carta. Su mano se movía suave, tranquila y firme como una piedra.

Atravesé la estancia y salí, cerrando con suavidad la puerta; pasé por el hall, bajé las escaleras, pasé delante de la pequeña oficina de Merle hasta llegar al recibidor solitario, con la atmósfera tan enrarecida que me dio la impresión de encontrarme en una sala de embalsamar. La puerta se abrió, se oyeron pasos y Leslie Murdock entró, deteniéndose ante mí.

33

Llevaba el traje arrugado, el pelo bastante revuelto, el bigote tan fachoso como siempre, y tenía ojeras muy profundas. Se quitó de la boca su larga boquilla negra, ya vacía, y la sacudió en el dorso de su mano izquierda. Me di cuenta de que se sentía cohibido y que no le agradaría en absoluto sostener una conversación conmigo.

—Buenas noches —dijo con cierta precipitación—. ¿Se va?

—Todavía no. Quisiera hablar con usted.

—Ya estoy cansado de hablar; además, creo que no tenemos nada que decir.

—Al contrario, creo que sí tenemos. Vamos a hablar de un tal Vannier.

—¿Vannier? Apenas le conozco. Algunas veces lo encontré por ahí y cuanto sé de él me disgusta.

—Puede ser; de todas formas, le conoce usted muy a fondo.

Acabó de entrar y se fue a sentar en un cómodo sillón; apoyó la barbilla en la mano izquierda y se quedó mirando al suelo.

—Bueno —dijo resignadamente—. Adelante. Me da en la nariz que será usted muy brillante. Un portento de intuición, de lógica, un torrente de sandeces..., todo a la manera de esos detectives que andan por las novelas.

—¡Ah, no le quepa duda! Sólo paso a paso se consigue llegar a la evidencia y, pieza a pieza, se van modelando los asuntos más confusos. Hay que husmear aquí y allá, hay que analizar los motivos y los caracteres hasta el fin. Hay que penetrar en las personalidades más diversas, buscar su momento, su clave. Y principalmente, hay que crear un clima que más tarde nos ha de servir para poner en claro los menores gestos, hasta en los menos sopechosos.

Leslie levantó los ojos y me miró sonriente.

—Y de las reacciones, ¿se olvidaba? Tal o cual tipo duro y frío, que de repente se queda más blanco que la nieve, se le llena de espuma la boca y, al fin saca un revólver y se lo aplica en la oreja derecha...

Me senté a su lado y saqué un cigarrillo.

—Perfectamente. Vamos a representar juntos unas escenas. ¿Lleva consigo el revólver?

—Pues no. Aunque tengo uno. Ya lo sabe.

—¿Lo llevaba la última noche, cuando fue a casa de Vannier?

—¡Oh! ¿Yo fui a casa de Vannier la última noche? —se encogió de hombros y apretó los dientes—. ¿A casa de Vannier, yo?

—Creo que sí. Deducción. Usted fuma Benson & Hedges Virginia. Son cigarrillos que dejan unas cenizas inconfundibles. Un cenicero de casa de Vannier tenía cenizas por lo menos de un par de ellos. Pero no había colillas, porque usted fuma con boquilla. ¿Voy por buen camino?

—No.

—Esto no es más que un ejemplo. Como deducción, es mala. Vamos con otro. En caso de que las colillas fueran tiradas: podían serlo por llevar vestigios de carmín y, en cierta medida, eso permite adivinar si la fumadora era rubia o morena; o bien la ausencia de colillas puede revelar una costumbre; como su esposa Linda, que después de apagar las colillas las echa a la papelera.

—No mezcle a Linda en sus disquisiciones —dijo fríamente.

—Ya que nos ha salido, permítame recordarle que fue su madre quien pensó primero que Linda se había llevado el Doubloon y que la historia, que hacía aparecer a Alex Morny, fue inventada para protegerla a ella.

—Sea como sea, le repito que no quiero que la mezcle en eso.

Con la boquilla se daba golpecitos en los dientes, que sonaban como el morse.

—¡Si no pienso mezclarla!... Además, si no creo su historia es por otra razón. Ésta...

Saqué la moneda y se la mostré. La miró fijamente y sus dientes se apretaron todavía más.

—Mientras usted contaba su historia, esta moneda estaba muy bien guardada en una casa de empeños del bulevar Santa Mónica. Me fue enviada por un detective aficionado llamado Phillips. Un pobre muchacho que se metió en un asunto feo porque necesitaba encontrar trabajo. Era rubio y gordo, vestía de gris y usaba un sombrero con una banda muy llamativa. Conducía un Pontiac de colores vivos, casi nuevo. Usted tuvo que verlo ayer frente a mi oficina; me había estado siguiendo antes de que, probablemente, también le siguiera a usted.

Me miró con verdadera sorpresa.

—¿Por qué iba a seguirme a mí?

Encendí un cigarrillo y aplasté la cerilla contra un cenicero de jade, muy brillante, que nunca había servido como cenicero.

—He dicho probablemente. No estoy seguro; en cambio, sí lo estoy de que estuvo observando esta casa. Se me pegó aquí y no creo que antes me hubiera seguido —todavía guardaba la moneda en la mano; la miré, le di la vuelta y de nuevo me fijé en las iniciales E. B. en el ala izquierda. Luego me la volví a guardar—. Digo que debió de estudiar esta casa porque había sido contratado para ofrecer una moneda rara a un viejo numismático, de nombre Morningstar. El viejo, de alguna manera, hubo de sospechar la procedencia de la moneda; se lo diría a Phillips o, por lo menos, se lo daría a entender, y éste llegaría a la conclusión de que había sido robada. Nosotros sabemos que se equivocaba. Si el Doubloon Brasher de la colección Murdock ha sido devuelto, la moneda que llevaba Phillips no podía ser robada. Tenía que ser una imitación.

Sus hombros temblaron como si sintiera frío. Por lo demás, no hizo el menor movimiento.

—Me temo mucho que, después de todo, ésa va a resultar una historia interminable, de las que no le gustan —dije con suavidad—. Lo siento. Procuraré ir llevándola lo mejor posible. Desde luego, no es una historia divertida; trata de dos asesinatos, quizá tres. Ahora vamos al verdadero principio. Un hombre llamado Vannier y otro llamado Teager tuvieron una idea. Este último era un odontólogo con oficina en el Belfont, dos pisos más abajo que el viejo Morningstar. La idea consistía en imitar una moneda de oro antigua. No demasiado rara, porque debía ponerse en venta, pero lo suficiente para que pudiera sacarse mucho dinero. El método que eligieron no difería esencialmente del seguido por los técnicos para fabricar dientes, paladares y monturas de oro. Poco más o menos, consiste en reproducir un modelo de oro en una matriz de material muy duro llamado albastone, que viene a ser un cemento especial. Luego hay que obtener una réplica exacta de la matriz en cera, que más tarde será, hablando en términos del oficio, investida en otra especie de cemento llamado crystobalite, y que ofrece la particularidad de poder soportar elevadas temperaturas sin sufrir variaciones sensibles. Antes, en la cera se había clavado un grueso alfiler de acero, que no se saca hasta haberse fijado el cemento. Inmediatamente se somete al calor, y la cera, que ya había dejado sus formas en el cemento especial o crystobalite, se derrite, escapándose por el agujero dejado por el alfiler. En el vaciado se introduce el oro fundido en un crisol y, todavía caliente, se introduce la envoltura en agua fría, destruyéndose. Luego se liman los rebordes, se quitan las imperfecciones y se limpia con ácido. Y ya tiene usted dispuesto un flamante Doubloon Brasher, fabricado en oro fino y exacto al original. ¿Ha cogido la idea?

Asintió, mientras se pasaba perezosamente una mano por la cabeza.

—El oficio para todas esas operaciones no lo puede tener, en principio, más que un odontólogo. El proceso no se podría utilizar para la fabricación de monedas de oro legales, suponiendo que se fabricaran en alguna parte. Resultaría muy caro. Pero en el caso de una moneda de oro rara, se da más valor a la rareza que al oro. Evidentemente, ellos contaban con esto. Pero necesitaban un modelo. Eso es lo que usted tuvo que proporcionarles. Usted cogió la pieza de su colección, pero no la llevó a Morny como dijo. Usted se la llevó a Vannier, ¿voy bien?

Leslie tenía la vista fija en el suelo y guardó silencio.

—Olvidémoslo —dije—; la cosa en sí no era demasiado grave. Imagino que Vannier le prometería una buena cantidad, que usted pensaría utilizar para el pago de sus múltiples deudas que con la bolsa de su madre cerrada no podía atender. Pero por el mismo carácter de la operación, Vannier sabía que usted jamás podría exigirle nada legalmente.

Leslie me miró horriblemente pálido, con claros signos de terror en sus ojos.

—¿Cómo se enteró de eso? —dijo casi en un silbido.

—Lo descubrí. Algo se me dijo, algo lo encontré por cuenta propia, y algo tuve que ir adivinándolo. Detrás de todo me esperaba la evidencia. Vannier y su compinche ya tenían lista la moneda; necesitaban probar suerte y pensaron someter su mercancía al juicio de un especialista en monedas antiguas. En eso, Vannier tuvo la idea de contratar a un primo para enviarlo al viejo Morningstar con la imitación, dejándosela bastante barata para que el viejo sospechara y pensara que había sido robada. Cogió a George Phillips para el papel de primo, descubriéndole por medio de un anuncio ridículo que éste había enviado a los periódicos. Creo que Lois Magic, la mujer de Morny, le sirvió de contacto, al menos al principio. Ignoro si ella estaría en el ajo; el caso es que fue vista entregando un paquetito a Phillips, que sin duda contenía el ejemplar que había de vender. Pero el lío comenzó cuando lo mostró al viejo Morningstar; éste era ducho en monedas y colecciones. Con todo, debió de pensar que era auténtica, y el hecho de llevar las iniciales a la izquierda le hizo pensar en la colección Murdock. Por eso llamó y trató de cerciorarse. Eso bastó para que su madre empezara a sospechar y me contratara a mí a fin de exigir a Linda no sólo la devolución, sino un divorcio sin derecho a asistencia alguna.

—Yo no quiero divorciarme —me interrumpió Leslie sobresaltado—; jamás lo quise. La vieja no tiene razón...

Hizo un gesto desesperado y me pareció oír un sollozo.

—Todo eso ya me lo sé. Prosigamos. El viejo Morningstar metió miedo al pobre Phillips, que no era un pillastre, sino un memo; creyó hacer un negocio redondo cuando yo le ofrecí mil dólares por la pieza y trató de localizar a Phillips, cuyo teléfono se había quedado, sin sospechar que yo oía su llamada. Al mismo tiempo, el pobre Phillips se había venido aquí con ánimo de descubrir si los policías habían sido requeridos. Me vio a mí, se hizo con mis señas fisgoneando en el coche y acabó por recordarme. Me siguió con ánimo de pedirme ayuda, pero no se atrevía. Al fin, en el vestíbulo del Metropol, yo mismo me acerqué a él y entonces todo lo que se le ocurrió fue decirme que me recordaba de un caso que llevé en Ventura, cuando él era no sé qué por allí. Comprendí que estaba metido en un asunto feo y que necesitaba mi ayuda. Dijo que le seguía un tipo alto y tuerto; más tarde, supe que se trataba de Eddie Prue, el guardaespaldas de Morny. Morny sabía que su mujer se dejaba llevar por Vannier y la hacía espiar. Prue, que la vio con Phillips cerca del apartamento de éste, en Court Street, se había pegado a sus talones hasta que Phillips se lo sacudió. Y el mismo Prue, o cualquiera al servicio de Morny, me vio luego a mí dirigirme al apartamento de Court Street. Por eso trataron de intimidarme con ciertas llamadas telefónicas, en las que se me conminó a visitar a Morny.

Dejé mi colilla en el cenicero de jade y me fijé en la cara sombría y dolorida del joven, que estaba sentado a mi lado. Estaba anonadado. Era doloroso tener que seguir, y el sonido de mi propia voz me desagradaba.

—Ahora entra usted en el asunto. Cuando Merle le dijo que su madre había contratado un detective, el pánico se adueñó de usted. Supuso que su madre había echado de menos la moneda y vino a mi oficina para sonsacarme. Muy displicente, muy sarcástico al principio; muy solícito para su mujer luego, y sobre todo, muy preocupado. Ignoro qué pretendía conseguir, pero luego también se fue a sondear a Vannier. En el fondo, no quería más que devolver la moneda a su madre sin pérdida de tiempo y contarle a la vez cualquier historia. Puso a Vannier al corriente y éste acabó por devolvérsela. ¡Ya sería casualidad que no le hubiera devuelto otra imitación! No me cabe la menor duda de que, por el mismo precio, habrán preferido quedarse con la auténtica. Con su visita, Vannier temió por sus planes y decidió afianzarlos por el principio. Morningstar había llamado a su madre, y ésta me había contratado. Por tanto, Morningstar había liado las cosas. Primero llegó al apartamento de Phillips, usando la escalera de incendios, a fin de tener una explicación con él y saber con seguridad por dónde había andado. Phillips no le diría que ya me había enviado la pieza imitada, de otro modo me había exigido la devolución. Naturalmente, ignoro qué le pudo decir Phillips; pero lo más probable es que le diera a entender que todo se había venido abajo porque él había ido a la policía o había informado a mistress Murdock. Entonces, Vannier debió de golpearle con la culata disparándole ya en el cuarto de baño para no llamar la atención. Buscó en el apartamento sin encontrar su moneda. Entonces fue a ver a Morningstar. Éste le diría que no tenía el Doubloon Brasher, pero el otro pensaría que le engañaba. Decidió buscar por su propia cuenta y le abrió al viejo la cabeza de un par de culatazos. Buscó por todas partes, quizá se llevó dinero, quizá no; pero, en ambos casos, trató de simular un robo. Después, mister Vannier fue a casita a descansar, furioso por no haber encontrado la famosa moneda, pero convencido de haber hecho un buen trabajo en poco tiempo. Desde luego, un par de asesinatos en una sola tarde ya es algo. Ya sólo faltaba usted, Murdock.

34

Leslie Murdock levantó los ojos y me dirigió una mirada cansada; enseguida los volvió a bajar para fijarlos en la boquilla que todavía conservaba en la mano: se buscó en el bolsillo de la americana, se puso un momento en pie y de nuevo se sentó, con las manos juntas. Luego sacó un pañuelo y se lo pasó por la cara.

—¿Por qué faltaba yo, mister Marlowe? —dijo con voz ronca que revelaba gran tensión interior.

—Sin duda, usted sabía demasiado; quizá sabía de Phillips y, en todo caso, la marcha del asunto dependía de sus conocimientos. Fíjese: usted sabía el papel jugado por el viejo Morningstar, el cual había tenido que morir precisamente por haberse propasado. Vannier supuso que a usted no le gustaría el cariz que habían tomado las cosas. Por tanto, tenía que cerrar su boca. Sin embargo, no podía suprimirlo, porque matándole hubiera dado el paso en falso; primero, hubiera perdido el filón que tenía con su madre y, luego, conocía a mistress Murdock y sabía que era una mujer fría, ruda y avara, pero que cualquier acción contra usted la habría convertido en una pantera, y eso Vannier quería evitarlo.

El joven levantó los ojos; trataba de fingir una gran sorpresa, pero sólo consiguió parecer más tonto que de costumbre.

—Mi madre... ¿qué?

—Mire —dije—, déjese de monsergas; estoy mortalmente cansado de las historias de la familia Murdock. Merle ha venido esta tarde a mi apartamento y ahora la he dejado allí. Venía de casa de Vannier de llevar dinero.

Dinero de un chantaje que duró ocho años. Yo sé por qué se soportaba.

No se movió. Sus manos ahora estaban rígidamente apoyadas en las rodillas. Sus ojos estaban hundidos hasta el cogote. Ojos de sentenciado.

—Merle había encontrado a Vannier muerto. Vino para decirme que ella lo había matado. Vale más que no nos detengamos a averiguar por qué pensó que no podía ir a decirlo a otras personas. Yo llegué allí y vi que estaba muerto desde ayer noche. Estaba más frío que un maniquí de cera. Había un revólver a su lado, en el suelo. Un revólver que ya me había sido descrito, porque perteneció a un tal Hench, un tipo que vivía enfrente de Phillips; ya sabíamos que alguien se había desembarazado del suyo y había cogido aquél, aprovechando que Hench y su amiga habían salido dejando la puerta abierta, bajo los efectos de una borrachera descomunal. Por tanto, el arma constituía la mejor prueba de la relación entre Vannier y el infortunado Phillips; Lois Magic, la mujer de Morny, era también otra prueba de la misma, aunque en otro sentido. Ahora bien: me parece improbable que Vannier se suicidara; sin embargo, si otro le mató, cabe también pensar que él no fue el asesino de Phillips. Aquí he de confesar que no tengo ni idea de qué motivos provocaron la muerte de Vannier.

Leslie levantó la cabeza; había una nueva expresión en su cara, era algo brillante, algo que revelaba una satisfacción más bien estúpida. Me pareció justamente la expresión del débil cuando descubre que ha realizado algo difícil. Su voz vibró clara:

—¿No? ¿No tiene idea?

—Yo pienso que usted fue quien mató a Vannier.

Su rostro se quedó como petrificado con la estúpida satisfacción que acababa de transfigurarlo. Mi preparación y mi salida brutal habían provocado un momento psicológico que valió por mil rodeos.

—Sí, usted fue a su casa ayer noche. Él le envió a buscar. Le dijo que estaba en un atolladero y que si, por malas, la ley le alcanzaba a él, le seguiría usted, ya que al fin viajaban juntos. ¿Fue algo así?

—Sí —dijo fríamente—; dijo exactamente eso. Estaba borracho y optimista, casi orgulloso de su juego. Parecía gozar con la situación. Dijo que si le llevaban a la silla eléctrica, yo me sentaría a su derecha. Además..., dijo otras cosas.

—Claro, diría que no le hacia ni pizca de gracia la silla eléctrica y que nada ocurriría si usted cerraba cuidadosamente la boca. Fue seguramente entonces cuando decidió jugar todos sus triunfos. La coacción que podía ejercer sobre usted, que ya había cogido la pieza de la colección bajo la promesa de cierta cantidad y estaba comprometido, era algo que hacía ocho años pasaba, por haber ocurrido entre Merle y su padre. Conozco todo eso. Su madre me lo contó con detalle y no vale la pena repetirlo. Eso ya era una coacción; era ya de por sí bastante fuerte y, además, le hubiera permitido a usted justificarse a sí mismo. Pero ayer noche, Vannier le contó algo terrible, algo insoportable. Se lo soltó asegurándole además que tenía excelentes pruebas, ¿no es eso?

Leslie se estremeció, pero los vestigios de aquella primera satisfacción todavía no se habían esfumado totalmente de su cara cuando dijo:

—En eso tiré de revólver; después de todo, ella es mi madre.

—Eso nadie se lo niega.

—De un salto llegué a su silla, me incliné y apoyé el cañón en su sien. Él tenía un revólver en el bolsillo de su bata. Trató de hacerse con él, pero no le di tiempo y se lo arrebaté. Guardé el mío en el bolsillo. Entonces le encañoné con el suyo y dije que le mataría si no me daba enseguida aquellas pruebas. Comenzó a sudar y barbotó que no lo había dicho en serio; quité el seguro y apoyé el cañón un poco más fuerte contra su sien.

Dejó un momento de hablar y se pasó una mano por la cara; la cerró y luego la bajó, sin acabar de perder toda su rigidez; se inclinó a un lado y me dijo, mirándome a los ojos:

—Tal como tenía el revólver podía dispararse al menor movimiento. Y fue lo que ocurrió...; di un salto contra la pared, tan fuerte que hasta se cayó un cuadro. Ese salto, provocado por el susto, evitó que me manchara de sangre. Inmediatamente borré mis huellas del arma y puse sus dedos en ella y luego la dejé en su mano, que colgaba hasta el suelo. Ya estaba muerto. Apenas sangró, un chorro al momento y luego nada. Fue un accidente.

—¿Por qué estropearlo? —dije en tono burlón—. ¿Por qué no dejarlo en un modesto asesinato, pero en plan serio, como una de esas cosas que ocurren entre hombres?

—Ocurrió tal como digo. Naturalmente, puedo probarlo, aunque pienso que lo habría matado de todas maneras. ¿Qué ocurrirá ahora con la policía?

Me encogí de hombros y me levanté. Me sentía desplazado y agotado. Tenía irritada la garganta de tanta charla demostrativa, y el cerebro dolorido por el esfuerzo sostenido.

—De la policía no me hable. Ellos y yo no somos demasiado amigos, porque piensan que trato de darles de lado. Y Dios sabe si tienen razón... Si usted no fue visto, si usted no dejó sus huellas por ahí, y aunque las dejara, si no hubiera ninguna razón que le hiciera sospechoso y, por tanto, no se las clasifican, entonces no pensarán para nada en usted. Si ellos se encuentran con el Doubloon Brasher de la colección Murdock, quiero decir con el auténtico, ignoro qué puede ocurrir, pero todo dependerá del ánimo con que les haga cara.

—Aparte del disgusto que se llevaría mi madre —dijo—, no crea que me preocupa demasiado que me llevaran; si no lo hacen, también viviré con el miedo en el cuerpo.

—Por otra parte —proseguí, ignorando sus últimas palabras—, si de veras el revólver se disparó solo, quiero decir sin querer, y usted se procura un buen defensor, no habrá jurado que le condene; a la gente no le agradan los chantajistas de la calaña de Vannier.

—Lo malo —dijo pensativo— es que para haber tal defensa habría que sacar a relucir la primera parte del chantaje. Todo aquello yo lo ignoraba. No había más que el dinero que me prometió por prestarle la moneda. Y le aseguro que yo lo necesitaba imperiosamente; por eso me dejé engatusar.

—¡Bah!, si le echan el guante podrá salir todo...; su madre cantará. Tratándose de su piel, creo que ella cantará.

—Eso es horrible; es horrible siquiera pensarlo.

—Lo ocurrido con el revólver ya es un detalle que puede animarle. Todos dimos en él para borrar o para poner huellas. Yo mismo hice lo mío para estar a tono, y no crea que fue fácil marcarlas cuando ya la mano estaba rígida; pero lo conseguí. Morny, primero, fue solo; las borró. Después, fue con su mujer, lo pensó mejor e hizo marcárselas; ahí quedarían de no haber sido por mí. Al parecer, él pensaba que ella, en un momento de ofuscación, lo había matado; ella, naturalmente, pensaría que fue él, celoso. En fin, ya ve que hay tela para rato.

Se quedó mirándome; yo me mordí el labio superior y me dio la impresión de que mascaba un cristal.

—Bien; ahora pienso irme muy lejos de aquí y desentenderme de todo.

—¿Quiere decir que por usted yo puedo vivir tranquilo?

Su voz volvía a ser un poco altanera.

—Yo no iré a nadie con la historia, descuide. Para más adelante no le puedo garantizar nada. Si yo me veo envuelto en el lío, haré frente a la situación. Por lo demás, para mí no es cuestión de ética profesional. Yo no soy un policía, ni un agente público, ni un miembro de los tribunales. Usted dice que fue un accidente. Perfecto, por mí queda en accidente. Yo no fui testigo de los hechos y carezco de pruebas en pro y en contra. Por lo que toca a su madre, yo estuve trabajando para ella y tiene derecho a mi silencio. Yo no la aprecio; tampoco le aprecio a usted, ni a esta casa, ni a su mujer. Pero ya Merle es diferente. A veces parece una necia con sus fantasías, pero es una muchacha dulce y merece cariño. Y yo sé cómo ha vivido en esta condenada familia durante ocho años; naturalmente, sé muy bien que ella jamás empujó ni tiró a nadie por la ventana. En fin, más o menos, ya le he dicho cuanto tenía que decir.

Balbució unas palabras, pero no conseguí coger nada coherente.

—Tengo a Merle en casa. Pedí a su madre que enviara sus vestidos y todos sus efectos personales mañana por la mañana. Si ella, ocupada en su partida de naipes, sufre amnesia, haga que se cumpla el encargo.

Asintió torpemente con la cabeza, y con un tono muy curioso de voz, dijo:

—¿Se va a ir así?... Yo... jamás le habré agradecido bastante lo que va a hacer. Un desconocido..., ¿y se arriesgará por mí?... Yo no sé qué decir.

—Yo habré pasado, siempre pasó igual; siempre me despido así, con una sonrisa en los labios; a veces, como ahora, con el deseo de no ver a nadie entre rejas. Buenas noches.

Me dirigí hacia la puerta y salí; cerré de golpe. Al fin y al cabo, una salida elegante, pese a la suciedad que había tenido que remover desde el momento de mi llegada. Me acerqué por última vez al negrito pintado para darle unas palmaditas. Seguí luego sendero adelante, entre los arbustos bañados en la luz de la luna; llegué al gran cedro y, ya en la calle, fui directamente al coche.

Volví a Hollywood, compré una botella de whisky, me fui al hotel Palma, y en la habitación me senté en la cama. Sorbo tras sorbo, fui dando cuenta de la botella. Exactamente como cualquier borracho solitario.

Cuando ya tuve bastante para impedir a mi cerebro seguir buscando situaciones, me desnudé y me metí en la cama, y al cabo de bastante rato conseguí conciliar el sueño.

35

Eran las tres de la tarde y junto a la puerta de mi apartamento, bien ordenadas sobre la alfombra, aparecían cinco maletas. En primer término, estaba la mía de piel, bien atada y bien dispuesta. Seguían dos magníficas, de avión, con las iniciales L. M., una mala imitación de piel de morsa con las iniciales M. D., y, finalmente, había un maletín de esos que se compran por cuatro perras en cualquier almacén.

El doctor Carl Moss acababa de irse renegando de mí, pues la visita le haría comenzar su disertación sobre los hipocondríacos con exagerado retraso. De paso, con el oloroso tabaco de su cachimba me había dejado irrespirable el aire de todo el apartamento. Todavía parecían flotar las pocas palabras que pronunció antes de salir, a raíz de mi pregunta, interesándome por Merle.

—¿La encontró del todo bien?

—Bien, bien; depende de lo que usted llame bien —vino a decir, poco más o menos—. En ella priva lo psíquico en tal medida, que la vida animal queda reducida a su mínima expresión. Esta muchacha habría sido una monjita perfecta. Parece destinada a la vida ascética, con todos sus sueños de perfección, sus emociones estilizadas y sus ansias de pureza. Pero ha vivido y vivirá siempre inadaptada, y lo más probable es que se convierta en una de esas vírgenes avinagradas que abundan en todas las ventanillas de todos los centros oficiales y privados.

—Vamos, vamos —dije yo, al tiempo que una ancha sonrisa iluminaba su rostro de sabio judío—, la virginidad de todas esas funcionarias, querido doctor Moss...

Pero él ya estaba disertando mentalmente sobre los hipocondríacos, y mis palabras se quedaron colgadas de los labios.

Encendí un cigarrillo y miré por la ventana; ella salió del cuarto y se me quedó mirando con sus ojos rodeados por pronunciadas ojeras y su carita de circunstancias, sin maquillaje alguno, excepto un poco de carmín en los labios.

—Ande, vaya a ponerse un poco de color en esas mejillas —dije sonriente—. Me recuerdan un jardín nevado a la primera luz del alba.

Se volvió y, sin decir palabra, fue a arreglarse. Cuando reapareció, vio el equipaje y dijo a media voz:

—Leslie me envía dos de sus maletas.

—¿Sí?

La observé mejor. Parecía bonita. Se había puesto pantalones oscuros y una blusa blanca; llevaba un pañuelito color naranja y calzaba zapatos sin tacón. No llevaba las gafas. Sus grandes ojos color cobalto le daban un aire cansado, pero menos de lo que cabía esperar. Su pelo estaba peinado hacia atrás, como de costumbre.

—Estoy apuradísima y me siento terriblemente triste.

—Tonterías. Hablé con sus padres. Ellos sí que están preocupados, no la han visto más que dos veces en ocho años y tienen el sentimiento de haberla perdido.

—Yo también tengo ya ganas de verlos —dijo, mirando la alfombra—. Fíjese lo bien que se porta mistress Murdock dejándome ir así, de improviso. Jamás había podido tenerme lejos por una larga temporada.

No sabía qué hacer con las piernas, y se veía que los pantalones suponían para ella un grave problema; ensayó varias posturas y al final se sentó, puso muy juntas las rodillas y se cruzó de brazos.

—Ahora veamos si todavía queda algo que no esté muy claro; si algo queda, tratémoslo aquí. No quiero atravesar el país con una niña llena de complejos a mi lado.

Se cogió las manos con fuerza, de manera que se oían crujir sus nudillos; me miró un par de veces, indecisa.

—Ayer noche... —comenzó a decir, y se detuvo medio sonrojada.

—¡Bah!, no se enfade si me río un poquito. Ayer noche me dijo usted que había matado a Vannier y luego me dijo que no lo había hecho. Y yo ya lo sabía todo. Pero todo eso ya pasó.

Crujieron de nuevo sus nudillos; me miró y, poco a poco, sus manos se fueron quedando más quietas.

—Vannier estaba muerto desde mucho antes de ir usted para entregarle, a cuenta y riesgo de mistress Murdock, quinientos dólares.

—No..., el dinero se lo tenía que entregar por mí. Aunque, naturalmente, era de mistress Murdock. Le debo muchísimo más de lo que nunca le podré devolver. Cierto que no me daba ningún sueldo, pero bien cara le costaba.

—Que no le diera ningún salario me parece muy propio de la vieja bruja, y en cuanto a eso de adeudarle todo ese dinero no pasa de ser una fantasía. Pero eso también tiene poca importancia. Veamos, Vannier se suicidó porque se hallaba metido en un asunto muy feo; eso ha venido a ser el fin del tercer acto. Usted también ha tenido su papel en el drama este; por eso la vista de su cabeza reflejada en el espejo le produjo el shock que, unido al que ya sufrió hace ocho años, le hizo revivir escenas que ya habían quedado muy atrás en su camino.

Me miró, asintiendo con la cabeza, como queriendo corroborar mis palabras.

—Pero usted no fue quien hizo que Horace Bright se cayera desde aquella ventana.

—Yo..., yo... —palideció de una manera alarmante.

Se llevó las manos a la cara, cerró los ojos y los volvió a abrir para fijarlos en mí.

—Procedo así porque el doctor Moss me ha dicho que ya no le hará daño —dije, procurando dar a mis palabras un tono afectuoso—. Ahora fíjese: usted piensa que mató a Horace Bright. Parece que tenía sus motivos y se le presentó la oportunidad que reavivó sus impulsos. Pero no podía llegar hasta el fin, porque eso no está en su naturaleza. En el último momento se debió de sentir paralizada y, además, el ruido de la calle hizo que se desmayara. Él cayó, no cabe duda, pero quien le empujó no fue usted.

Me detuve un instante; ella había bajado las manos, juntándolas nerviosamente otra vez.

—Usted fue hecha a la idea de que lo había empujado —proseguí—; tal idea le fue inculcada con sumo cuidado, con deliberación y con esta suerte de brutalidad que sólo una mujer encuentra cuando se propone dominar a otra. No es posible achacarlo a los celos cuando se conoce a mistress Murdock; aunque algo pudo haber. El verdadero motivo fueron los cincuenta mil dólares del seguro de vida, que llegaron a evitar la ruina. Además, siente un salvaje y posesivo amor hacia su hijo; lo siente como pocas mujeres pueden sentirlo, y ello se impuso a todas las consideraciones. Es una mujer fría, amargada, sin escrúpulos, y la usó a usted sin piedad, guardándola como recurso, en caso de que Vannier hubiera llevado demasiado lejos su chantaje. Usted no era más que la oveja propiciatoria de la vieja. Si quiere salir de esa infame vida que la hizo llevar, debe creer cuanto acabo de decir. Creo que está bien claro.

—Todo eso es imposible —dijo lentamente, mirándome la punta de la nariz—. Mistress Murdock siempre fue buenísima conmigo. Es cierto que jamás recordé aquello con claridad..., pero usted dice unas cosas tan horribles de las gentes...

Saqué el sobre que contenía las fotos encontradas en casa de Vannier. Estaba el negativo y dos copias. Puse una sobre sus rodillas.

—Mire esto; son las fotos que Vannier tomó desde la calle.

—¿Por qué? Éste es mister Bright, no está muy bien la foto. Ésta es mistress Murdock, como era entonces; mister Bright parece aterrorizado —miró hacia mí; en sus ojos no había más que una tenue curiosidad.

—Si aquí parece aterrorizado y enloquecido, tendría que haberlo visto pocos segundos después... a medio camino de la calle, cayendo.

—¿...?

—Mire —dije ya casi exasperado—, mire: esto es un puño de mistress Elizabeth Bright Murdock esforzándose por levantar a su primer marido, ya con medio cuerpo fuera. Él, que se siente caer, grita horrorizado. Fíjese en la postura de sus manos. En tanto, ella está detrás y en su cara se refleja la rabia o algo muy parecido. Pero ¿es que no se puede dar cuenta? Esto es lo que Vannier guardó como prueba durante ocho años. Los Murdock jamás pudieron verlo y no acabaron de creer en su existencia. Pero vaya si existían. Las encontré la última noche. ¿Comienza a comprender?

—Mistress Murdock siempre fue muy buena conmigo —dijo, mirando la foto.

—Hizo de usted una víctima —dije con la voz del maestro de escuela dirigiéndose al último de la clase—. Es una ladina; una mujer paciente y mala. Ella estudió sus complejos, los aprovechó bien. La tenía en sus manos, y ahora mismo me gustaría ir otra vez a verla, pero con un bazuca en las manos y..., pero quizá eso tampoco sería demasiado fino.

—Bien —dijo—, será como dice. Me doy cuenta de que ha hecho muchas cosas malas. Pero usted nunca debe mostrarle esto: sería un golpe demasiado duro para ella.

Cogí la foto, la hice trizas y la eché a la papelera.

—Es muy posible que alguna vez sienta usted la desaparición de esta foto —dije, sin mostrarle el negativo y la copia que me quedaba—; quizá dentro de tres meses, dentro de tres años..., se despertará una noche y de repente tendrá la evidencia de que cuanto le he dicho es la pura verdad. Entonces puede que le guste tener pruebas. En fin, quizá me equivoque en eso también. Hasta es posible que el hecho de no haber matado a nadie le disguste. Esto es gracioso; se mire como se mire, es gracioso. Bueno, bajemos ya al coche; nos vamos juntos a Wichita para hacer una visita a sus padres. Pienso que jamás volverá con mistress Murdock, aunque tampoco es para estar demasiado seguro. En fin, ya no hablaremos más de eso; nunca más.

—Mister Marlowe, no tengo nada de dinero.

—Tiene quinientos dólares que mistress Murdock le regala. Los tengo en mi bolsillo.

—¡Oh!, realmente no me negará que su generosidad...

—Por todos los demonios; pero ¡hija de mi vida!...

Fui a la cocina a echar un trago antes de partir. Ni lo necesitaba ni me hizo ningún bien. Pero como siempre, me permitió dar por zanjadas todas las cuestiones.

36

La visita duró diez días. Los padres de Merle eran sencillos; una pareja gris, viviendo en una calle tranquila y poco soleada. Lloraron cuando les referí la historia, que cuidé de arreglar a mi manera. Se sentían verdaderamente felices teniéndola a su lado, prodigándole sus cuidados. Lo que más lamentaban era haberla tenido tanto tiempo fuera, descuidada; naturalmente, no hice absolutamente nada para atenuar ese sentimiento.

En el momento de partir, Merle, que llevaba un delantal y estaba metida en las labores de la casa, corrió hacia mí, me echó los brazos al cuello y me besó en la boca. Después, llorando como una Magdalena, huyó para esconderse. Su madre, entonces, se apresuró a salir, y con una ancha sonrisa de simpatía me vio emprender el regreso.

Mientras la casa quedaba atrás, a mí me embargaba un curioso sentimiento; era como si hubiera escrito un poema maravilloso y lo hubiera perdido, y ya me fuera imposible encontrar el sentido.

Llamé al teniente Breeze y fui a hablar con él antes de la vista del caso Phillips. Lo habían desquiciado todo muy cumplidamente, pero la mixtura de ideas y coincidencias parecía tenerse. Los Morny, después de todo, acabaron por no ir a la policía, pero alguien, que no dio su nombre, dio cuenta de la muerte de Vannier. El especialista que trató las huellas del revólver no se quedó muy convencido y echó mano de los polvos de nitrato. Pero después de todo, acabaron por aceptar las apariencias de suicidio. Luego, un tal Lackey, de la Brigada

Criminal, se fijó que la descripción del revólver coincidía con el de la relación de hechos del caso Phillips, y así se estableció una conexión entre ambas muertes. Hench lo identificó e incluso en la parte posterior del gatillo, resistiendo todos los intentos de lavado sufridos por el arma, se encontraron vestigios de sus huellas. Ante esos descubrimientos, se practicaron nuevos exámenes en los apartamentos de Phillips y de Hench. En el de éste encontraron huellas de Vannier en la cama, y en el de Phillips, en el espejo del lavabo. Después, con una fotografía de Vannier, se dedicaron a investigar por la vecindad. Había sido visto un par de veces entrando en la casa y, por lo menos, tres en las proximidades. Sin embargo, ninguno de estos testimonios procedía de los inquilinos de mister Palermo, los cuales ni vieron ni oyeron jamás nada sospechoso o, en todo caso, prefirieron callarlo, cosa que, como dato, no deja de ser curiosa.

En cierta manera, los acontecimientos se habían precipitado. Teager les había ofrecido una buena ocasión dejándose pillar en Salt Lake City; intentó vender una de sus piezas a un negociante de monedas, que la tomó por un Doubloon Brasher auténtico, pero robado. Se le encontraron una docena de piezas en el hotel, entre las cuales ocurrió que había una auténtica. Como ignorara dónde la había conseguido Vannier, no hubo manera de averiguarlo, ya que nadie acudió a reclamarla, a pesar de anunciarse en todos los periódicos las particularidades del valioso Doubloon Brasher encontrado.

En lo de Vannier, cuando se puso en claro que había cometido los asesinatos, se admitió sin más trámites que se había suicidado, si bien quedaron algunas dudas al respecto. El asunto de Teager fue todavía más sumario; a pesar de haber sido pillado con las manos en la masa, como había adquirido el oro legalmente y como el hecho de intentar falsificar una moneda sin curso legal no caía bajo las leyes federales en materia de falsificaciones monetarias, hubo que echar tierra al asunto. Además, en Salt Lake City no habrían querido cargar con el caso.

Jamás habían creído la historia contada por Hench en su confesión. Según el mismo Breeze, se la reservaban para hacer presión contra mí, por si yo hubiera oculta-do algo; en todo caso, yo no me habría podido justifi-car si hubiera demostrado que era inocente. Cierto que esa eventualidad de poco le habría valido. Le implicaron en unas reyertas tabernarias junto con un elemento lla-mado Gaetano Prisco, en una de las cuales un hombre resultó muerto. Ignoro si ese Prisco era uno de los her-manos de mister Palermo; el caso es que la policía no consiguió echarle el guante.

Al terminar de referirme todo eso Breeze inquirió:

—¿Qué le parece?

—Hay dos puntos que no acabo de ver con claridad —repuse—: ¿Por qué Teager se largó?, y ¿por qué Phi-llips tomó un apartamento en Court Street con nom-bre falso?

—Teager se fue porque el ascensorista del Belfont Building le dijo que Morningstar había sido asesinado y tuvo miedo. Y Phillips se hizo llamar Anson porque estaba empeñado hasta los huesos, y los acreedores le habrían echado mano del coche. Eso explica por qué un muchacho como él picó en un asunto que desde el prin-cipio parecía poco claro.

Asentí; la explicación me parecía muy plausible.

Breeze me acompañó hasta la puerta; me puso una de sus manazas en el hombro y me retuvo.

—¿Recuerda el asunto Cassidy, el asunto que nos sol-tó la otra noche a Spangler y a mí?

—Sí.

—Después le dijo a Spangler que no había sucedido; sí, Marlowe, sucedió bajo otro nombre. Yo trabajé en él.

Retiró la mano de mi hombro, me abrió la puerta y me sonrió.

—A cuenta de aquello —continuó—, a veces pienso que, dejándome llevar por mi criterio, puedo dar a al-guno la suerte que no merece; entonces pagan los miles y miles que trabajamos de firme en el anonimato..., como usted o como yo. Muy buenas.

Ya era de noche. Regresé a mi apartamento y me puse cómodo. Me preparé algo de beber y me dispuse a jugar mi partida de ajedrez. Una de las más largas del manual, cincuenta y nueve movimientos. Una partida que, como todas las buenas, prometía ser casi perfecta y embriagadora a pesar de su fría y silenciosa implacabilidad.

Al terminar me acerqué un momento a la ventana para respirar el aire de la noche. Luego llené de nuevo el vaso y me miré en el espejo:

—¡Por ti y por las grandes jugadas!

Este libro se terminó de
imprimir en los talleres gráficos
de Liberdúplex, S. L., Barcelona, España,
en el mes de julio de 2004